COMO SOBREVIVER À REALEZA

Prince Charming

Rachel Hawkins

COMO SOBREVIVER À REALEZA

Rachel Hawkins

Tradução
Isadora Sinay

Copyright © 2018 by Rachel Hawkins
Copyright da tradução © 2019 by Editora Globo S.A.

Publicado mediante autorização da autora. Direitos de tradução negociados por BAROR INTERNATIONAL, INC., Armonk, Nova York, EUA.

Todos os direitos reservados. Nenhuma parte desta edição pode ser utilizada ou reproduzida — em qualquer meio ou forma, seja mecânico ou eletrônico, fotocópia, gravação etc. — nem apropriada ou estocada em sistema de banco de dados sem a expressa autorização da editora.

Título original: *Prince Charming (Royals #1)*

Editora responsável **Veronica Gonzalez**
Assistentes editoriais **Júlia Ribeiro e Lara Berruezo**
Diagramação **Gisele Baptista de Oliveira**
Projeto gráfico original **Laboratório Secreto**
Revisão **Isabela Sampaio**
Ilustração da capa **Sara Herranz**
Capa **Renata Zucchini**

Texto fixado conforme as regras do Acordo Ortográfico da Língua Portuguesa (Decreto Legislativo nº 54, de 1995).

CIP-BRASIL. CATALOGAÇÃO NA FONTE
SINDICATO NACIONAL DOS EDITORES DE LIVROS, RJ

H325c
Hawkins, Rachel
Como sobreviver à realeza / Rachel Hawkins ; tradução Isadora Sinay. - 1. ed. - Rio de Janeiro : Globo Alt, 2020.
312 p. ; 21 cm.

Tradução de: Prince charming
ISBN 978-65-80775-13-2

1. Romance americano. I. Sinay, Isadora. II. Título.

20-62941
CDD: 813
CDU: 82-31(73)

1ª edição, 2020
11ª reimpressão, 2022

Direitos de edição em língua portuguesa para o Brasil adquiridos por Editora Globo S.A.
R. Marquês de Pombal, 25
20.230-240 — Rio de Janeiro — RJ — Brasil
www.globolivros.com.br

Para Kathie Moore, que acordou às 5 da manhã para assistir ao casamento de William e Kate comigo por mensagens de texto. Te amo, mamãe.

Desde que o príncipe Alexander da Escócia foi flagrado com a bela loira americana, Ellie, nós ficamos doidos por ela! Mas será que você sabe tudo sobre a provável futura princesa? A gente aposta que pelo menos alguns destes itens vão te surpreender!

1. Eleanor Winters pode até ter o mesmo sotaque cantado de seu namorado, mas ela nasceu na Flórida e é filha de pais britânicos!
2. A paixão pelos holofotes claramente é de família: o pai de Ellie já foi músico e a mãe escreve romances policiais que se passam na pequena e aconchegante cidadezinha de Ellie.
3. Nascida em 9 de setembro, Ellie é virginiana (sem piadas sobre príncipes só se casarem com virgens)!
4. Oradora, Bolsista por Mérito Acadêmico e capitã do time local de natação, Ellie sempre foi muito ambiciosa! Hmmmm, só que não estou vendo nenhuma coroa nessa lista. Mas por que ser rainha do baile quando você pode ser uma rainha DE VERDADE?
5. Ellie frequentou a *très exclusive* University of the Isles no país natal do namorado – seu futuro reino –, onde estudou literatura inglesa!
6. Sua cor favorita é azul, como você já deve ter notado por suas roupas incríveis.
7. Desde o ano passado, Ellie trabalha em uma pequena editora em Edimburgo, editando livros infantis sobre a história da Escócia. E aproveitando para aprender algumas coisas, talvez?
8. Vegetariana desde os doze anos, Ellie está fazendo o príncipe Alexander – um homem que gosta do ar livre – abandonar alguns de seus antigos hobbies, como a pesca com mosca e a caça! (E ouvimos por aí que isso a tornou um pouquinho impopular entre algumas pessoas do círculo social dele!)
9. Embora Eleanor Winters seja definitivamente um nome elegante – ousaríamos dizer nobre? –, o nome do meio de Ellie é bem menos chique: Berry! Aparentemente essa é uma piada interna da família.
10. Ou talvez os Winters só gostem muito de plantas: Ellie tem uma irmã de dezessete anos chamada Daisy!

CAPÍTULO 1

— **Uma velha acabou de me chamar** daquela palavra que começa com "P"!

Eu tiro os olhos da revista que estou folheando. Isabel Alonso, minha melhor amiga e colega de trabalho no caixa do Sur-N-Sav, está apoiada na caixa registradora enquanto estoura uma bola de chiclete. Seu cabelo escuro está preso em uma trança bagunçada, contrastando com o verde do avental.

— Agora? — pergunto. A loja está praticamente vazia, o que tem acontecido desde que um Walmart gigante abriu do outro lado da cidade, então Isabel e eu somos as únicas caixas trabalhando hoje. Faz mais de uma hora que ninguém passa na minha fila, por isso a revista. Ainda assim, não acho que estava tão concentrada a ponto de perder alguma coisa diferente acontecendo, mesmo que fosse alguém sendo super mal-educado.

Isabel revira os olhos.

— O preço do *sour cream* subiu por minha causa.

— Parece justo — afirmo com um gesto de cabeça. — Até porque você é a maravilhosa herdeira do ramo do leite.

Isabel volta ao caixa, apertando botões aleatoriamente.

— A gente precisa de um emprego novo, Daze. Isso é humilhante.

Eu não discordo, mas quando você mora em uma cidadezinha no norte da Flórida, suas opções são bastante limitadas. No outono passado, eu queria um emprego na biblioteca, mas não rolou – eles não tinham dinheiro –, e passar um verão inteiro ajudando na Escola Bíblica me curou do desejo de trabalhar com crianças, ou seja: ser babá ou trabalhar meio período no jardim de infância estavam fora de cogitação. Então só me restava o Sur-N-Sav.

Mas agora, olhando para o meu celular apoiado na caixa registradora, vejo que meu turno acabou.

— Ah, três da tarde, a hora mais linda do dia! — digo alegremente, e Isabel grunhe.

— Não é justo!

— Ei, estou aqui desde as sete — comento. — Você quer sair mais cedo...

— Você tem que pegar o turno da manhã — ela termina, me dispensando com a mão. — O.k., sra. Miller, já entendi.

A sra. Miller é a gerente do Sur-N-Sav, e Isabel e eu já estávamos acostumadas com seus sermões ao longo do último ano.

Suspirando, Isabel se inclina ao lado do caixa, apoiando o queixo nas mãos. As unhas estão pintadas de três tons diferentes de verde, e uma pulseirinha de miçanga desliza por seu pulso fino.

— Só mais quatro semanas — ela diz, e eu repito nosso mantra favorito.

— Só mais quatro semanas.

No fim de junho, Isabel e eu daremos um adeus não muito caloroso à vida no Sur-N-Sav e vamos para Key West, para a convenção da KeyCon, e depois planejamos passar uma semana sem fazer nada pela cidade. O irmão dela mora lá com a esposa e o filho, o sobrinho bebê absurdamente fofo de Isabel, então temos um lugar de graça (e aprovado pelos nossos pais) para ficarmos. Dizer que toda minha vida está girando em torno dessa viagem é subestimar a situação. Nós vamos poder ser nerds e fazer aquelas coisas divertidas que as pessoas fazem em Key West. Mergulhar com snorkel, visitar a casa do Hemingway, comer quantas tortas de limão a gente quiser... Sim, essa viagem vai fazer o meu verão valer a pena, e nós estamos planejando tudo desde quando anunciaram a convenção, há mais de um ano. Nossa autora favorita, Ash Bentley, vai estar lá para falar sobre a série dela, *Finnigan Sparks*, e nós queremos assistir a pelo menos uns vinte painéis diferentes, sobre vários assuntos, de mulheres em óperas espaciais a confecção de cosplays. É o paraíso nerd, e estamos mais do que prontas.

— Você precisa ir lá em casa esse fim de semana pra gente começar a planejar as roupas — ela diz, endireitando-se e apertando botões aleatórios na caixa registradora enquanto Whitney Houston lamenta sobre o maior amor de todos pelo alto-falante. — Ainda não decidi se vou fazer cosplay de Miranda, de *Finnigan e o Falcão*, ou de Jezza, de *A lua de Finnigan*.

— O Ben provavelmente vai preferir a Jezza — digo. Ben é o namorado de Isa há mais ou menos onze bilhões de anos. O.k., desde o oitavo ano. — Menos roupa, sabe?

Isa franze a testa, pensando.

— É verdade, mas o Ben nem vai estar lá, e não sei se estou pronta pra mostrar um quarto da minha bunda pra Key West toda.

— Justo — concordo. — Além disso, se fizer cosplay de Miranda, você vai poder usar uma peruca roxa.

Ela aponta um dedo para mim.

— Sim! Vai ser Miranda, então. De quem você vai?

Começo a fechar meu caixa, sorrindo.

— Cosplay é a sua área — eu a lembro. — Então só vou de eu mesma. Garota sem graça de calça jeans e camiseta.

— Você é uma decepção e tanto — Isa responde e eu balanço a cabeça.

As portas se abrem e mais um cliente idoso entra enquanto termino meus registros e levo a gaveta do caixa para o escritório da sra. Miller. Na maioria das lojas de conveniência, os próprios funcionários contam o dinheiro, mas anos trabalhando com adolescentes causaram uma certa desconfiança na sra. Miller e, sinceramente, fico feliz de dar essa tarefa para outra pessoa.

Depois disso, atravesso a loja e noto, ao passar pelas revistas que ficam ao lado das filas do caixa, que várias delas foram viradas para trás, deixando os anúncios voltados para o cliente, em vez da capa.

Isso com certeza é coisa da Isabel. Vou até uma estante e viro a revista mais próxima. Vejo um flash de cabelos loiros e dentes brancos e então meus olhos passam pela manchete, escrita em negrito e amarelo: "DEZ COISAS QUE VOCÊ NÃO SABE SOBRE ELLIE WINTERS!"

Eu me pergunto se alguma dessas dez coisas *me* surpreenderia. Duvido.

Minha irmã levou uma vida livre de escândalos, quase como se soubesse que, um dia, ia acabar parando em capas de revistas. Quase fico tentada a folhear, mas decido que A) seria estranho e B) Isabel *se deu* ao trabalho de tentar esconder as revistas de mim.

— Não era nada de ruim desta vez! — ela grita. — Só achei que você não precisava ver!

Fazendo um sinal de joinha, continuo caminhando até o outro lado da loja, em direção à porta.

Minhas coisas estão na sala de descanso, um espaço horrível decorado com cadeiras verdes de plástico, uma mesa arranhada de alumínio e paredes laranja. Em certo momento, alguém entalhou "BECKY AMA JOSH" no tampo da mesa, e toda vez que eu sentava lá, no meu intervalo, lendo ou estudando, me perguntava que fim teriam levado Becky e Josh. Eles ainda estariam apaixonados? Estaria Becky absurdamente entediada como eu?

Bem, pelo menos Becky nunca foi atacada com fotos da irmã na capa de tabloides.

Ou esteve ela mesma nos tabloides.

Ugh.

Toda essa história da formatura ainda é uma mistura de raiva e dor para mim, uma bola espinhenta alojada no meu peito, e pensar nisso é como cutucar um dente cariado. Você esquece o quanto o dente está ruim até focar nele, e então, de repente, não consegue pensar em outra coisa.

O que quer dizer que não posso nem arriscar pensar nisso agora, ou vou acabar chorando na sala de descanso do Sur-N--Sav, e não existe nenhum cenário na Terra mais deprimente do que esse. É sofrimento no nível filme-em-que-o-cachorro--morre, então não, não vou fazer isso.

Em vez disso, penduro minha velha bolsa de retalhos no ombro e saio.

A claridade ofuscante e o calor desta tarde de fim de maio são intensos enquanto ando pelo estacionamento e aperto os olhos, procurando os óculos de sol na bolsa, minha mente já antecipando o que farei pelo resto da tarde. Em geral, meus planos envolvem me deitar debaixo do ar-

-condicionado do quarto e ler o novo mangá que comprei ontem na livraria.

— Dais.

Mas aí está o tal dente careado.

Ótimo.

Michael está apoiado em uma das pilastras amarelas da frente da loja, as pernas cruzadas e o cabelo escuro caindo sobre os olhos. Ele provavelmente ensaiou essa pose. Michael Dorset é *campeão* em se apoiar, um dos melhores, de verdade. Nas Olimpíadas de Caras Gatos ele ganharia, todas as vezes, medalha de ouro em Apoiada Sensual.

Para minha sorte, agora sou imune à Apoiada Sensual (aguardando marca registrada).

Colocando meus óculos de sol no rosto, levanto a mão para o meu ex.

— Não.

O rosto de Michael se contrai em desdém. Ele tem traços muito suaves, bochechas redondas e belos olhos castanhos, e juro que ele ensinou o cabelo dele a fazer essa coisa de cair beeeeeeeeeeem certinho sobre a testa. Um mês atrás, esse rosto me transformaria em uma poça de Daisy derretida, e eu até me esticaria para tirar o cabelo do seu rosto. Eu tinha um *crush* por Michael Dorset desde o nono ano. Ele sempre andou com uma galera bem mais popular do que a minha (eu sei, também estou surpresa que meus óculos e minha camiseta da *Hora de aventura* não me tornaram um sucesso), e então *finalmente* o conquistei ano passado.

— Eu errei — ele diz, enfiando as mãos nos bolsos. Michael está usando os jeans mais justos que a humanidade já viu, jeggings pra ser sincera, e está com um dos meus elásticos de cabelo enrolado no punho. O verde.

Lutando contra a vontade infantil de arrancá-lo dele, passo minha bolsa para o outro ombro.

— Isso é um eufemismo.

Está *quente* no estacionamento e de repente percebo que ainda estou usando o avental verde do Sur-N-Sav por cima da roupa. Michael está todo de preto, como sempre, mas não parece estar suando, possivelmente porque só tem, tipo, 0,06% de gordura corporal. Esse é o último lugar em que quero ter essa discussão, então passo por ele e vou em direção ao meu carro.

— Vamos — ele insiste, me seguindo. — A gente precisa pelo menos *conversar* sobre isso.

O asfalto range sob meus tênis enquanto ando. Mesmo que a gente não esteja tão perto da praia, grãos de areia magicamente aparecem aqui, nos buracos e rachaduras do estacionamento.

— A gente conversou sobre isso — digo. — É só que não tinha muita coisa pra dizer. Você tentou vender nossas fotos da formatura.

A parte divertida de ter uma irmã famosa é que você própria se torna *meio* famosa.

Mas parece que você só fica com as partes chatas da fama, tipo seu namorado vendendo coisas pessoais para um tabloide.

Ou tentando.

Aparentemente, a família real tinha gente de olho nesse tipo de coisa e acabou com tudo bem depressa, o que, para ser sincera, só deixou a situação ainda mais bizarra.

— *Babe* — ele começa e eu o dispenso. Eu *gostei* dessas fotos idiotas. Achei que a gente tava fofo. E agora, toda vez que olho para elas, é apenas mais uma coisa que ficou estranha por causa de Ellie.

Acho que isso foi o que mais me irritou.

— Eu estava fazendo isso por *nós* — Michael continua, e isso realmente me faz parar e me virar.

— Você fez isso para comprar uma guitarra "irada" — digo com a voz sem expressão. — Aquela que você sempre quis.

Michael realmente parece meio culpado depois disso. Ele enfia as mãos nos bolsos, dá de ombros e se apoia nos calcanhares.

— Mas música era o *nosso* lance — ele diz e eu reviro os olhos.

— Você nunca gostou das mesmas bandas que eu, nunca me deixava escolher a música no carro, você…

Remexendo o bolso de trás da calça, Michael me interrompe – outro hábito dele pelo qual eu não era apaixonada –, dizendo:

— Não, escuta. — Ele puxa o celular, deslizando o dedo por ele, e estou a ponto de me virar para ir embora quando ouço um grito vindo do Sur-N-Sav.

— NADA DE GAROTOS! — uma voz ecoa pelo estacionamento.

Eu me viro e vejo a sra. Miller, minha gerente, parada na calçada da loja, na frente das portas com as mãos na cintura. O cabelo dela deveria ser vermelho, eu acho, mas desbotou para algum tom de pêssego e é fino o suficiente para ver o couro cabeludo.

— NADA DE GAROTOS DURANTE O TURNO! — ela grita de novo, apontando um dedo na minha direção, a pele flácida sob seu braço me julgando.

— Eu já saí! — grito de volta e aponto para Michael. — E isso não é um garoto. É uma calça skinny ambulante com cabelo sedoso.

— NADA! DE! GAROTOS! — a sra. Miller berra de novo e, sério, o fato de ela surtar quando suas funcionárias mulheres têm garotos ao redor é, ao mesmo tempo, psicótico e ridículo. Não sei por que ela acha que o maldito Sur-N-Sav é uma central de atividade sexual, mas a regra de "não confraternizar com o sexo oposto" é, de longe, a mais rígida.

— TEM ZERO EROTISMO ROLANDO AQUI NO ESTACIONAMENTO! — eu grito de volta, mas a essa altura Michael já encontrou o que procurava.

— Eu compus isso para você — ele diz, tocando a tela e fazendo uma pequena explosão de música sair do celular. A qualidade é horrível e não consigo entender muita coisa da letra por conta do ruído da guitarra, mas tenho certeza de que ouço meu nome várias vezes, com rimas ridículas, e então Michael começa *a cantar junto* e por favor, Deus, me deixe morrer de ataque do coração, faça um carro passar por cima de mim, aqui mesmo no estacionamento do Sur-N-Sav, porque entre meu ex zumbindo "Daisy me deixa louco" e a sra. Miller marchando em nossa direção, eu não acho que esta tarde possa piorar.

E então levanto o rosto e vejo um SUV preto parado na beira do estacionamento, com as janelas abertas.

E uma câmera com lente teleobjetiva apontada diretamente para mim.

CAPÍTULO 2

Corro para o meu carro, nos fundos do estacionamento, mantendo a cabeça baixa e a bolsa agarrada junto ao corpo. Não consigo ouvir os cliques da câmera com a música idiota do Michael tocando – ele ainda está vindo atrás de mim com o celular estendido como se fosse um presente –, mas imagino mesmo assim, meu cérebro já criando expectativas, pensando em como essas fotos vão ficar, o que a manchete vai dizer. O que quer que seja, com certeza vai me colocar como vilã. No último ano, desde que Ellie começou a namorar o Alex, aprendi que, para os tabloides, tudo era culpa dela. Dois meses atrás, Alex e Ellie foram ao batizado de um navio na Escócia e Alex ficou de cara fechada durante toda a cerimônia, o que gerou várias histórias sobre como minha irmã o fazia sofrer e que as exigências dela por um anel de noivado estavam acabando com eles.

A verdade? Alex tinha quebrado um dedo do pé naquela manhã quando tropeçou na escada. A expressão de dor em seu rosto era de *dor real e literal*, não de tristeza porque a namorada malvada o estava irritando.

Uau, patriarcado.

É por isso que acho tão estranho Ellie comprar essa história de realeza, que é toda construída em cima de merdas como essa. Se ela se casar com Alex e eles tiverem uma filha e *depois* um filho? Adivinhe quem ia governar...

Abrindo a porta do carro com força, eu me viro para encarar Michael. A música está terminando e ele para, olhando para o celular. Sinto que ele vai começar a música de novo e isso obviamente não pode acontecer, então seguro a mão dele. Ele levanta a cabeça na hora, seus olhos escuros encontrando os meus e, droga, ele está dando O Sorriso, que é quase tão potente quanto a Apoiada Sensual, o que quer dizer que preciso cortar o mal pela raiz agora mesmo.

— Você fez isso também? — pergunto, apontando com a cabeça para o suv, e ele olha na mesma direção. Michael é bonitinho e tudo mais, mas é um péssimo mentiroso – ainda me lembro do incidente com a prova de estudos sociais no ensino fundamental, cinco anos atrás –, então, quando ele parece genuinamente surpreso e sacode a cabeça, eu acredito e suspiro aliviada.

Ele ainda é um babaca que vendeu nossas fotos de formatura, mas pelo menos não está ligando para os paparazzi.

— Olha, Michael — digo, dolorosamente consciente das lentes apontadas para nós, do suor que escorre pelas minhas costas, de como meu cabelo está grudando no meu rosto e de como qualquer maquiagem que eu tenha passado nessa manhã é apenas uma memória distante agora.

— A gente já conversou, tá? — continuo. — Entendo por que você fez aquilo e espero que a guitarra seja incrível e tudo que você esperava. Mas acabou. Tipo, acabou. Mesmo, mesmo.

Com isso, jogo minha bolsa para dentro do carro, deslizo até o assento do motorista e fecho a porta na cara dele. Ele fica ali, parado, com o celular na mão. Vejo meu elástico de cabelo em seu pulso de novo e penso se deveria pedir de volta.

Não, isso só tornaria a situação mais triste ainda, e dado que a sra. Miller finalmente conseguiu alcançar Michael, ele já está sendo castigado o suficiente. O cabelo dela está esvoaçando de fúria, e quando ela sacode um dedo na cara dele, Michael – apesar de ser pelo menos uma cabeça mais alto – se encolhe de verdade.

O que é divertido de se ver.

Eu dirijo para fora do estacionamento, sem me importar em olhar pelo retrovisor.

Não demoro muito para chegar em casa, já que nosso bairro fica apenas a alguns quilômetros da loja. Também não é o mais bonito dos caminhos. Quando meus pais se mudaram para Perdido, era um lugar até legal, para ser sincera. Quer dizer, legal como uma cidade da Flórida que não está nem perto do mar. Era descolada e excêntrica, cheia de artistas, escritores e velhas casas que as pessoas tinham pintado de cores malucas. Verde-limão, turquesa, um tom que chamo de "violeta elétrico", todas pintadas nessas mansões vitorianas com cara de casinhas de boneca e em aconchegantes bangalôs.

Mas, com o passar dos anos, a maior parte das pessoas legais foi embora e o bege acabou voltando para Perdido. Agora temos até um *country club*, com campo de golfe e tudo, algo que fez meu pai ameaçar se mudar. Perdido pode não ser mais a idílica comunidade de artistas que já foi, mas ainda é um lugar bom. Quieto, monótono e, como minha mãe vivia dizendo, longe o suficiente para não valer a pena visitar. O fotógrafo de hoje foi o primeiro que vi em meses. Há alvos melhores para os paparazzi.

Como, por exemplo, Ellie.

O bege com certeza se mudou para Perdido, mas ainda não tinha chegado no nosso bairro. Na verdade, minha casa é uma das mais discretas do quarteirão, pintada de um amarelo alegre, em vez de magenta ou índigo. Construída longe da rua, ela é cercada de bananeiras e buganvile, e suas flores rosadas ficam lindas em contraste com a tinta cor de sol. Sinos de vento foram pendurados na varanda, alguns de vidro, alguns de madeira que soam como flautas e aqueles bregas, cobertos de conchas, que vendem em lojas de suvenir locais. Minha mãe tem uma queda por sinos de vento.

Mas não são os sinos que chamam minha atenção quando entro. É o enorme SUV estacionado atrás do carro da minha mãe.

De repente, o fotógrafo nos fundos do Sur-N-Sav faz sentido.

CAPÍTULO 3

Estaciono ao lado do suv **e,** quando saio, aceno para os seguranças. São sempre os mesmos quando El e Alex vêm para os Estados Unidos, então já me acostumei com eles.

— Oi, Malcolm! — eu digo. — Tudo bem, David?

David, o mais novo dos dois, levanta a garrafa de água como resposta, enquanto Malcolm só acena com a cabeça. Como sempre, estão usando ternos pretos e sérios, e imagino que, mesmo com o ar-condicionado do carro no máximo, eles ainda estejam morrendo. O calor aqui é coisa séria, mas Alexander não gosta de levar os guarda-costas para dentro da casa dos meus pais, então a garagem é o que resta para Malcolm e David.

— Eu ainda estou decepcionada por vocês não usarem ternos xadrez — digo para eles enquanto passo pelo carro e, enquanto Malcolm continua encarando a casa por trás dos óculos escuros, David ri.

As chaves sacodem na minha mão quando corro pelos degraus da varanda e vejo a porta da frente aberta, mas a porta de vidro fechada. Isso quer dizer que consigo um segundo a mais para ver minha irmã e o namorado dela sentados no sofá, com posturas impecáveis, antes de entrar. Eles parecem tão lindos e perfeitos como sempre, Ellie com as pernas cruzadas de forma comportada, Alexander sentado no sofá florido da minha mãe como se fosse um trono.

Ele sempre senta assim – talvez esteja praticando.

Lembro do cara tirando fotos no Sur-N-Sav e penso se devia mencionar isso logo. Ellie não ficou contente com o que aconteceu com as fotos da formatura (tipo assim, oi? Eu também não fiquei e, honestamente, acho que sou *eu* quem tem motivos para reclamar), e não tenho certeza se quero entrar no assunto tendo que lidar com essa visita surpresa de El e Alex.

O que aconteceu hoje com Michael provavelmente nunca vai chegar aos jornais.

Assim que entro em casa, El, que não me vê desde o Natal, dá uma olhada na minha cabeça e diz:

— Ah, Daisy, seu *cabelo*! — A voz dela, como sempre, me surpreende. Embora nossos pais sejam britânicos, nós não pegamos o sotaque. Então Ellie foi fazer faculdade no Reino Unido e voltou parecendo uma personagem de *Downton Abbey*.

Eu levanto a mão para prender as mechas vermelho-vivas atrás da orelha, mas decido que dane-se, meu cabelo é *incrível*.

Felizmente, Alexander concorda (ou pelo menos finge), porque no mesmo instante diz:

— Eu aprovo, Daisy. Ruivas, muito populares na minha família.

Ele joga o próprio cabelo ruivo-aloirado para o lado com um sorriso e eu me lembro por que o mundo inteiro está apaixonado por ele. Príncipe Alexander James Lachlan Baird, duque de Rothesay, conde de Carrick, próximo na linha de sucessão para se tornar o rei da Escócia, é ao mesmo tempo gato e, por incrível que pareça, um cara legal. Definitivamente mais legal que El.

— É o cabelo de Pequena Sereia dela — minha mãe diz, vindo da cozinha com uma bandeja cheia nas mãos, um bule de chá e nossas melhores xícaras de porcelana. Antes de Ellie e Alexander, nem sequer tínhamos porcelana. Ou um bule. Nós fazíamos chá em canecas, com água da chaleira elétrica.

Mas eu entendo, quando a filha mais velha deles começou a namorar um príncipe, porcelana chique parecia o mínimo a se fazer.

Minha mãe coloca a bandeja na mesa, mas ninguém se move para servir o chá, provavelmente porque mesmo que Alexander – e agora El – morem na fria e nevoenta Escócia, isso aqui é a Flórida em maio, o que quer dizer que tomar bebidas quentes parece insano, quase masoquista.

— Você não tinha pintado de roxo no ano passado? — Ellie me pergunta e eu levanto as sobrancelhas para ela.

— Você realmente veio lá da Escócia para me interrogar sobre minhas escolhas capilares?

As narinas de Ellie se abrem um pouco e ela entrelaça os dedos atrás dos joelhos.

— É só que parece que sempre tem alguma coisa nova com você. Só estou dizendo isso.

Dou de ombros.

— Eu gosto de experimentar coisas diferentes.

Essa é uma das grandes diferenças entre Ellie e eu: ela sempre foi a Barbie Princesa, desde que nasceu, basicamente. E eu? Eu ainda estou... me descobrindo. Quando Michael disse que música era "nosso lance", lá no estacionamento, ele não estava errado. Quando namoramos, eu estava super a fim de aprender a tocar guitarra, quase tanto quanto estava animada com as aulas de origami no ano anterior. Ou com as aulas de arte que tive no primeiro ano. Mas, sério, como vamos saber do que gostamos a não ser *tentando* as coisas?

Ellie diz que isso é ser inconstante, mas eu acho que é divertido, e antes que ela possa seguir nessa linha de pensamento, mudo o assunto de volta para ela, que é onde tudo sempre termina, de qualquer forma.

— Eu não sabia que vocês vinham.

Minha mãe está sentada na poltrona dela, então me afundo na do meu pai e Ellie franze levemente a testa.

Ela sempre esteve a um passo de ter ratinhos costurando seus vestidos, mas desde que conheceu Alexander, sua Princezisse da Disney foi para o nível onze. Embora nós duas tenhamos o cabelo claro da mamãe, o de El sempre foi mais brilhante, mais dourado. Neste momento, ele cai em ondas suaves pelos ombros dela, puxado para trás por um par de óculos de sol que deve custar mais que todo meu guarda-roupa. Ela está de calça jeans, assim como Alexander, mas até isso fica chique neles, provavelmente porque foram combinados com caros mocassins de couro. Alexander está usando uma camisa branca com as mangas dobradas e El está com uma blusa azul-marinho soltinha e estampada com pequenas bolinhas brancas.

Basicamente, eles parecem que deveriam estar num iate, enquanto eu estou vestindo uma camiseta que diz "EVE FOI INCRIMINADA".

— Foi uma surpresa! — Ellie diz alegremente e Alexander dá um sorriso para mim e minha mãe.

Isso é o mais perturbador sobre Ellie e Alexander. Eles passam tanto tempo sendo pessoas públicas que às vezes agem assim no privado também, então você sente como se eles estivessem dando a menor coletiva de imprensa do mundo, bem ali na sua sala.

— Uma surpresa adorável — meu pai diz, entrando na sala. Ele está usando um par de shorts cáqui que já foram calças, com algumas linhas soltas penduradas sobre os joelhos ossudos. A testa de El se contrai um pouco quando ela olha para o cabelo dele, preso em um rabo de cavalo e começando a ficar grisalho, e para a tinta espalhada por sua camiseta do Pink Floyd. Atualmente, meu pai se vê como um artista, embora não seja muito bom nisso. Mas ele abandonou a música anos atrás e, como minha mãe bem notou, faz bem para ele ter algo que o mantenha ocupado.

E, mesmo que Ellie claramente não esteja impressionada com a aparência do nosso pai, ele é meio que a razão pela qual ela conheceu Alexander.

Aqui, vou fazer como a *Revista Star*:

1. O pai de Ellie, Liam, foi famoso por onze meses em 1992! Segundo Liam, esse é o pior espaço de tempo para ser famoso: não é longo o suficiente para se lembrarem de você, mas é longo o suficiente para estragar sua vida.
2. Liam esteve em uma banda chamada Velvet! Era tão vergonhosa quanto o nome sugere, e com mais cabelos com gel e ternos apertados do que a filha dele, Daisy, gostaria de mencionar.
3. Velvet teve exatamente UM HIT, *Harbor Me*, e, embora o título pareça doce, o "harbor", ou "porto", é usado de forma metafórica, e o clipe foi banido em sete países diferentes. Quanto menos falarmos sobre isso, melhor.

4. A segunda música deles só chegou no #22 (*Staying the Night*, menos nojenta do que *Harbor Me*, mas com referências demais a lençóis e pele), e a terceira nem sequer chegou ao top 100 (*Daisy Chain*, que surpreendentemente não é ofensiva, mas também não é escutável).
5. A essa altura, Liam tinha um apartamento em Londres que não podia mais pagar, um carro chique que já tinha batido duas vezes e um problema com drogas bastante significativo. Muito *Bastidores da Música*!
6. Ele voltou para a cidade natal, um pequeno vilarejo nas Midlands, onde começou a trabalhar na loja de artigos de jardinagem do pai e conheceu a adorável jornalista chamada Bess Murdock, que trabalhava para algum jornal descolado de Londres e se despencou até a pequena Glockenshire-on-the-Vale para entrevistar Liam para a coluna "O que aconteceu com...?".
7. Como todos que já assistiram a alguma comédia romântica podem imaginar, os dois se apaixonaram e se mudaram para a Flórida para um recomeço. Para a sorte de Liam, *Harbor Me* – ou uma versão instrumental dela, pelo menos – foi usada em um comercial de carros e, já que Liam era o único compositor da música (um fato que enche sua família de orgulho e de vergonha ao mesmo tempo!), ele se tornou, como dizem, "bem de vida!".
8. Foi esse lance de sorte que permitiu que os Winters mandassem a filha mais velha, Eleanor, para estudar no Reino Unido, e foi lá que a garota loira de dentes e cabelos brilhantes conheceu o herdeiro do trono escocês!
9. Ellie – como é chamada pelos amigos e familiares – e o príncipe Alexander já namoram há quase dois anos, e isso a transforma na pessoa mais famosa da família, o que quer dizer alguma coisa, já que o pai esteve na capa da NME e a mãe deu uns amassos com um cara do Oasis uma vez!
10. A irmã mais nova de Ellie, Daisy, trabalha em uma loja de conveniência e pintou o cabelo de uma cor excêntrica, o que a torna a *verdadeira* estrela da família Winters.

Pronto. Agora você está atualizado.

— Vocês vão ficar por muito tempo? — pergunto. A última vez que estiveram juntos aqui foi no Natal, e foi meio que um desastre. Alexander precisou dormir no nosso sofá-cama, o que deve ter sido um retrocesso em relação à cama feita por sei lá que dinastia de marceneiros que ele deve ter lá na Escócia (embora tenha passado o tempo todo insistindo que estava bem e que o sofá-cama era "surpreendentemente confortável" e "uma invenção muito interessante"), e então meu pai deu uma coroa de plástico a Ellie, brincando, o que a deixou tão envergonhada que ela passou a maior parte daquela noite no quarto.

Minha mãe ficou ansiosa com tudo, desde como pôr a mesa até se Alex ficaria ofendido se pedíssemos pizza (nossa tradição na véspera de Natal), e depois infernizou os guarda-costas de Alex para que bebessem gemada com a gente no dia de Natal, o que deixou todo mundo tão desconfortável que, no fim das contas, todos nós ficamos lá sentados em total silêncio, Malcolm e David em seus ternos pretos, El e Alexander vestidos como se fossem à igreja e minha mãe e meu pai e eu de pijamas – ele com um pedaço de guirlanda acidentalmente preso no rabo de cavalo.

Para ser sincera, não foi um choque que, depois de tudo isso, Ellie e Alexander tenham decidido fazer uma visita "surpresa". Quanto menos tempo meus pais tivessem para pirar e pensar em novas formas de serem esquisitos, melhor.

— Só o fim de semana — Alexander responde, colocando a mão no joelho de Ellie e dando uma leve apertada. Eles normalmente são tão formais que esse aperto parece ser o equivalente aos dois se agarrarem na minha frente, e isso não é *nada* legal.

— Nós precisamos voltar para Edimburgo na terça — Ellie diz —, mas queríamos falar com vocês primeiro.

E então ela sorri, cobrindo a mão de Alex com a dela e, pela primeira vez, noto o anel de esmeraldas e diamantes em sua mão.

Na mão *esquerda*.

Minha mãe engasga, mas é a reação de meu pai que resume o que estou pensando.

— Meu Deus, Ellie vai ser uma princesa.

CAPÍTULO 4

— **Uma duquesa, na verdade** — Ellie diz e eu juro que ela parece um pouco envergonhada, usando um dedo com a unha perfeita para afastar a franja para o lado.
— Bem, tecnicamente continua sendo uma princesa — Alexander argumenta, colocando as mãos sobre as dela em seu joelho. — Mas sim, o título de Eleanor seria duquesa de Rothesay. Mas, mais importante, ela vai ser minha *esposa*.
El sorri diante do comentário, um sorriso verdadeiro, do tipo que já não vemos com frequência. Quando começou a namorar Alex, o sorriso dela ficou um pouco congelado, um pouco falso.
Da porta, meu pai diz:
— Isso quer dizer que você vai poder mandar nos decapitarem? Porque, se sim, quero lembrar que foi sua mãe que te pôs de castigo por sair escondida quando você tinha quinze anos. É — ele acrescenta para Alex —, ela estava fugindo pra passar mais tempo estudando na biblioteca, mas foi um grande escândalo mesmo assim.
— *Pai* — El diz, mas Alex só dá risada e minha mãe dispensa meu pai com um aceno.

— Para, Liam — ela diz. — Sem brincadeiras hoje.

Ela está usando um vestido velho de verão e tem tinta nos dedos, o que significa que devia estar escrevendo quando Ellie e Alex apareceram – minha mãe é *old school* e escreve seus primeiros rascunhos em blocos de notas –, mas ela está praticamente brilhando.

— Isso é maravilhoso! Com certeza é a coisa mais legal que aconteceu na nossa família.

— Com licença — meu pai diz, cruzando os braços finos sobre o peito — uma vez eu fui lançado de um canhão cheio de glitter em Wembley.

— Liam — minha mãe diz de novo, mas Alex só arqueia as sobrancelhas e diz:

— Acho que isso ganha de um casamento, senhor, tenho que admitir.

Papai estende a mão e a sacode para a frente e para trás.

— No mesmo nível.

— Nós queríamos vir até aqui e contar pessoalmente primeiro, é claro — Alex diz. Apesar de ser escocês, ele soa tão inglês quanto meus pais, mesmo que de um jeito muito mais sofisticado. El tem um sotaque semelhante, mas começa a parecer mais comigo quando está em casa.

— Claro que teremos um anúncio formal em Holyrood na semana que vem — Alex continua —, e tenho certeza de que vai ter bastante atenção da imprensa, então vamos torcer para que meus primos do sul façam algum tipo de escândalo para causar um pouco de distração.

Ele sorri quando diz isso, olhando para nós, e eu fico impressionada com a forma como ele faz tudo isso parecer supercasual. "Holyrood", como se fosse só um lugar qualquer e não a porcaria de um palácio. Os "primos do sul" são a família real da Inglaterra e, merda, eles serão os primos da El também.

El vai ser da *realeza*.

— Você tem certeza disso? — eu pergunto e todo mundo se vira para mim. Olho para Ellie e... nossa, nunca entendi a expressão "ser fuzilada com o olhar", mas aqueles olhos realmente atiram em mim.

Talvez essa não fosse *exatamente* a melhor coisa a dizer quando sua irmã te conta que está noiva, mas não pude evitar.

— Ah, Daisy — minha mãe sussurra e Alex limpa a garganta enquanto Ellie começa a subir e descer a perna. Conheço esse tremor. Eu costumava vê-lo no banco de trás do carro logo antes de ela me dar uma cotovelada, ou dizer para minha mãe que eu estava sendo idiota. Antes de Ellie ir para a Escócia, ela até conseguia agir como uma pessoa verdadeira, às vezes, com um temperamento ruim – e, de vez em quando, um pouco dessa pessoa reaparece.

— Me desculpem — digo, olhando em volta. — Tipo, acho que todos nós sabíamos que isso ia acontecer, mas é só que... — Balancei as mãos no ar. — Você passou esse tempo todo nos mantendo separados da família de Alex, e a família de Alex separada de *nós*, e agora você quer — movo as mãos de novo — espremer todo mundo.

O rosto de Ellie fica vermelho, mas não tenho certeza se de vergonha ou raiva.

— É um casamento, não um *esmagamento* — ela finalmente diz, então meu pai coça a barba bagunçada e responde:

— Se você para pra pensar, casamentos *são* apenas esmagamentos caros e formais.

— *Liam* — minha mãe rosna, mas ela está rindo e então acrescenta —, você consegue imaginar os convites? "Nós requisitamos a honra da sua presença quando nossa filha se esmagará com esse homem."

Meu pai gargalha e o lábio de Alex treme um pouco, enquanto Ellie enfia as próprias unhas nas coxas.

Eu arregalo os olhos e aponto para meus pais.

— Viu? Isso é o que você vai causar à Escócia. Essas pessoas serão os avós do futuro rei ou rainha.

Minha mãe ri, secando os olhos.

— Deus, eu nem tinha pensado nisso — ela diz. — Meu neto, um rei!

— Ou uma rainha, não seja sexista, Bessie — ele diz. — Nós ganhamos títulos por isso? Avô real?

É difícil saber se ele está falando sério ou brincando, porque meu pai é assim e, a essa altura, Ellie está tão quieta e rígida que realmente acho que ela vai se partir em um bilhão de pedacinhos brilhantes bem na nossa frente.

Alex dá um tapinha em seu joelho, e então nos dá o mesmo sorriso que provavelmente tem que dar para os doidos que vão até ele e insistem que *eles* são o verdadeiro Rei da Escócia.

— Veremos o que será possível fazer, senhor — ele diz para meu pai e então olha para mim.

— Entendo que isso vai ser uma grande mudança para você, Daisy. — Recebo o olhar Criancinhas Doentes no Hospital: queixo inclinado para baixo, sobrancelhas juntas, olhos azuis cheios de compaixão. Ele faz isso com frequência, usar a combinação de beleza e autoridade real para nos convencer de que tudo vai ficar bem. — Mas talvez não tanto quanto esteja pensando. Nós todos tentamos, de verdade, viver vidas relativamente comuns e faremos o possível para minimizar qualquer... incômodo para você.

Recostando na poltrona, cruzo os braços sobre o peito. Gosto de Alex, mesmo. Ele é um cara genuinamente legal, mas vem com muita bagagem, e nunca consigo escapar do sentimento de que é um pouquinho injusto eu ter que carregar parte do peso só para Ellie poder ser uma princesa.

Quer dizer, eu entendo o apelo, e Deus sabe que ela parece uma princesa desde que tinha uns três anos de idade, mas é tudo tão... Não sei. Tão sem sentido. Acenar para multidões, cortar faixas, ser esse *ornamento* só por causa de uma casualidade no nascimento.

Ou, no caso de Ellie, de casamento, acho.

— E eu garanto — Alex continua — que, no fim das contas, esse vai ser um casamento bem normal.

— Vai passar na TV — eu o lembro. — Isso não é normal.

Os cantos da boca de Ellie se viram para baixo e, neste segundo, ela se parece, mais uma vez, com minha irmã mais velha de sempre, a que uma vez roubou todos os meus lápis de cor porque usei seu batom favorito em um dos meus desenhos (em minha defesa, aquele tom de rosa fazia um pôr do sol *incrível*, e esse desenho ainda está pendurado no escritório da minha mãe).

É Alex que intervém de novo.

— Entendemos que vai ser muita coisa para todos vocês — ele diz. — A atenção, a viagem, tudo isso. E já estamos organizando as coisas para garantir que todo o processo seja o mais tranquilo possível. Como Ellie disse, nós queremos que isso seja o evento familiar que é, em vez de um... espetáculo.

Do canto em que está, minha mãe se inclina para a frente e diz:

— E nós agradecemos, Alex, de verdade.

— Eu não — meu pai diz, ainda se apoiando na porta. — Adoro um espetáculo.

Todos nós o ignoramos e Ellie flexiona os dedos onde eles se encontram com os de Alex.

— O casamento vai ser no inverno — ela diz. — No Natal.

Minha mãe pisca, a mão remexendo seu longo colar, o que comprei para ela em uma excursão da escola para Boston dois anos atrás. É um pingente que parece um chapéu antigo feito de cobre e ela o usou praticamente todos os dias desde que eu lhe dei.

— Dezembro? — ela repete. — É daqui a sete meses. Ellie, você com certeza precisa de mais tempo pra planejar...

— Já existe um protocolo para um casamento real — Alex interrompe. — E nossas datas são limitadas, dado o calendário da minha mãe e a escola dos gêmeos.

Claro. Os gêmeos.

Ao pensar no príncipe Sebastian e na princesa Flora, meu estômago se retorce todo outra vez. Como eu disse, nós nos acostumamos com Alexander, mas não tivemos nenhum contato com a vida chique de El, e isso inclui conhecer os irmãos de Alexander. Eles têm minha idade ou só um pouco mais velhos e, embora tenha apenas dezessete anos, príncipe Sebastian é basicamente um dos solteiros mais desejados do mundo. E a princesa Flora? Se Ellie parece glamorosa agora, isso não é nada comparado com Flora, que foi capa da Vogue quando tinha *oito anos de idade*.

E agora eles serão parte da minha *família*. O que isso quer dizer, sério? Nós sairemos de férias com eles? Vamos trocar presentes de Natal? O que você *compra* para uma porcaria de uma princesa?

De repente, me sinto tonta e um pouco enjoada e me vejo levantando.

— Tudo bem, filha? — meu pai pergunta e faço que sim, afastando o cabelo suado do rosto.

Está mais quente ainda quando saio para a varanda, mas estar fora da sala de estar, mesmo que por pouco tempo, ajuda. Sinto cheiro de chuva vindo e respiro fundo, fechando os olhos, ouvindo os sinos de vento da minha mãe.

Depois de um tempo, as portas atrás de mim se abrem e espero ver minha mãe, as mãos agitadas como todas as vezes em que ela fica nervosa. Mas, quando me viro, é Ellie.

— Você poderia não fazer isso, talvez? — ela pergunta, franzindo um pouco a testa.

— Não fazer o quê? Surtar porque as coisas estão prestes a ficar bastante bizarras pra mim?

O rosto dela se contrai mais e eu me sinto um lixo de repente.

— El, não — digo enquanto encosto um quadril na grade da varanda e tiro meu cabelo dos olhos. Até El está um pouco suada. — Estou feliz por você — afirmo, mas ela só sacode a cabeça e olha para o teto da varanda por um segundo.

— Talvez seja bom você praticar um pouco para *não* parecer que está morrendo — ela diz e passo o peso de um pé para o outro, os braços cruzados. O vento está aumentando, mas mechas de cabelo ainda grudam no meu rosto e pescoço.

— Talvez, se duas semanas atrás meu namorado não tivesse usado minha conexão com *você* pra ganhar um dinheiro extra, eu estaria mais feliz. Mas ele fez isso, então não estou.

— Como seu péssimo gosto pra garotos é *minha* culpa?

— Michael não é péssimo — digo, embora meia hora atrás eu com certeza o achasse péssimo.

— Eu sei que é bem difícil entender que nem tudo é sobre você, Daisy — Ellie continua —, mas…

COMO SOBREVIVER À REALEZA 35

— Não é! — eu interrompo e lá vamos nós de novo. Talvez os sete anos de diferença entre nós seja muita coisa, talvez sejamos apenas o oposto uma da outra, mas coloque eu e Ellie juntas em um quarto por mais de dez minutos e nós, de algum jeito, acabamos assim. — Eu entendo — continuo —, mas você não está pensando em *nós*. Tipo, eu sei que vai ser uma delícia ser uma princesa e tudo mais, mas nenhum de nós queria isso. Os tabloides, as fotos e... — aponto para o carro com os guarda-costas — *aquilo*.

Ofegante, Ellie coloca as mãos nos bolsos de trás da calça. Ela está definitivamente suada agora e, para ser sincera, é um alívio ver uma parte da sua casca de princesa rachando.

— Bem, a vida nem sempre é justa — ela diz —, e sinto *profundamente* se me apaixonar por um homem maravilhoso é inconveniente pra você.

Eu dou um riso de desprezo.

— Ah, claro, porque você teria se apaixonado pelo Alex mesmo se *ele* trabalhasse no Sur-N-Sav, tenho certeza.

As sobrancelhas de Ellie sobem até quase a linha do cabelo.

— O que *isso* quer dizer?

Mas antes que eu pudesse responder, levantei o rosto e dei uma olhada no que estava acontecendo lá dentro através da janela da frente, e...

— Ai, meu Deus, mãe — eu digo e Ellie se vira de repente, jogando os cabelos loiros na minha cara.

— Não! — ela engasga e nós duas corremos para a porta da frente, unidas uma vez na vida.

Minha mãe está sentada no sofá, ao lado do futuro Rei da Escócia, um braço passando pelos ombros dele, o outro segurando um celular.

Ela pode ser antiquada quando se trata de escrita, mas superatualizada na tecnologia quando estamos falando de celulares, o que quer dizer que no último ano, mais ou menos, ela se tornou a Rainha das Selfies. E então, alguma pessoa cruel – provavelmente nossa vizinha, a sra. Claire – lhe mostrou alguns filtros bobinhos e, desde então, nossa vida se tornou um inferno com caras de cachorrinhos, olhos de anime e chifres de unicórnio.

Deus abençoe Alex, que sorri animado enquanto minha mãe baixa o celular, dando risadinhas.

— Ah, esse é novo, esse é perfeito! — Ela ri alto antes de virar a tela para nós.

Lá estão eles, Alex e minha mãe, ambos usando enormes coroas e pesadas correntes em volta do pescoço, um balão saindo da boca de Alex com a fala "é bom ser rei".

— *Mãe* — Ellie diz, como se ela tivesse acabado de esfaquear o rosto de Alex em vez de tirar uma selfie idiota com ele, mas minha mãe a ignora, ainda rindo enquanto digita.

— Ai, relaxa, Eleanor, ele é da família agora! E não é como se eu fosse colocar no Facebook ou algo do tipo. Vai ser só pra mim.

Para ela e para as vinte mulheres que ela conhece em toda a cidade, é meu palpite.

— Essa é uma ótima foto nossa — Alex diz, e Ellie e eu nos viramos para ele. Talvez ele não seja um príncipe, mas um santo.

Então meu pai estica o pescoço para dentro da sala, vindo da cozinha com uma garrafa de champanhe na mão.

— Devo abrir isso aqui, então? O.k., eu não posso beber nada. A última vez que bebi champanhe foi em 1996 e acabei dando um beijo no Ewan McGregor no lobby do Mandarin

Hotel. — Ele dá de ombros. — Um cara bem bonito, aliás. Não achei nada ruim. Mas enfim, desde então, nada de álcool pra mim. Não só por causa do beijo, mas todo o resto, vocês sabem. — Ele acena com a mão. — Vícios, acidentes de carro, acabar com a vida e coisas assim.

Tirando o alumínio dourado que cobre o gargalo, ele acena para Alex com a garrafa.

— Vou te contar uma história. A última festa, antes de eu deixar tudo pra trás, aconteceu na Escócia, na verdade, e envolveu uma daquelas vacas peludas que vocês têm por lá. Não sei se você conhece muitas dessas vacas pelo nome, mas essa se chamava Eliza. Não, Elspeth.

Meu pai volta para a cozinha, ainda falando sobre a Escócia, vacas e um trem roubado e eu olho para Alex, sentado no sofá, as mãos presas entre os joelhos enquanto minha irmã se senta ao lado dele e coloca a mão no seu ombro.

— Bem-vindo à família — eu sussurro.

A noiva de xadrez

A noiva USARÁ xadrez? Talvez um cinto, pelo menos? ESPERAMOS QUE SIM. O príncipe Alexander da Escócia anunciou seu noivado com a Verdadeira Barbie Humana Ellie Winters (argh, esse nomeeeee! Ela não parece a protagonista corajosa de uma série sobre advogadas do sul dos EUA? Ai, espera, aposto que vamos ter que chamá-la de Eleanor agora por motivos de: REALEZA). Enfim, Eleanor-e-não-Ellie namora o tedioso príncipe Alexander há séculos, então ninguém está surpreso de verdade, embora faça muito tempo desde a última vez que a Escócia teve um casamento real e, dada essa família em *particular*, espero que seja uma EXTRAVAGÂNCIA.

O casamento será em dezembro, em Edimburgo, blá, blá, blá COISAS DE CASAMENTO, vamos deixar isso para outro blog. Vamos às questões REAIS:

1. Seb vai levar uma acompanhante? Se sim, pode ser eu?
2. Os "Rebeldes Reais" vão organizar uma DESPEDIDA DE SOLTEIRO? Se sim, quantas pessoas serão presas/deportadas/assassinadas?
3. Eleanor-e-não-Ellie por acaso TEM uma família pra trazer pra esse negócio, ou ela é um robô? (vocês sabem o que EU acho).
4. Não, sério, por que a gente não sabe nada da família dela? As pessoas não conseguem calar a BOCA a respeito de uma Certa Irmã de um Certo Príncipe lá em Londres, então como pode a gente nunca ter ouvido nada sobre os parentes de Eleanor-e-não-Ellie? Hummmmm...

("A noiva de xadrez", *Crown Town*)

CAPÍTULO 5

— **Seu novo cunhado** é realmente muito gato — Isabel diz e eu faço uma cara emburrada para ela por cima de nossos notebooks. Estamos sentadas em uma pequena mesa no canto do Bean Grinder, o primeiro e único café de Perdido e, embora devêssemos estar fazendo simulados, é claro que Isabel está usando a internet para outra coisa bem diferente.

— Primeiro — digo —, ele ainda não é meu cunhado. Segundo, o que aconteceu com me ajudar a ignorar tudo sobre a Ellie?

Isabel nem tenta parecer culpada enquanto toma seu mocha branco gelado pelo canudinho.

— Isso foi quando Ellie estava só namorando um príncipe, não quando ia *casar* com um — ela me lembra —, e já que você está tão determinada a ignorar tudo, decidi que alguém precisava cuidar de você.

— Lendo esses blogs lixo de fofoca sobre a realeza? — pergunto, soprando meu chá de flor de laranjeira.

— Lendo esses blogs lixo de fofoca sobre a realeza — Isabel confirma, os olhos ainda grudados na tela à sua frente. —

É um sacrifício, mas é esse o tipo de coisa que estou disposta a fazer pela nossa amizade, Dais.

— Você realmente se supera — respondo, revirando os olhos. Tento voltar para as questões de múltipla escolha na minha frente, mas depois de alguns segundos encarando a mesma pergunta sobre vocabulário, levanto o rosto por cima da tela. — Alguma coisa sobre mim?

Isabel sacode a cabeça, seu cabelo escuro deslizando pelos ombros.

— Não que eu tenha visto, mas ainda não cheguei o *Crown Town*.

— Por favor, reflita sobre as palavras que acabou de dizer e então se pergunte: como você se sente quando elas saem da sua boca?

Isabel me ignora com um aceno, sua outra mão clicando em algo.

— Existem milhares desses blogs. Alguns são sobre todas as famílias reais do mundo. Tem uns bem sérios, tipo o *Royal Watch* e *Moments of the Monarchies*.

Ela vira o notebook para que eu possa ver a página. É o *Royal Watch* e no topo da tela tem uma enorme bandeira do Reino Unido. Embaixo, vejo algumas fotos de bom gosto da família real inglesa.

— A maioria dessas páginas é administrada por americanos — ela me conta e volta o computador para poder clicar em outra coisa. — Mas aí tem o *Prattle*, uma revista sobre pessoas chiques pra pessoas chiques. Tipo "qual hotel tem o melhor concierge?" e "qual dos seus criados você pode beijar?", coisas assim.

— Encantador — eu resmungo, observando o título em uma fonte gigantesca e uma foto de um aristocrata de mau humor segurando um drinque.

— E aí tem coisas tipo o *Cortem-lhes as cabeças* e *Crown Town* e esses são os horríveis — ela conclui, virando o notebook para si.

— E por isso são os mais divertidos? — eu sugiro e Isabel dá de ombros.

— Queria poder dizer que não, mas sim, são esses que eu favoritei. Acho que Ellie tem razão em pensar que, com sua família estando na Flórida, e outros nobres indo parar nas manchetes da Escócia *o tempo todo*, ninguém liga muito pra vocês.

Ela me olha, as sobrancelhas franzidas:

— Isso é bom ou ruim?

— É bom — digo, o alívio transformando minhas palavras em um suspiro. Por mais que Ellie tenha dito que nada mudaria muito logo de cara, eu não tinha acreditado nela. Mas já faz mais de duas semanas que o noivado foi anunciado e, embora tenha sido uma grande coisa, os holofotes ainda estão apenas em Ellie e Alexander.

— As pessoas amam a Ellie, aliás — Isabel me diz, subindo e descendo o canudo para cutucar o gelo no copo. — Tipo, algumas dessas pessoas superchiques estão incomodadas que Alex vai se casar com uma americana, mas os plebeus estão loooucos por ela.

— Você acabou de dizer "os plebeus", então não somos mais amigas. Foi ótimo te conhecer, mas...

Isa puxa o canudo do copo, espirrando gotas de mocha gelado em mim.

— Estou tentando te dar um panorama aqui, Dais. Estou sendo sua *aliada*.

Seco meu rosto com um guardanapo e o jogo nela.

— Não, você só está lendo fofoca e, além do mais, nada disso tem realmente a ver comigo.

Apertando os olhos escuros, Isabel apoia os cotovelos na mesa.

— Você acha isso mesmo? — ela pergunta e eu dou de ombros, desconfortável.

Tá bem, tem *algo* a ver comigo, mas talvez eu possa só fazer um curso intensivo de etiqueta real antes do casamento e então voltar a viver uma vida em que não preciso saber o quanto é necessário abaixar ao fazer uma mesura para alguém.

— Então, o que meu *não* cunhado supergato anda aprontando nesses sites? — pergunto, mais para me distrair do que por qualquer outra coisa. Em outra mesa, do outro lado do café, vejo Hannah Contreras e Maddy Payne olhando para mim e Isabel e sinto que somos o assunto sobre o qual elas estão sussurrando. Eu gosto de Hannah e Maddy (quando você mora em uma cidade pequena como Perdido, basicamente conhece todo mundo), mas nunca fui objeto de fofoca antes e devo dizer que não é minha coisa favorita da vida.

— Bom, ele terminou com a namorada, ou pelo menos é o que diz o *Cortem-lhes as cabeças* — Isabel informa. — Era uma menina argentina, supergata *também,* irmã de um jogador de polo famoso. Aí, pra superar o término, ele e os amigos foram pra Mônaco, mas... — Ela se inclina para mais perto da tela, apertando um pouco os olhos. — Um dos amigos de Seb notou um cara tirando fotos e decidiu brigar com ele. Jogou o cara numa fonte. Então Seb puxou o fotógrafo pra fora da água e no dia seguinte mandou um cheque *bem* grande pra ele pra compensar o preço da câmera.

— Basicamente a mesma coisa que a gente faz num fim de semana normal — digo, voltando para minha prova. — Saquei.

Isabel dá outro gole em seu mocha gelado, rindo.

— Pelo menos é um jeito fácil de quebrar o gelo no casamento. — Ela pega o notebook e o vira de frente para mim. Há uma foto imensa de Sebastian em um terno lindo, com um sorriso enorme e acenando com a mão. Seu cabelo é mais escuro que o de Alex, mas o flash da câmera revela reflexos ruivos. Os olhos são tão azuis quanto os de Alex, porém, juro por Deus, mesmo em uma foto ruim de paparazzi, eles parecem brilhar. Há dois caras do lado dele, um pelo menos uma cabeça mais baixo do que Seb, com cachos escuros e uma expressão de desdém, e o outro loiro e sorrindo para as câmeras.

Isabel aponta para cada um deles com sua unha cor-de-rosa.

— Esses caras estão, tipo, *sempre* com o Sebastian. Os tabloides chamam eles de "Rebeldes Reais". Caras de famílias super-ricas que estudaram com o Seb na escola ou algo assim.

— Seb? — repito, arqueando a sobrancelha e, dessa vez, Isabel tem a dignidade de corar um pouco.

— Estou lendo muito sobre isso! — ela insiste. — Todos os jornais e sites chamam ele de Seb. É o tipo de coisa que você precisa saber, Dais. Tipo, nós ainda nem chegamos na Princesa Flora e é ali que está o escândalo *de verdade*.

Sacudo a cabeça e passo para a próxima página do meu teste.

— Quanto menos eu souber, melhor — digo. — Só quero sobreviver ao casamento, voltar pra casa e então o resto... disso aí — aponto para a tela com a mão, incluindo o site, Sebastian bêbado, seus amigos ricos e depravados, tudo isso — pode ficar com Ellie.

Isabel faz uma careta para mim, colocando o computador de volta na mesa e o estudando de novo.

— É triste te ver desperdiçando a proximidade com garotos assim.

— Seria um desperdício com você também — eu a lembro —, com Ben e tudo mais.

Isabel só dá de ombros quando menciono seu namorado.

— Ben ia querer que eu realizasse meus sonhos, Daisy, e se um desses sonhos é pegar um príncipe...

— Argh, para! — Eu atiro uma bolinha de guardanapo nela e ela ri de novo.

Mas então, depois de um segundo, ela apoia o cotovelo na mesa.

— Estou falando sério, sabe. Não sobre pegar o Seb... tipo, estou falando sério sobre isso também, mas você precisa mesmo dar uma olhada nisso tudo. Saber no que está se metendo.

Eu olho de volta para a página na minha frente, mordendo meu lábio inferior.

— Não me meti em nada. El meteu todo mundo nisso e ela e Alex dizem que nada vai mudar.

Isabel fica quieta e eu levanto os olhos da prova. Ela se reclinou na cadeira, os olhos escuros ligeiramente apertados, e isso significa que receberei uma séria dose de Verdades da Isabel Alonso.

— Dais — ela diz, e sim, lá vem. — Por que você está tão resistente?

Puxando a cadeira para mais perto da mesa, ela segura meu pulso, sacudindo meu braço.

— Um *príncipe*, Daisy. *Castelos*. É um mundo novo se abrindo pra você e você deveria estar, tipo... — Ela solta meu pulso e fecha os dois punhos no ar, abrindo a boca em uma espécie de grunhido silencioso de animação, os olhos bem fechados.

Eu rio, cutucando-a com meu lápis.

— Eu não estou toda — imito o gesto dela e jogo minhas mãos na mesa — porque isso não é *minha* praia. É a de Ellie. E agora é... — Não quero entrar nesse assunto, nem mesmo com minha melhor amiga, mas Isa é implacável.

— Ah, não — ela diz. — Nem vem com essa cara sonhadora de "e se...". Fala logo.

Fuzilando-a com o olhar, dou de ombros e me pergunto como explicar. Finalmente, escolho um exemplo.

— Tá, lembra quando eu estava no quarto ano e meus pais ficaram loucos e decidiram fazer aquela viagem de carro para o oeste?

— O Incidente do Grand Canyon — Isabel diz, fazendo que sim com a cabeça com ares de sabedoria, e eu aponto meu lápis para ela.

— Esse mesmo. Então, a gente ficou na Califórnia no último dia da viagem, e eu queria ver a Misteriosa Mansão Winchester porque *óbvio*.

— *Óbvio* — Isa repete.

— Mas, ao mesmo tempo, uma faculdade que Ellie queria ver em São Francisco estava aberta pra visitação, e ela queria ir *lá*. Então meus pais disseram que colocariam um dia extra na viagem. Primeiro a gente iria na faculdade que Ellie queria conhecer e, no dia extra, veríamos a *minha* parada.

Isabel inclina a cabeça para o lado.

— Justo — ela decide e eu faço que sim.

— O problema é que a gente comeu camarão na universidade e pegou uma intoxicação alimentar, então não houve o segundo dia. Nada de Misteriosa Mansão Winchester. E eu entendo que foi um Ato de Deus...

— Um ato de bactérias, mas continua.

— Mas a questão é que sempre foi assim. Primeiro a parada da Ellie e depois a minha, se tivermos tempo. E eu nem posso ficar brava com isso porque a parada da Ellie é sempre, tipo, ver uma universidade, ser voluntária no Habitat para a Humanidade ou fazer uma viagem durante as férias pra ensinar inglês na Guatemala.

Eu estico o braço, viro a mão de lado e mantenho a palma reta.

— Ela sempre foi superfocada nas coisas que importam. — Abaixando a mão, dou de ombros de novo. — E eu só quero ver casas estranhas, ou exposições, ou qualquer coisa assim, então entendo por que as coisas dela têm que vir na frente. É só que... com o casamento com o Alex, as coisas dela *sempre* vão vir na frente. A gente vai passar o resto da vida planejando o Natal de acordo com a agenda *dela*. E, como eu disse, não posso ficar brava com isso. Eu *entendo*. Eu só...

Dessa vez, quando perco a linha, Isabel não reclama e eu sacudo a cabeça.

— Menos foco em Ellie e na realeza e mais foco em Key West — digo, batendo com a ponta do lápis na parte de cima do notebook dela. — Faltam *duas* semanas e ainda não combinamos nossas roupas.

Se tem uma coisa que pode distrair Isabel desse papo de "Seb", é nossa viagem para a KeyCon, e ela sacode a cabeça, dando uma piscadinha exagerada.

— Você está certa — ela concorda. — Foco no que importa.

Nós estamos falando sobre a viagem, principalmente sobre o que vamos vestir e quais painéis queremos ver, quando Hannah e Maddy entram na minha visão periférica.

Conheço as duas desde o terceiro ano, mas elas estão hesitando tanto que você pensaria que somos completas desconhecidas. Consigo sentir meu coração afundando.

— Eeeeeei, Daisy — Maddy diz de forma arrastada, brincando com as pontas do cabelo. Ele tem mais ou menos o mesmo tom de loiro-escuro que o meu tinha antes da coloração.

— Err. Oi?

— Então. Sua irmã. — É isso. Isso é literalmente tudo que ela diz, como se explicasse a situação inteira, e eu só faço que sim com a cabeça. Do outro lado da mesa, Isabel está meio jogada na cadeira, observando as duas enquanto tamborila as unhas no copo de plástico.

— Você vai no casamento, né? — Hannah pergunta. Ela tem o mesmo cabelo preto de Isabel, embora o dela seja um chanel comprido, as pontas encostando nos ombros quando ela se inclina para a frente. — E, tipo, na televisão?

Maddy transfere o peso de um pé para o outro, aproximando-se um pouco.

— E você vai se mudar pra lá? Pra Escócia?

Hannah sacode a cabeça, os olhos arregalados.

— Tipo, você vai ser praticamente uma princesa, certo?

Suspirando, tomo um gole do meu chá antes de dizer:

— Não posso falar sobre isso. — Então, sussurrando, acrescento: — Por questões de segurança.

Maddy e Hannah arregalam os olhos, afastando-se um pouco, e Isabel sorri para mim antes de fechar o rosto em uma expressão séria e continuar:

— É, ela teve que assinar papéis e tal. Se ela falar sobre isso, vai se ferrar. Tipo, se ferrar *mesmo*.

— Isa! — eu digo, brava, e olho em volta, como se as pessoas pudessem estar nos observando. — Você sabe o que acontece se eles escutarem a gente!

Dou a Isabel meu olhar mais solene e traço uma linha pela minha garganta. Isabel engole em seco, parecendo apropriadamente assustada.

— Meu Deus — Hannah expira e Maddy me olha, boquiaberta.

— Só... não me perguntem nada disso, tá? — eu peço, e Hannah e Maddy fazem que sim com tanta força que fico surpresa por elas não terem quebrado o pescoço.

As duas voltam para a mesa delas, sussurrando de novo e parecendo pálidas de verdade.

— Nós somos más — Isabel diz, sacudindo o gelo em seu copo, e eu dou de ombros.

— Proativas.

Voltando para minha prova, deixo Isabel retornar para sua jornada pelo mundo da fofoca e penso em comprar algum tipo de fruto do mar frito quando voltar para casa. Dias estressantes exigem calorias, então...

— Ai, meu Deus! — Isabel geme e minha cabeça se levanta de repente. Por um segundo penso que ela viu um inseto, ou pior, uma cobra (Isabel tem uma fobia mortal de tudo que rasteja), mas então vejo que seus olhos ainda estão grudados na tela, o rosto ficando meio cinza por baixo do bronzeado, e sei que é bem pior.

EXCLUSIVO: "DAISY WINTERS TERMINOU COMIGO POR UM UPGRADE REAL"

Parece que Eleanor Winters não é o único membro da família com ambições reais. De acordo com nossa entrevista exclusiva com Michael Dorset, namorado mais recente de Daisy, agora que a irmã, Eleanor, não é *apenas* a namorada do príncipe Alexander, mas sua noiva, Daisy viu suas próprias oportunidades deslancharem.

"Daisy sempre foi uma garota bem de boa", Michael nos diz. "Desencanada, sabe? Pouco se [palavrão deletado] para o que os outros pensam dela. Mas ela mudou desde que Eleanor começou a namorar o príncipe Alexander. E depois que eles ficaram noivos? Ela nem olhava pra mim."

Nós perguntamos se ele achava que Daisy estaria de olho no irmão de Alexander, príncipe Sebastian, e o sr. Dorset deu de ombros. "Eu não ficaria surpreso. É claro que o casamento da irmã subiu à cabeça dela."

Então, o sr. Dorset tocou para nós um pedaço de uma música que escreveu para Daisy Winters e que, segundo ele, deixou a colegial-futura-agregada-real pouco impressionada.

EU SABIA!!

Aham, caros leitores, eu não estava AGORA MESMO me perguntando ooooooonde raios estaria a família de Eleanor-não-Ellie? E vocês não me RESPONDERAM, meus anjos?? É CLARO! Então, a gente sabia que a nossa srta. Eleanor vinha de uma família com dinheiro. Talvez não o tipo de dinheiro com o qual ela vai se casar, do tipo "f* todo mundo", mas ainda assim. O pai dela foi uma estrela do rock — embora por suuuuuper pouco tempo — e a mãe escreve aqueles livros de mistério em que as pessoas são assassinadas em cidadezinhas pequenas de jeitos superfofos. Tipo, "ah, não, o confeiteiro local foi esfaqueado com uma espátula de bolo!". ESSE tipo de coisa. Mas nós SABÍAMOS de tudo isso, então a GRANDE DESCOBERTA é que a nossa Eleanor-não-Ellie tem uma IRMÃ MAIS NOVA GATA. Quem nunca? Estou adicionando uma foto que alguém me mandou e meu Deeeeeeus, o cabelo!! Você não SENTE que a srta. Eleanor NÃO TEM TEMPO PRA ISSO? Eu juro que tinha uma *boneca da Pequena Sereia* com cabelo dessa cor. ENFIM, o nome dela é Daisy (e o pai dela escreveu uma música chamada *Daisy Chain*, o que dá um toque de VERGONHA ALHEIA a tudo isso), ela está no ensino médio (é por isso que não sabíamos quase nada dela até agora, segundo minhas "fontes" — a assustadora família de Alexander queria que ela fosse deixada em paz porque ainda não tem dezoito anos, o que parece meio burro considerando quantas Celebridades de Fraldas eu vejo nos tabloides, mas que seja). O TMZ fez uma entrevista exclusiva com o inútil do ex dela, que diz que ela o dispensou porque, como a irmã, ela tem AMBIÇÕES PRINCIPESCAS. Ela trabalha em uma LOJA DE CONVENIÊNCIA, eeeeeee estou encaminhando um link para o Facebook dela porque, sério, não é como se a gente já não soubesse que eu vou para o inferno, então vamos ABRAÇAR O CAPETA, POR QUE NÃO? É bem sem graça, não vou mentir, mas vamos lá, ela TEM QUE ser A vadia, certo?

("Eu sabia!!", *Crown Town*)

CAPÍTULO 6

— **Posso só mencionar** que ser chamada de "A vadia" quando eu tive exatamente um namoro que durou menos de um ano é *profundamente* injusto?

Mesmo pela tela do computador, posso sentir El contraindo os ombros enquanto olha com raiva para a câmera.

— Daisy, isso não é engraçado.

Meus pais e eu estamos na sala de jantar, apertados em volta do meu computador. Ellie está em Edimburgo, no apartamento que divide com outra garota que trabalha na editora dela, e já que são mais ou menos duas da manhã lá, ela sussurra na maior parte dessa sessão emergencial de Skype. El ainda está com a roupa do trabalho, o que, estranhamente, me faz ter um pouco de dó. "pijaminha 17h, ou morra" é praticamente meu mantra.

Talvez seja por isso que mantenho um tom suave quando respondo:

— Acredite em mim, eu sei que não é, El. *Eu* que tive que deletar o Facebook. Que, aliás, não era nada sem graça. Eu tinha várias fotos da viagem do ano passado pra Colônia de Williamsburg!

— Acho que a falta de um catálogo de gente é realmente o menor dos nossos problemas agora — meu pai diz. Ele está sentado do meu lado, bebendo suco de cranberry em uma taça de vinho.

Minha mãe se permite fumar um cigarro. Ela parou há uns dez anos, mas ainda se dá três cigarros por ano, para serem usados em comemorações ou crises.

Não há dúvida de qual é o caso agora.

— É só um post num blog — ela diz, apagando o cigarro no cinzeiro disforme de argila que eu fiz para ela dois anos atrás quando passei por uma fase de cerâmica. Deveria ter o formato de mão, mas parece mais com uma garra, para ser sincera. O fato de eu tê-lo pintado de verde não ajuda. — Não é como se isso estivesse nos jornais ou na TV. Enfim, quem lê esses blogs?

— Mais gente do que você pensa. Mesmo os blogs menores, como o *Crown Town*, recebem mais ou menos um milhão de acessos por mês. — Uma voz fala fora da câmera, ao lado de Ellie, e vejo minha irmã dar uma olhada para a direita antes de virar levemente o notebook e enquadrar uma mulher de jaqueta creme e cachecol xadrez, um broche de ouro prendendo-o em volta do pescoço. O cabelo dela é escuro e liso, preso atrás das orelhas e, para ser sincera, ela poderia ter vinte e cinco anos ou cinquenta, é impossível dizer.

— Mãe, pai, Daisy, essa é a Glynnis — Ellie diz. Nós só conseguimos ver metade de seu rosto, já que Glynnis ocupa a maior parte da tela. — Ela trabalha pra família do Alex como um tipo de…

Ellie para no meio da frase, e os lábios vermelhos de Glynnis se abrem em um grande sorriso.

— *Liaison*, por assim dizer — ela completa com um sotaque francês perfeito. — Estou aqui pra ajeitar tudo que precisa ser ajeitado.

Dentes brancos aparecem na tela e meu pai resmunga, colocando a taça na mesa com tanta força que um pouco de suco espirra.

— Ah, eu conheço seu tipo — ele diz, acenando para ela com a cabeça. — São vocês que mantêm as coisas fora do jornal. Os que inventam "exaustão" como se fosse uma coisa que as pessoas têm de verdade.

O sorriso de Glynnis não diminui nem um pouco, o que me impressiona. Na maior parte do tempo, meu pai é o sujeito mais doce do mundo, mas quando ele usa esse olhar penetrante, é fácil lembrar que um dia foi capaz de conquistar estádios inteiros.

— Mesmo assim — ela diz, com uma voz seca. Diferente da minha irmã e de Alex, Glynnis realmente soa escocesa, especialmente quando acrescenta: — Está claro que temos um problema agora, não é, família Winters?

Sinto um suor frio escorrer entre as escápulas quando ela diz isso. Pensei que se eu continuasse fingindo que o post não era grande coisa, ele não *seria* grande coisa. Assim como eu pensava que poderia não participar das coisas do casamento, exceto por ter que ir no casamento em si. Isabel teria dito que era ingenuidade, mas eu chamava de "autopreservação".

— O problema com esses sites — Glynnis continua, puxando o celular e tocando a tela — é que toda informação nova dá início a uma competição. O *Crown Town* divulga o seu Facebook, então o *Cortem-lhes as cabeças* vai querer fotos do anuário, entrevistas com amigos, ex-namorados, qualquer coisa que conseguirem achar. Então, claro, parte da imprensa mais séria vai atrás disso e, antes que a gente perceba, a coisa toda saiu das nossas mãos.

Meu suor aumenta conforme mais imagens do meu rosto estampado nas capas de revistas e coberto por manchetes sensacionalistas começam a invadir meu cérebro. Por que eles iam me querer quando têm a El, que é bem melhor nessas coisas?

Glynnis ainda está falando enquanto luto contra meu ataque de pânico, e levo um minuto para perceber o que ela está dizendo. Somente quando ouço "para que eu possa marcar o voo de Daisy" olho para a tela.

— Espera, o quê?

Minha mãe está encostada na cadeira, os braços cruzados, olhando para Glynnis por cima do copo.

— O verão inteiro? — ela pergunta e olho para ela, meus olhos arregalados.

— Espera aí, o que está acontecendo? Desculpa, eu estava tendo uma crise existencial, então não prestei atenção.

O rosto de Ellie aparece na tela de novo quando ela se inclina sobre Glynnis para me lançar o Olhar de Irmã Mais Velha.

— Será que você pode tentar focar nas coisas que são explicitamente a seu respeito?

— Será que você pode não encher meu saco quando tudo isso está acontecendo por *sua* causa? — disparo de volta e minha mãe toca meu braço, sacudindo a cabeça devagar.

— Agora não, meninas — ela diz e lança o mesmo olhar para El. — Você também, mocinha.

Ellie faz uma cara de desdém e eu a vejo olhando para Glynnis, que está diplomaticamente focada em seu telefone e não em nossas provocações fraternais.

— O plano é — Glynnis diz, ainda sem levantar o rosto — que você venha pra cá no verão. Para a Escócia. Vai ser muito mais fácil de controlar o acesso a você se estiver ao redor de Eleanor e Alexander.

— Eu não quero estar ao redor de ninguém — respondo. — Além disso, *não posso* ir pra Escócia. Isabel e eu vamos pra KeyCon, em Key West, daqui a algumas semanas.

Minha mãe murmura e faz que sim com a cabeça.

— É verdade, você está planejando isso há séculos. Talvez depois...

Glynnis se inclina para a frente, seu sorriso se tornando ameaçador.

— Sinto muito — ela diz —, mas a família faz questão que resolvamos isso o mais rápido possível e o cronograma do verão já está fechado. Seria *tão* mais fácil incluir a Daisy *agora*.

— Mais fácil pra quem? — pergunto, mas é uma pergunta idiota, porque é claro que ela está falando da família real e de Ellie.

— Daisy, estamos tentando ajudar — Ellie pede, tirando o cabelo do rosto. Quando ela faz isso, vejo o quão pontudo seu queixo está. El de fato parecia mais magra quando esteve aqui, mas pela primeira vez vejo que ela está *realmente* magra e que há uma leve sombra violeta sob seus olhos. Fizeram um post idiota sobre mim e eu já estava me sentindo completamente desajustada. Como é ter *milhares* de posts como esse?

Mas então eu me lembro que ela está tentando me fazer desistir da viagem, dessa viagem que Isabel e eu esperamos há um ano. Como posso contar para a Isa que, desculpa, minha irmã tomou o controle e agora eu não posso ir?

E então, argh, é tão idiota, mas sinto minha garganta apertando.

— Não — digo. — Eu não vou cancelar com a Isabel só por causa de um site idiota de fofocas e um garoto babaca. Nós *planejamos* isso. Ash Bentley vai estar lá e ela é nossa autora favorita e...

Suspirando, Ellie joga as mãos para cima.

— Ai, meu Deus, Isabel pode vir pra cá por alguns dias, ou algo assim.

Glynnis faz que sim e começa a mexer no celular.

— Você disse Ash Bentley? — Mais uns toques e ela sorri. — Ela vai estar em turnê pelo Reino Unido no mês que vem, na verdade. Posso ligar pra editora dela, fazer com que encaixem um evento em Edimburgo. Nós traremos sua amiga pra vê-la também.

— Ótimo — Ellie diz, olhando de volta para a tela. — Viu? — ela pergunta. — Resolvido.

Eu fico ali sentada, de boca aberta.

— Não, *não* está resolvido. Não quero o seu "pessoal" me fazendo favores, eu quero vê-la daqui a duas semanas em Key West com a Isabel, *como nós planejamos*. E não é só a Ash Bentley. É toda a convenção. É... — Eu paro porque não tenho ideia de como fazer com que elas entendam que isso era algo pelo qual eu estava esperando. Para Ellie, provavelmente é só mais um dos meus hobbies esquisitos, mas era para a KeyCon ser o ponto alto do meu verão.

Glynnis se inclina para trás, claramente para que Ellie possa resolver tudo, e minha irmã aperta os olhos antes de abaixar a voz e dizer:

— Mãe, fala com ela.

Eu me viro para olhar para minha mãe, que passa as mãos pelo cabelo. Ela é loira como Ellie (e eu, antes de pintar o cabelo), mas um pouco mais grisalha, com um corte bagunçado que emoldura seu rosto. É o meu rosto, basicamente, só que mais velho, e quando ela olha para mim eu sei o que vai dizer.

— Você vai ficar do lado dela — eu digo e ela estende o braço, colocando a mão sobre o meu.

— Querida. Parece um meio-termo justo. Mais que justo, na verdade.

Acontece que eu sei disso. Sei que ir a um evento menor, em vez de uma convenção gigante onde seremos apenas rostos na multidão é melhor, mas é só que... era *nosso* lance. Nossa ideia, nosso plano, nossa *escolha*. Nada nessa história é minha escolha.

Quando não digo nada, Ellie pega o notebook e o segura mais perto do rosto.

— Essa história não é só uma fofoca aleatória, Daisy — ela diz. — A Glynnis está sendo gentil demais pra dizer que já chegou nos jornais *daqui*, e eu realmente gostaria que meus futuros sogros conhecessem vocês e vissem com os próprios olhos que vocês são pessoas adoráveis e totalmente normais.

— Nós somos normais? — meu pai pergunta, puxando o rabo de cavalo. — Isso é decepcionante.

Glynnis pega o notebook de novo, dando-nos aquele sorriso brilhante. Eu me pergunto se seria demais dizer que ela precisa diminuir isso aí, porque esse sorriso faz com que ela pareça prestes a nos devorar.

— Nós já estávamos planejando uma reunião mais perto do casamento — ela diz —, mas, como estamos no verão, parece a ocasião perfeita, e espero que todos vocês concordem.

— Não — digo de novo —, porque eu tenho um... Deus, como vocês falam? Um "compromisso anterior". Além disso, ainda não aprendi o protocolo nem nada — argumento. — Posso dizer a coisa errada pra pessoa errada e causar um incidente internacional. E se eu estragar as coisas de um jeito que a Escócia declare guerra à Flórida? E aí, El?

Minha irmã ainda está segurando o cabelo por cima do ombro, a cabeça inclinada de leve para o lado e os olhos apertados.

— Por que você é assim?

Eu dou de ombros.

— Papai, provavelmente.

Do meu lado, ele imita meu dar de ombros.

— Provavelmente — ele concorda e eu penso que se Glynnis não estivesse sentada bem ao lado dela, Ellie já teria fechado o computador com força.

Como sempre, minha mãe é a pacificadora.

— O.k., o.k., chega. Eu sou sua mãe, então eu decido. Glynnis, você acha que ter a Daisy aí durante todo esse... quiprocó do noivado tornará as coisas mais fáceis pra ela?

— Mãe! — eu reclamo, mas ela só levanta a mão, ainda olhando para o notebook.

Glynnis tira os olhos do celular e dá aquele sorriso de devoradora de gente de novo.

— Acho. Quanto mais controle tivermos sobre a situação, melhor. Sei que agora só parece um post maldoso, mas acredite em mim, essas coisas se tornam uma espiral. — O sotaque dela transforma a palavra em uma verdadeira espiral, com as vogais esticadas e o *r* retorcido.

Antes que qualquer um de nós diga mais alguma coisa, Glynnis continua:

— Claro, podemos começar devagar. A maioria dos eventos maiores e provavelmente mais estressantes só vai começar mais perto do casamento. Não há por que jogar Daisy na parte funda da piscina junto com Suas Majestades.

Suas Majestades. A Rainha e o Príncipe Consorte da Escócia, com quem eu agora vou passar um tempo.

Agora meu estômago está espiralando.

— A Isabel... — eu começo.

— Pode vir te visitar aqui — Glynnis conclui suavemente. — Nós vamos acertar tudo.

— Preciso falar com ela, pelo menos — digo, mas Glynnis já está falando de novo.

— Na semana que vem, o marquês de Sherbourne dará uma festinha pra Eleanor e para o Alexander. Só pra família e amigos íntimos, e só os mais jovens. É um bom lugar pra começar, não acha?

Glynnis se vira para Ellie e eu noto que minha irmã não tem tanta certeza. Seus longos dedos ainda estão torcendo o cabelo, fazendo com que o gigante anel de noivado brilhe.

— Se... se você acha que é melhor — ela diz e Glynnis lhe dá um tapinha no braço. Suas unhas são do mesmo vermelho vibrante que o batom.

— Sério, eu sou invisível? Vocês vão continuar planejando isso como se eu não tivesse dito não umas mil vezes? — eu interrompo, olhando para eles, e meu pai suspira, os ombros finos se movendo por baixo da camisa com estampa havaiana.

— Esse trem está partindo, minha Daisy-Daze — ele diz em voz baixa. — Melhor embarcar antes de ser atropelada.

— Eu sei que você estava ansiosa pra ir pra Key West, amor — minha mãe diz, do meu outro lado —, mas acho mesmo que Glynnis e Ellie chegaram a uma boa solução aqui. E pensa no quanto a Isabel vai ficar animada de te visitar na Escócia! Key West não vai a lugar nenhum, você ainda pode ir pra lá quando voltar.

— Exatamente — Glynnis diz, fazendo um gesto com a mão como se estivesse me mostrando um prêmio incrível que acabei de ganhar. — E, claro, sr. e sra. Winters — ela acrescenta —, nós adoraríamos recebê-los também. Como eu disse, a festa é para os mais jovens...

— E pra bebedeira e indecência — meu pai diz, endireitando-se na cadeira com um suspiro. — É, é. Eu tive minha cota disso, então podemos passar a festa. Vamos para a parte de conhecer a nova família da Berry, o.k.?

— Pai! — El diz, as bochechas ficando rosadas e os olhos fuzilando para Glynnis.

— Desculpa, desculpa — ele diz com um aceno de mão. — Conhecer a família nova da Eleanor.

Ellie passa as mãos pelo cabelo e, se eu não tivesse acabado de ter meu próprio verão arruinado, teria dó dela. Ela trabalhou tanto nos últimos anos para manter as coisas em caixas separadas, e agora, graças a um blog idiota, essas caixas estão prestes a desabar na sua cabeça.

— Então, está marcado? — Glynnis pergunta, inclinando-se para a frente de forma que seu rosto tampa quase completamente o de Ellie. — A família Winters virá para a Escócia?

Meus pais e eu trocamos olhares e, depois de uma pausa, meu pai levanta a taça em um brinde.

— *Aye* — ele diz, com um sotaque escocês tão pesado que El arregala os olhos. — Claro que vamos, *lassie*.

CAPÍTULO 7

Sentada no banco de trás de um táxi, vendo as suaves colinas das Terras Baixas da Escócia passarem por mim, me pergunto se o *jet lag* está me fazendo alucinar.

Na semana passada, eu estava trabalhando em uma loja de conveniência, estudando para o vestibular e passando um tempo com Isabel. Hoje, estou a caminho de um castelo.

Nós chegamos ontem, depois de voarmos de primeira classe até o aeroporto Heathrow, em Londres, e pegarmos um avião menor até Edimburgo. Embora eu seja contra muita coisa no novo estilo de vida da minha irmã, viajar de primeira classe é algo com o qual posso me acostumar. Não tínhamos apenas poltronas, mas também uns pequenos compartimentos com camas de verdade. Passei as primeiras horas do voo só olhando todas as opções de filmes e séries, então ouvi quinze minutos do canal de spa só porque eu podia. A comida também era *ótima*, teve champanhe de graça (não que eu tenha dado mais que um gole antes da minha mãe arrancar a taça da minha mão) e, o melhor de tudo, *pijamas de brinde*. Bem confortáveis, de algodão branco. Meu pai disse que eles faziam a gente parecer membros de um culto, mas percebi ele acariciando o próprio braço quando os vestiu.

Fomos levados para um hotel quando aterrissamos, mas foi tudo uma confusão de malas, carros e o sorriso assustador demais da Glynnis. Ela parecia ainda mais aterrorizante ao vivo, e tirei uma foto escondida para mandar para Isabel quando chegássemos no hotel. ("Essa mulher com certeza está te preparando para os Jogos Vorazes", foi a resposta dela.)

Ficar no hotel – um lugar enorme chamado Balmoral – foi uma surpresa agradável, já que achei que seríamos mandados direto para a vida da realeza, mesmo depois de Glynnis ter dito que iríamos "com calma". Mas não, os pais de Alexander estavam no Canadá, então Glynnis achou que poderíamos querer uma noite no hotel para nos "ajustarmos".

Nós praticamente só dormimos e, à tarde, Ellie chegou com o carro para me buscar e levar até o Castelo de Sherbourne, algumas horas ao sul, onde seria a festa de noivado.

Houve um certo esquema para que Ellie entrasse no hotel e eu saísse, mas não havia fotógrafos ou curiosos, e tenho que admitir que Glynnis realmente sabia sobre estar "no círculo". Não tenho ideia de como eles arranjaram tudo, se houve iscas, outros carros ou o quê, mas quando saímos da cidade sem nenhum flash disparado, respirei aliviada e disse a mim mesma que talvez este verão não fosse tão ruim.

É mais fácil ainda pensar isso agora, vendo a paisagem passar. Já estive na Escócia. Visitamos Ellie algumas vezes antes de ela começar a namorar Alex e fizemos uma viagem de família quando eu tinha uns onze anos, mas nunca tinha estado nessa parte do país. São apenas campos verdes, colinas e luzes que mudam dependendo do horário.

Eu gosto.

Do meu lado, Ellie está inquieta no banco, ajustando seu fino cinto de couro na cintura e puxando fios imaginários do banco.

— Você leu as coisas que Glynnis preparou pra você? — ela pergunta, e eu penso no fichário gigante enfiado na minha bolsa no porta-malas – desculpa, *bagageiro* – do carro.

— Mais ou menos — respondo, o que é verdade. Eu abri, vi que tinham coisas ali e fiquei tipo "vou ler isso mais tarde, quando não parecer que meus olhos estão cheios de areia".

Mas agora, El faz aquela coisa em que contrai os lábios e dilata as narinas, virando-se para olhar pela janela.

— Eu sei que é importante — digo a ela. — Realmente aprecio Glynnis ter feito isso pra mim e não acho ela nem um pouco assustadora. — Dou um sorriso para minha irmã. — Que tal?

El se vira para mim, o canto de sua boca tremendo e, finalmente, ela me dá um sorriso. É tímido, mas pelo menos não é exagerado e falso.

— Glynnis é meio assustadora, eu concordo — Ellie diz, cruzando um tornozelo sobre o outro —, mas ela também é eficiente e esperta. Eu não conseguiria passar por tudo isso sem ela.

Essas palavras não deveriam doer, mas doem. É uma lembrança de que Ellie não queria que estivéssemos aqui para essa ocasião, para a coisa mais importante que já aconteceu com ela, e que está contando com Alex, sua família e os *empregados* de sua família durante tudo isso. Eu entendo, mas não significa que goste.

— Obviamente li a parte sobre minha aparência — digo a Ellie, apontando para meu novo cabelo ruivo. Eu não ia abrir mão do vermelho de vez, mas amenizei um pouco depois que Glynnis fez uma "sugestão sutil". Também comprei uns vestidos completamente sem graça para a viagem. Passo a mão pela minha saia.

— Bolinhas, El. Estou usando *bolinhas*.

Mas isso não pareceu animá-la. Ela só suspirou e disse:

— Nem todas as bolinhas do mundo vão te salvar se você chamar um duque de "cara" ou fizer piadas sobre kilts.

Eu reviro os olhos.

— Você sabe que eu tenho, tipo, uma educação básica, né? Que não fui criada por lobos? Mas, pensando bem, acho que meu pai não está muito longe disso...

— Eu só preciso que você se comporte da melhor forma possível — ela interrompe, e combato o impulso de fazer um comentário engraçadinho que só provaria o argumento dela.

Em vez disso, me viro para olhá-la, apoiando o joelho no banco, mas ela imediatamente me dá um tapinha na perna e olha para o motorista. Eu suspiro – meu vestido nem tinha subido tanto assim – e ponho meu pé no chão de novo, ajeitando minha saia e me sentando como a irmã de uma futura princesa deve se sentar.

— Então, o que vamos fazer nessa festa? — pergunto, tentando fazer as pazes. — Atirar em pequenos animais? Jogos inapropriados com bebidas? Procurar tesouros escondidos?

Estou brincando, mas o sorrisinho no rosto de Ellie some e eu me endireito no banco.

— Espera, não vamos atirar em nada de verdade, vamos?

Ellie se inclina para a frente, olhando para o motorista antes de sussurrar:

— Daisy, as pessoas nessa festa... são mais amigos de Sebastian que meus ou de Alex.

Seus olhos azuis continuam fixos no motorista, mas ele está olhando para a frente, sem sinal de estar nos ouvindo. Acho que se seu trabalho é levar a realeza por aí, você fica bom em ignorar as coisas.

— Os Rebeldes Reais — sussurro com um aceno de cabeça e El se afasta como se eu tivesse dado um tapa nela. Então ela se aproxima tanto que seu longo cabelo loiro quase encosta no meu braço.

— Você não lê as coisas que Glynnis preparou pra você, mas lê fofoca de internet?

— Eu não li fofoca de internet — respondo. É difícil brigar em sussurros sem cuspir, mas Ellie e eu estamos acostumadas com essas discussões de banco de trás. Anos de viagens em família fazem isso. — E, para ser sincera, esse é o tipo de coisa que posso precisar saber mais do que como me dirigir a um conde em correspondência formal por escrito. Viu? Eu olhei o arquivo.

A única resposta de Ellie é um revirar de olhos muito eloquente, mas pelo menos ela se afasta um pouco e para de torcer os dedos no colo.

— A questão é, eu quero que você saiba que...

Olhando pelo vidro da frente, os olhos dela se arregalam e eu sigo seu olhar, o que faz meu queixo cair.

Nós estamos seguindo por um caminho de terra estreito e, no final dele, não há um castelo, mas uma casa baixa de pedras, bonitinha e perfeita, com um teto de sapé e colinas verdejantes ao fundo. Parece saída de um conto de fadas, mas não é isso que faz Ellie e eu a encararmos.

É a fila de gaiteiros vestindo kilt do lado de fora.

Há pelo menos vinte caras ali, gaitas de fole a postos e, quando o carro se aproxima, há uma... *explosão* de som.

Mesmo com as janelas fechadas, o barulho é alto o suficiente para fazer meus dentes rangerem, e a primeira nota aguda, quando todos eles disparam ao mesmo tempo, me faz tampar os ouvidos enquanto sorrio e olho para Ellie.

— Ah, meu Deus — digo, mas ela me ignora, inclinando-se para falar com o motorista:

— Aqui não é Sherbourne!

As gaitas de fole estão tão altas que ela precisa gritar, e o motorista também levanta a voz para responder:

— Foi o endereço que me deram, senhora!

— Quer dizer, é claro, El — digo dando uma cotovelada de leve nela. — Não é essa a recepção em *qualquer lugar* por aqui?

Eu honestamente achei que ela me mandaria calar a boca, mas isso não é coisa de princesa, então ela se contenta em me olhar com raiva enquanto o carro freia diante dos gaitistas.

Então nós duas só ficamos sentadas por um segundo.

A música continua rolando e, agora que estão realmente empenhados, noto que não estão tocando canções escocesas tradicionais, mas uma versão de *Get Lucky* que é... interessante. Não é ruim, de verdade. É bem legal até, e de repente me pergunto se eu deveria tentar aprender a tocar gaita de fole já que estou aqui. *Isso* seria um bom hobby para levar para a Flórida.

— Devo abrir a porta, senhora? — o motorista pergunta, e eu olho para El.

— Se abrirmos a porta, talvez o som seja suficiente para nos matar — digo, e minha irmã faz uma careta, a mão se apertando no banco entre nós.

— Imagina isso, El — digo a ela. — FUTURA RAINHA DA ESCÓCIA E IRMÃ MAIS NOVA MUITO SUPERIOR MORTAS EM EXPLOSÃO DE CÉREBRO – GAITISTAS DETIDOS.

Ela não ri, mas relaxa um pouco.

— Você é muito estranha — ela resmunga, mas então abre a porta e sai.

Eu faço a mesma coisa e estava certa: o som quase me faz cair para trás. São exatamente vinte gaitistas, dez de cada lado nos pequenos degraus que levam até a casa. Todos eles estão lindamente vestidos com kilts de um vermelho vibrante, faixas sobre o peito e meias grossas de lã cobrindo as pernas musculosas.

Não quero ficar impressionada, especialmente porque esses caras quase me deixaram surda, mas não consigo controlar. É só que... estamos em frente a essa incrível casa de pedra, onde há um vale perfeito na parte de trás, repleto de uma iluminação suave, e agora fomos recebidas por vinte – *vinte!* – gaitistas e eu só consigo rir, sacudindo a cabeça.

— Agora vejo a graça de ser princesa — digo a Ellie. — De verdade. Pode ser que eu tente casar com um príncipe também, só pra esses caras me anunciarem quando eu chegar, tipo, no shopping.

Ellie aperta os olhos para mim antes de jogar os cabelos por cima dos ombros.

— Eu ainda não sei por que estamos aqui e não em Sherbourne — ela diz em voz baixa.

— Fomos sequestradas? — pergunto quase em um sussurro, mas antes que Ellie possa me mandar vazar, ou a versão nova e chique disso, há outro estrondo de gaitas.

Dessa vez o barulho não vem dos cavalheiros na nossa frente e, diferente da música anterior, não consigo reconhecer a melodia. É um verdadeiro ataque aos tímpanos, e eu olho em volta tentando entender de onde vem o som.

As gaitas ficam mais altas e, de repente, dois caras praticamente saltam pela porta e por cima dos degraus.

Eles estão de kilt, como os gaitistas profissionais, mas suas meias escorregaram até os calcanhares e um deles está usando um chapéu doido que parece uma boina, mas com uma pena roxa saindo dele. O homem tem mais ou menos a minha altura, cabelo escuro e bagunçado, e quando olho para o outro, percebo que é quase idêntico.

Dois caras bonitinhos, vestindo kilts, assassinando gaitas de fole e dançando na nossa direção.

— Nós usamos drogas no carro? — pergunto a Ellie, mas os garotos chegam e um deles faz uma pirueta na minha frente antes de se curvar em uma mesura exagerada.

— Damas! — ele diz enquanto seu gêmeo recepciona Ellie da mesma forma, girando com tanta intensidade que, por um segundo, sinto que saberei exatamente o que os caras usam por baixo dos kilts.

Ellie ri, surpresa.

— Stephen? — ela pergunta ao menino à sua frente antes de olhar para o outro, ainda curvado para mim. — Donald? O quê...

— Ellie!

Ah, graças a Deus. Alex está saindo pela porta, e está usando calças.

Nunca pensei que ficaria tão aliviada em ver calças.

Alex está o mais perto de incomodado que já vi enquanto corre na direção da minha irmã, e quando ele a alcança, literalmente tomando-a nos braços, eu espero que as gaitas recomecem.

Ele a abraça e então, com um braço ainda em volta de sua cintura, abre o outro braço para mim.

A realeza não devia ser toda fechada e morta por dentro? Sentimentos não são algo vergonhosamente plebeu? Por que agora tenho que entrar em um abraço triplo com minha irmã e o noivo?

Mas deixo Alex me apertar por um minuto contra seu Ralph Lauren e o Chanel de minha irmã, então ele se afasta, olhando para nós duas antes de dar um sorriso hesitante.

— Foi uma surpresa — ele diz, e Ellie, com a mão ainda em seu braço, olha para os gaitistas e para os gêmeos, que agora não estão mais curvados, mas usam as gaitas em uma espécie de lutinha vagamente fálica.

— Você planejou isso? — El pergunta, arqueando as sobrancelhas, e Alex engole em seco com tanta força que posso ver seu pomo de adão se mover.

— Na verdade... — ele começa, mas uma voz o interrompe.

— Temo que tenha sido eu o responsável.

Quem são os "Rebeldes Reais"?

O príncipe Sebastian da Escócia pode ter apenas dezessete anos, mas já está na Lista dos Sonhos de qualquer garota. E, embora muitas de nós não possam esperar conquistar um príncipe, há outras opções no círculo de Seb! Desde seus tempos de escola primária, ele tem uma turma de garotos igualmente bem de vida que o segue por aí. Mas quem são esses sujeitos, e eles são interessantes além do fato de andarem com príncipe Sebastian? Vamos descobrir!

1. Andrew McGillivray, "Gilly" para os íntimos, segundo filho do duque de Argyll. De todos os Rebeldes, Gilly é o mais rico, e dizem que a renda de sua família é comparável à da família real. Com apenas dezoito anos, Gilly tem um apetite por cavalos caros, bons vinhos e uma coleção de "modelos de Instagram", o que quer que isso signifique. Acho que todo seu dinheiro as ajuda a ignorar aquele queixo feio.

2. Thomas Leighton, marquês de Sherbourne e filho do duque de Galloway. Ele tem o título mais alto entre os Rebeldes Reais, "Sherbet", e é provavelmente o mais bonito. Na verdade, achamos que ele compete de igual para igual com o príncipe Sebastian no quesito Bonitões. Que olhos! Que maçãs do rosto! Infelizmente, queridas, todos sabem que o marquês não... como podemos dizer? Joga no nosso time. Dizem que ele está saindo com Galen Konstantinov, filho do magnata de navios Stavros Konstantinov.

3. Os irmãos Fortescue, Stephen e Donald. Se eles têm apelidos, nós nunca escutamos, mas esses dois são sempre mencionados juntos, então acho que deveriam ficar gra-

tos por não serem chamados de Tico e Teco. Ambos são filhos do conde de Douglas e, embora não sejam gêmeos, só têm treze meses de diferença de idade. Uma adição recente aos Rebeldes Reais, os irmãos Fortescue são os únicos que não frequentaram Gregorstoun com o príncipe. Eles são meninos de Eton e têm orgulho disso.

4. Miles Montgomery. Interessante notar que Miles é o último da lista em termos de título e dinheiro. Ele é filho de um baronete, sir Peregrine Montgomery, e dizem os boatos que a família passa por tempos difíceis. Não há uma única mansão no portfólio da família ultimamente. Mas, apesar disso (ou talvez por causa disso), Miles é o melhor amigo do príncipe Sebastian e muitas vezes se encontra ao lado do nosso príncipe indolente. O mais intrigante é que há rumores de que ele teve um breve envolvimento com a gêmea de Sebastian, Flora. Será que foi estranho para os meninos de Gregorstoun? Nós acharíamos isso pelo menos um pouco desconfortável.

("Rebeldes Reais", *Prattle*, edição de setembro)

CAPÍTULO 8

Uma coisa que aprendi nesses últimos anos com Ellie é que ninguém é tão bonito quanto nas revistas. Até El, que é ridiculamente linda na vida real, é umas dez vezes mais glamorosa nas páginas das revistas.

O menino saindo da casa agora?

Eu já o vi em revistas e sites e admiti que ele é bonito, claro. Gosto de garotos, tenho olhos, não há dúvidas de que ele é um exemplar atraente de seu gênero.

Mas isso não me prepara *nem um pouco* para dar de cara com príncipe Sebastian ao vivo.

Ele é alto, a parte superior do seu corpo com um formato em V tão perfeito que eu acho que gansos o estudam para aprender formações de voo. Ele também está vestindo uma camisa cinza de mangas compridas e jeans que claramente foram feitos sob medida, possivelmente por freiras devotadas à causa de darem a aparência mais pecaminosa possível para garotos, para que assim todas nós saibamos o quão perigosos eles são, e ele é...

Só um cara, pelo amor de Deus, controle-se.

Ellie dá uma olhada para mim, as sobrancelhas franzidas e, para meu horror, percebo que sussurrei essa última frase em voz alta.

Por sorte, o príncipe Sebastian não me ouviu porque os gaitistas recomeçaram – os de verdade, dessa vez. Só alguns, então não é tão opressivo como quando chegamos, e dessa vez estão tocando *Isn't She Lovely?*.

Seb para na nossa frente, torcendo as mãos e, quando a última nota morre, eu juro por Deus que as nuvens se afastam e um raio de sol brilha sobre a cabeça dele, fazendo reflexos vermelhos em seu cabelo reluzirem.

— Ellie — ele diz, dando um passo para a frente para dar um abraço rápido em minha irmã.

E então ele vira os olhos azuis para mim.

— E você deve ser Daisy.

Eu ganho um aperto de mão em vez de um abraço, o que provavelmente é melhor, já que um abraço com esse cara já conta como contato sexual, acho. Ainda assim, a mão dele é quente e forte, e sim, isso equivale a um amasso com um garoto normal.

— Surpresa! — Seb diz para todos nós depois de soltar minha mão e se afastar. Ele abre os braços, sorrindo para nós, e Alex lhe devolve um sorriso tenso.

— Ainda não sei o que é isso, cara — ele diz, e Seb dá um soquinho no ombro do irmão.

— Um presente de noivado, seu idiota — ele responde. — E já que ficava no caminho para Sherbourne, eu quis te mostrar primeiro!

Ellie e Alex se entreolham, os braços de Alex em volta da cintura da minha irmã enquanto Seb entra de volta na casa.

— Um presente de noivado? — Alex grita atrás dele e Seb corre pelos degraus, olhando por cima do ombro.

— Sua própria casa nas Terras Baixas da Escócia — ele diz com orgulho. — Espera até você ver a vista.

— Você comprou uma *casa* pra nós? — Ellie pergunta, soltando-se de Alex para ir atrás de Seb, e eu vou atrás, os dois meninos de kilt – Stephen e Donald – subitamente seguindo ao meu lado.

— É o cabelo mais vermelho que eu já vi — Stephen diz. Espera, talvez Donald? Não decorei direito.

— Obrigada? — digo, embora eu não tenha certeza de que foi um elogio.

— Ei, vocês dois! Não a monopolizem! — alguém grita atrás da porta e eu levanto o rosto, dando de cara com *outro* garoto ridiculamente bonito. Ele está usando jeans, uma camisa xadrez e um colete que deveria fazê-lo perder pelo menos uns cem pontos de beleza, mas ele também tem um cabelo castanho particularmente ondulado, olhos adoráveis e um sorriso encantador, então nem mesmo um colete consegue competir com isso.

— Sherbourne — ele diz, vindo apertar minha mão, e eu pisco por um segundo.

Esse não é o nome do castelo para onde vamos? Então por que ele...

Ah, certo. Sherbourne não é seu primeiro nome, é seu título. O marquês de Sherbourne. O castelo para onde devemos ir mais tarde é *dele*.

Merda, como se cumprimenta um marquês? Sua Graça? Não, isso é para os duques. Meu Deus, eu realmente deveria ter lido aquele fichário idiota da Glynnis. Prometo que vou estudá-lo religiosamente assim que chegarmos no castelo.

Mas antes que eu tenha que responder, outro cara entra pela porta da casa com uma garrafa na mão, seu cabelo dourado bagunçado de um jeito que parece perfeito demais para não ser proposital.

— Nós o chamamos de Sherbet — o novo garoto loiro diz, piscando para mim de um jeito que faz meu rosto ficar imediatamente quente. Sério, que tipo de feromônios esses caras exalam?

Sherbourne – Sherbet, acho – dá uma cotovelada no loiro e inclina a cabeça na minha direção.

— Perdoe o Gilly, ele foi criado em um celeiro, então não tem educação.

— Gilly? — repito, e o cara loiro também aperta minha mão.

—Andrew McGillivray — ele diz, fazendo um gesto para todos nós entrarmos.

A casa tem o chão de pedras e móveis de fato grandiosos, além de uma lareira tão enorme que só consigo pensar que em algum momento as pessoas costumavam assar elefantes nela. O fogo crepita alegremente, e o fundo da sala é basicamente composto por uma janela gigante com vista para o vale.

Eu vou até ela, olhando para todas as colinas verdejantes, as sombras se movendo, a luz mudando o tempo inteiro. Vejo ovelhas lá embaixo no vale, pequenas bolas felpudas correndo ao redor. É um belo presente de casamento, tenho que admitir, e estou sorrindo quando me afasto da janela.

Eeeee quase dou de cara com *outro* garoto. Sério, quantos meninos bonitos cabem em uma única casa de fazenda?

Ele estende a mão para me segurar. Seu cabelo é loiro-
-escuro, quase castanho, e suas maçãs do rosto são as mais bonitas que já vi em alguém que não fosse uma estátua. Como todos esses caras, ele meio que parece um poeta ro-

mântico que decidiu entrar para uma *boy band*, seus olhos muito verdes olhando para mim.

Com... desprezo?

Sério, seu lábio superior está quase dobrado, uma reação tão estranha que me afasto.

Ele é mais alto que Sherbet e Gilly, mas não muito mais alto que eu. Não que isso o impeça de me olhar de cima quando tira as mãos dos meus braços.

— Tudo bem? — ele pergunta, sua voz mais baixa que a dos outros meninos, mas tão sofisticada quanto. As sílabas saem claras e separadas enquanto ele olha para a janela através de mim.

E então, de repente, percebo por que ele parece familiar.

— Mônaco! — eu solto, e ele pisca para mim, confuso.

— Não, *Monters* — Gilly diz, vindo até nós e dando um tapa no ombro do outro cara. — Miles Montgomery, idiota profissional — ele diz, sorrindo, e Miles não parece ter se ofendido.

— Ela está falando do incidente com Sebastian — ele responde, e estou tão envergonhada que devo estar da mesma cor do meu cabelo.

— Eu pesquisei um pouco — digo, o que na verdade só piora tudo, e Gilly ri pelo nariz, divertindo-se.

— Meu Deus, se você anda lendo sobre o que o Seb apronta, estou surpreso que tenha vindo.

Mas Monters me observa com uma expressão inescrutável. Todos os caras aqui são bonitos, mas ele é particularmente... interessante. Rosto bonito, boa postura, olhos de um tom lindo de verde. Sherbet pode ser o marquês, mas esse cara parece mais aristocrático que todos eles.

Ou talvez só seja chato.

— Não sabia que tabloides contavam como "pesquisa" — Miles diz, cruzando os braços sobre o peito e, o.k., sim, definitivamente chato.

Eu cruzo meus braços, imitando sua pose.

— Na verdade, só temos isso pra ler nos Estados Unidos. — digo. — Tabloides no lugar de livros, pedaços tristes de queijo no almoço... é realmente um lugar esquecido por Deus.

Gilly dá uma gargalhada, cotovelando Miles nas costelas.

— Nossa, ela te pegou, cara.

Miles se limita a me lançar aquele olhar que fica no meio do caminho entre desprezo e raiva, e eu fico tentada a perguntar qual é o problema dele.

Mas antes que eu consiga fazer isso, Seb entra na sala com uma taça de champanhe.

— Um brinde! — ele propõe, e Sherbet se aproxima com várias taças de espumante. Eu pego uma e agradeço.

Ellie se aproxima e para ao meu lado, enquanto Alex fica atrás, ainda observando o irmão com uma expressão preocupada, a cabeça levemente inclinada para baixo.

— A Alex e Ellie — Seb diz, e o restante de nós levanta as taças com ele.

— A Alex e Ellie — nós repetimos, e eu dou um gole pequeno na champanhe. As bolhas fazem cócegas em meu nariz, e eu o franzo enquanto procuro um lugar discreto para deixar a taça.

Acabo de achar uma pequena mesa perto do sofá quando a porta da frente se abre com um estrondo.

— O que está acontecendo aqui?

Ou, pelo menos, eu *acho* que é isso que o homem na porta diz. Seu rosto está vermelho, o cabelo branco escapa de um boné, a barba igualmente branca vai quase até o peito e o sotaque é tão forte que as palavras parecem mais uma série de grunhidos e sons de cusparada.

Ainda assim, é impossível ignorar o fato de que ele está *muito* puto.

No meio da sala, Seb apenas ri e levanta um dedo.

— McDougal — ele diz, seu sotaque escocês melodioso, mas compreensível. — Você não deveria estar aqui hoje.

— O quê? — Ellie pergunta, olhando de Seb para o homem, e Alex dá um passo para a frente com os ombros tensos.

— Sebastian... — ele começa.

O homem – McDougal – ainda está falando, as palavras saindo velozes e furiosas, as bochechas vermelhas acima da barba branca, e ele aponta, possivelmente xingando, e embora eu não faça ideia do que está sendo dito, não parece nada amigável.

— Fica calmo, cara — Stephen "Spiffy" diz, tomando a champanhe toda em um gole só. — Não é como se ele não fosse pagar pelo lugar.

Ellie gira a cabeça para o lado para olhar para Seb.

— Espera, o quê? Eu pensei que você tivesse dito que comprou a casa.

Suspirando, Seb enfia as mãos nos bolsos e se balança para a frente e para trás sobre os calcanhares.

— Bom, eu com certeza *vou* — ele diz. — Se esse cavalheiro resolver ser razoável.

— Hum... nós estamos... *invadindo*? É isso que está acontecendo? — pergunto, olhando ao redor da casa.

Seb me olha e dá um sorriso despreocupado.

— Claro que não, amor — ele diz, e embora eu possa ser uma cúmplice desavisada de um crime, ainda sinto meu estômago flutuar com o termo carinhoso.

— *Vocês* com certeza estão! — o homem grita e, tudo bem, talvez eu esteja melhorando no sotaque, porque o entendi perfeitamente.

Sebastian ainda é puro charme quando se aproxima de McDougal, que agora está incandescente de raiva. Não sei como isso passou de "festa de boas-vindas totalmente encantadora" para "invasão de propriedade" em apenas alguns minutos, mas aqui estamos, e olho para o cara rude, Miles.

Ele ainda está parado perto da janela, sua champanhe intocada, a expressão entre irritada e entediada. Ou talvez seu rosto seja sempre assim, é difícil dizer.

— Se você tivesse aceitado minha oferta semana passada, não estaríamos nessa confusão — Seb diz ao sr. McDougal. Então ele olha para Ellie e Alex por cima do ombro.

— Eu achei esse lugar da última vez que fui para Sherbourne, e a vista era boa demais pra deixar passar. Mas o sr. McDougal não queria vender, então... — Ele dá de ombros e eu dou uma olhada na direção de Ellie, minhas sobrancelhas provavelmente encostando no meu cabelo.

— Puta merda — digo em voz baixa.

Mas ela só sussurra:

— *Agora não, Daisy.*

— Eu não vou vender minha casa para você, seu babaca pretensioso — McDougal diz, cutucando o peito de Seb —, só porque você gosta da cara dessa terra. Você não pode roubar coisas só porque gosta delas!

— É como se estivéssemos em *Outlander* — sussurro para El. — Isso é realmente mais do que me prometeram.

— Daisy! — El repete, me fuzilando com o olhar antes de dar um passo à frente com seu melhor sorriso de princesa, Alex se aproximando para ficar ao seu lado.

— Sr. McDougal, nós sentimos *muitíssimo* por esse mal-entendido — ela diz, sua voz acolhedora como um cafuné auditivo. — Você tem mesmo uma casa adorável e...

— Isso é arrombamento e invasão! — o sr. McDougal continua e Seb suspira, dando de ombros.

— Eu não arrombei, embora *tenha mesmo* invadido.

— E quem deixou *ocê* entrar? — o sr. McDougal está praticamente ofegante, seu peito largo subindo e descendo, e eu olho por cima do ombro e vejo Spiffy e Dons se aproximando da parede, abafando risadas. O que eles...

— Inferno — Miles resmunga perto de mim e eu vejo que ele também está observando Spiffy e Dons.

Meu olhar cai nas espadas presas na parede enquanto Seb sorri para o sr. McDougal, dizendo:

— A moça adorável que mora aqui me deu uma chave. — Com uma expressão exageradamente inocente, ele acrescenta: — Acredito que seja... sua neta?

Se eu achava que o sr. McDougal parecia raivoso antes, não era nada comparado com o jeito como ele está agora. Com o rosto roxo, ele dá um grito enorme e parte para cima de Seb no minuto em que Spiffy e Dons puxam as espadas da parede, o metal arranhando a pedra no ponto em que as espadas tocam o chão.

— Duelo! — Spiffy grita e, pela primeira vez, percebo o quanto ele e o irmão estão bêbados. Tipo, *muito bêbados*.

E agora eles estão armados com espadas que parecem ter sido usadas pela última vez há uns trezentos anos.

— Stephen! — Alex diz, dando um passo à frente para tirar a espada dele, mas antes que consiga, Dons corre para a frente com sua própria espada.

Direto para o fazendeiro e Seb.

CAPÍTULO 9

Algumas coisas boas que aconteceram nessa tarde:

1. O sr. McDougal não prestou queixas, aceitando as desculpas sinceras de Alex e sua oferta para que ele conhecesse a rainha assim que ela voltasse do Canadá.
2. Nós conseguimos chegar ao Castelo de Sherbourne assim que uma tempestade enorme começou, literalmente subindo os degraus da frente enquanto o céu parecia desabar, encharcando tudo.
3. Ninguém foi ferido. Dons estava tentando jogar a espada para Seb em algum tipo de gesto impressionante, mas acabou que ela só caiu no chão antes de causar qualquer dano.
4. ...

É, e é isso. Essas foram as coisas boas que aconteceram hoje, o resto foi um desastre total.

O castelo, contudo, é maravilhoso. Bem, algumas partes são. Toda a parte de trás parece uma ruína, mas a construção principal é exatamente o que eu sonharia quando era criança se tivesse curtido toda aquela coisa de princesa e castelos. Tem até uma torre com uma bandeira flamejando ao vento, e é fácil me imaginar lá observando, sei lá, Coração Valente cavalgando de volta da batalha, com o rosto todo azul e gritando sobre liberdade.

Quando Ellie e eu passamos pelas portas gigantes do castelo, eu me aproximo dela e sussurro:

— Então, existe algum motivo pra você ter evitado mencionar que o irmão de Alex e os amigos dele são completos desastres ambulantes?

— Shhhh! — Ellie susurra, olhando em volta, mas Alex está falando com Miles e os outros Rebeldes Reais estão voltando para o hall, rindo, dando soquinhos uns nos outros, basicamente um anúncio ambulante de más decisões.

— Pensei que Flora fosse o único desastre — acrescento, ainda sussurrando. — Ela está aqui?

Virando-se para mim, ela ajeita o cabelo com as mãos, provavelmente reabastecendo o poder através de seu brilho mágico.

— Nós vamos vê-la quando o semestre acabar — Ellie diz —, e quanto a Seb e os amigos, sei que eles podem sair de controle um pouco, mas...

— Sair de controle? — eu sussurro de volta. — Ellie, aquilo foi uma loucura total. Quase aconteceu um duelo! O Seb tentou, tipo, roubar a casa de um cara! E você tem medo da *nossa* família passar vergonha?

— Ninguém está com medo da nossa família me envergonhar, para começar — ela diz e faço um som de desprezo.

— O.k., claro.

Ela ignora e continua.

— E esses são os amigos do Seb, não do Alex.

— Tem certeza? — pergunto.

Olho para Alex e o vejo batendo no ombro de Miles daquele jeito que os garotos fazem, e Miles me lança um olhar rápido antes de seguir na mesma direção dos outros Rebeldes. Apenas Ellie, Alex, Sherbet e eu ficamos no hall principal, e embora eu queira perguntar a Ellie mais sobre Seb, Alex já está vindo na direção dela com a mão estendida.

— Bebida, querida? — ele pergunta como se estivéssemos em uma série de TV sobre um assassinato nos anos 1930, ou algo do tipo.

Ellie suspira e coloca a mão na dele.

— Sim, por favor — ela diz e eles vão embora, provavelmente com violinos tocando na trilha sonora dentro das suas cabeças.

Enquanto os vejo ir, me pergunto: *é por isso* que Ellie manteve as coisas tão separadas? Foi menos para evitar que envergonhássemos sua nova família chique e mais para que nunca soubéssemos o quanto sua nova vida *não* é perfeita?

Isso... é interessante de se pensar.

Sherbet se aproxima de mim com as mãos nos bolsos.

— Posso mostrar seu quarto? — ele pergunta e faço que sim. Eu não me importaria de me trancar em um lugar só meu por um tempo.

— Siga-me — Sherbet diz, apontando para a escada principal com a cabeça.

Enquanto caminhamos com nossos passos abafados pelo tapete grosso sob a escada, olho ao redor de novo. Pinturas preenchem todas as paredes, e há mesinhas cheias de relógios e ovos de porcelana por todo o lugar.

— Como vocês saberiam se algo sumisse? — pergunto e Sherbet se vira, olhando para mim e depois em volta, como se só agora ele tivesse notado como sua casa é cheia de *coisas*.

— Hum — ele reflete, segurando o corrimão com os dedos longos de sua mão. — Não tenho certeza de que *notaríamos*, na verdade. — Então ele ri, uma parte do cabelo escuro caindo sobre sua testa. — A maioria das casas como essa são entupidas assim — ele diz, subindo os degraus.

— Acho que ter um lugar desses por mil anos faz isso — respondo e ele ri de novo, chegando ao fim da escada.

— Sim, claro, mas famílias como a minha sempre fazem questão de ter umas coisas sobrando, caso algo chame a atenção do monarca em uma visita.

Eu paro logo atrás dele, olhando para uma mesinha cheia de todo tipo de bugiganga: uma lente de aumento com o cabo incrustado de joias, uma pastorinha ousada do tamanho de um polegar, um caderno de couro tão velho que a lombada está se desfazendo.

— Como assim? — pergunto, e ele se volta para mim com as sobrancelhas levantadas.

— Ah, é só que se o rei ou rainha estivessem visitando sua casa, poderiam ver algo que queriam e levar com eles. Isso fez os anfitriões encherem suas casas com tranqueiras extras e alguns objetos de arte, para que pudessem dar algo menos valioso ou importante.

Eu tento imaginar alguém visitando minha casa e só... levando o que quisesse.

— Mas e se você não quisesse dar nada a eles? E se eles não curtissem o lixo extra e quisessem, tipo, um livro que sua avó já falecida te deu?

Sherbet dá de ombros.

— Então você dava a eles — diz. — Eles são a realeza.

Como se isso explicasse tudo. E bom, para esse tipo de gente, talvez explique. Seb acabou de tentar tomar a fazenda de alguém, afinal.

— Espero que goste de sua estadia aqui, Daisy — Sherbet continua. — Sei que hoje foi um pouco doido, mas amanhã é a corrida e deverá ser bem mais calmo.

Ah, claro. A corrida, também conhecida como An Reis, uma coisa chique, tipo uma corrida de cavalos em que vamos e que *provavelmente* está no fichário que Glynnis preparou para mim. Eu não sei nada sobre corridas ou cavalos, mas quão difícil pode ser?

Nós descemos pelo corredor até que Sherbet para em frente a uma porta e a abre com um floreio, fazendo uma pequena mesura.

— Se algo não for do seu agrado, por favor, me avise — ele diz, e então some no corredor, voltando pelas escadas e, tenho certeza, em busca de mais bebidas.

O quarto é menor do que eu imaginava, mas talvez seja só porque a cama é tão grande que ocupa quase todo o espaço. Ela está coberta com uma colcha florida e há um pequeno dossel, que eu gosto, mas, no geral, me sinto... estranha. Além da minha mala – apoiada ao lado da cama, em um suporte que parece antigo –, tudo é extremamente estranho e até um pouco hostil. As paredes são de pedra e, embora existam duas janelas dando vista para o riacho que corta a propriedade, o vidro é tão grosso e distorcido que parece que estou olhando através da água.

O quarto também é *frio*, e embora exista um aquecedor embaixo da janela, não importa o quanto eu aperte e rode os botões, nada parece acontecer.

Derrotada, desabo na cama, puxo e me envolvo na colcha com cheiro de mofo e pego no sono em minutos.

* * *

Quando acordo, está escuro lá fora, o que significa que já está tarde. Muito tarde. Passando das dez, no mínimo, e eu me sento, grogue. Peguei no sono com meu vestido e cardigã, agora amarrotados para além de qualquer salvação e totalmente inúteis contra o frio do quarto.

Talvez tenha perdido o jantar, mas nem o ronco do meu estômago me anima para enfrentar o que está lá embaixo, então, em vez disso, abro minha mala e começo a tirar as roupas de dentro. Escolho calças de pijama (xadrez, muito apropriado), uma regata, uma camiseta velha de manga comprida por cima, um suéter e, para garantir, uma echarpe enrolada em volta da minha cabeça. Mesmo com todas essas camadas, porém, ainda estou com frio.

Esfrego meus braços, tremendo. Como este lugar pode ser tão frio em *junho*? Em casa, o ar-condicionado fica ligado o tempo todo nessa época. Eu não esperava que a Escócia fosse quente, nem nada do tipo, mas quando estivemos aqui antes, era outono e inverno. Eu esperava que ficasse frio, mas isso é ridículo.

Volto para o aquecedor perto da janela mais próxima, mas girar o botão embaixo dele só causa vários estrondos e um som de água correndo que, sinceramente, eu acho bem alarmante.

Eu giro o botão de novo e o barulho para, mas o quarto ainda está congelante e, com um suspiro, volto para a cama, certificando-me de trazer comigo o fichário de Glynnis.

Acomodando-me no colchão caroçudo, decido que se não vou descer hoje, posso pelo menos me preparar para amanhã.

Eu folheio o fichário e, apesar de estar prestes a morrer de hipotermia, sorrio e balanço a cabeça. Não é à toa que El gosta tanto dessa tal de Glynnis. Esse material, com sua fonte chique e cabeçalho de coroas, definitivamente é a cara da Ellie. Ninguém nunca se destacou tanto em organização como minha irmã.

Glynnis dividiu seu guia em seções, e embora eu fique tentada a pular para a parte marcada como "Residências Reais", imagino que a parte que mais preciso é "Aristocracia: Títulos e Honoríficos".

Sherbet – desculpa, Sherbourne – é o filho de um duque, o primogênito, o que significa que se eu estiver falando com ele, preciso dizer "Lorde Sherbourne", ou "meu lorde". Mas se eu estivesse escrevendo para ele, diria "meu Lorde Marquês". Além disso, descubro que um marquês é alguém bem alto na lista de pessoas chiques e que duques são os mais chiques de todos, além da própria realeza, embora alguns duques *também* sejam realeza, assim como Alexander é príncipe da Escócia e duque de Rothesay ao mesmo tempo, o que, se você me perguntar, é algo um tanto ganancioso. Não há necessidade de ficar acumulando todos os...

Alguém bate na porta e eu levanto o rosto, assustada. Então me lembro do aquecimento do quarto e me pergunto se alguém me ouviu batendo no aquecedor. Ou melhor, talvez seja alguém me trazendo comida.

Saindo desajeitadamente da cama, nem me incomodo em vestir algo por cima do meu pijama, já que estou vestindo duas camadas de roupas e ainda tenho uma echarpe enrolada na cabeça.

Abro a porta esperando ver Ellie com uma bandeja, sendo uma irmã fofa.

Com certeza não é Ellie.

Parado na minha porta, vestindo calças escuras e uma camisa branca, uma jaqueta jogada no ombro como se estivesse prestes a desfilar por uma passarela, está o príncipe Sebastian.

Seb.

E ele está sorrindo para mim.

CAPÍTULO 10

— **Toc, toc** — ele diz com um sorriso, batendo os nós dos dedos na minha porta, e eu fico ali, congelada.

Pensei que tivesse me acostumado com a beleza dele mais cedo, mas aparentemente esse tipo de beleza te dá na cara toda vez que você olha.

Então me lembro que estou ali, parada na minha porta, encarando-o e vestindo basicamente tudo que trouxe na minha mala.

— Oi — digo alto demais, dando um passo para trás e tentando fazer um gesto para que ele entre, ao mesmo tempo que arranco a echarpe da minha cabeça, de preferência sem parecer que estou me estrangulando. Eu meio que *quero* me estrangular, mas não é esse o ponto.

— Nós não tivemos muita chance de conversar. Pensei em vir dizer oi, me desculpar pela bagunça de antes, ver como estava indo sua primeira noite aqui no hospício — Seb diz com leveza, as mãos nos bolsos enquanto caminha pelo meu quarto. A forma como ele anda... olha, eu sei que isso parece idiota, mas nunca vi um garoto se mover assim na minha vida. A maioria dos caras na minha escola anda se arrastando como se estivesse carregando cascos de tartaruga invisíveis nas costas.

Mas aqui está Seb, com os ombros para trás e cheio de uma graça espontânea e movimentos suaves, e quando ele se apoia no pé da cama para sorrir para mim, eu acho que vou realmente derreter.

— Esse lugar não é tão ruim. É só um pouco frio — assumo, apontando para minhas camadas de roupa, e Seb ri.

— Deixe-me ver o que posso fazer — ele murmura, andando na direção do aquecedor.

— Eu tentei fazer isso — digo enquanto ele se abaixa e meu rosto queima, embora ainda esteja congelando. Eu nunca espiei um cara desse jeito, mas Seb é estranhamente espiável e, nessa posição, suas calças estão muito justas no...

O.k., não, não, isso não está acontecendo, e estou tomando o controle de mim mesma a partir de *agora*.

Eu meio que espero que Seb faça algo bem machão, tipo socar o aquecedor e fazê-lo magicamente funcionar com a força da sua masculinidade estarrecedora.

Em vez disso, ele mexe em alguns botões na parte de baixo e então ouço um suave sibilo que adivinho ser o calor retornando pro quarto.

— Pronto — Seb diz se levantando e virando para mim.

Seu olhar desce para as meias de macaco que estou usando, então volta devagar para o meu rosto.

— Você não se parece em nada com sua irmã — ele finalmente diz, e não tenho ideia se isso deveria ser uma crítica ou um elogio. Seu rosto bonito não revela nada, e eu me controlo para não me remexer. Estar perto de Seb durante a tarde tinha sido uma coisa, havia muitas outras pessoas em volta, além dos gaitistas, do fazendeiro incompreensível, dos kilts, da champanhe e das espadas... mesmo um príncipe muito gato não conseguiria competir com tudo isso. Mas agora ele está no meu quarto, é de noite e a luz suave e dourada da lâmpada torna tudo aconchegante e romântico e eu me sinto umas 9 mil léguas abaixo do mar.

— Você não se parece muito com seu irmão também — consigo dizer, enfim, e Seb pisca para mim.

— Graças a Deus pelos pequenos favores, certo?

Então ele se vira e vai até a escrivaninha chique no canto do quarto, a que tem gavetas na parte de cima, e abre uma delas.

—Ah, aí está você, minha linda — ele diz com seu sotaque escocês ronronante.

Eu contraio os dedos dos pés sobre o tapete grosso, segurando-me na pilastra da cama enquanto ele nina uma garrafa de líquido cor de âmbar.

— Você escondeu bebida na casa do seu amigo?

Seb arranca a rolha da garrafa, levantando-a para mim em um brinde.

— Saiba que eu não escondi essa garrafa — ele diz. — Foi o pai do Sherbet que fez isso.

— Então em vez de esconder bebida, você está roubando — eu digo.

Ele se aproxima de mim, então para e se apoia na pilastra oposta enquanto leva a garrafa aos lábios, dando um gole imenso do que quer que esteja ali dentro. Meu estômago se revira só de pensar.

— Eu não posso *roubar* — Seb me informa — porque *tecnicamente* tudo nessa casa pertence a mim, já que sou o príncipe da terra.

Estou a ponto de revirar os olhos quando ele me dá aquele sorriso de menino de novo.

— Estou brincando, claro — ele garante. — Estou roubando o maravilhoso uísque do pai do Sherbet mesmo.

Dou uma risada sem fôlego que parece vir de outra pessoa e, assim, eu meio que quero socar minha cara por estar sendo tão ridícula, mas esse cara consegue causar um outro nível de entorpecimento.

Então Seb inclina a garrafa, dando mais um de seus goles imensos, e eu estremeço. Beber álcool puro desse jeito provavelmente me faria vomitar em jatos. Ele está... acostumado com esse tipo de coisa? Mais cedo, ele foi todo charme e bons modos enquanto os amigos estavam muito doidos. Bem, a maior parte dos amigos. O cara alto parecia sóbrio o suficiente.

— Então, você vai ser minha nova cunhada — Seb diz quando termina de estragar o próprio fígado. — O que está achando da família até agora?

Não sei se ele está genuinamente curioso ou só batendo papo, mas, de qualquer jeito, eu meio que queria que ele fosse embora. Estou ficando cansada de novo e sinto que conversar com Seb requer mais energia mental do que tenho agora. Há um cobertor leve na ponta da cama e eu o pego, enrolando-o em torno dos meus ombros.

— Estou achando ótima — digo. — Alex é... ótimo.

Seb respira fundo pelo nariz.

— Ótimo — ele reitera. — Ele é mesmo.

O silêncio recai sobre a gente, e é definitivamente do tipo desconfortável, mas só do meu lado, eu acho. Seb parece estar apenas estudando os padrões do carpete.

Lá se vai a garrafa de novo, e sinto um estranho impulso de ligar para Isabel, ou pelo menos fazer um vídeo rápido no meu celular para ela. *Esse cara não é tudo isso que você imaginou*, eu diria, mas então olho de novo para Seb e, o.k., ele está ficando bêbado e talvez não seja tão certinho quanto eu imaginei que seria, mas não acho que a imagem passaria isso. Na verdade, ele está muito bem agora, com essa camisa aberta e suas calças perfeitas.

Então percebo que estou olhando fixamente para ele há um bom tempo, e quando volto meu olhar para o seu rosto, ele está me observando. Percebo que ele pode não ter entendido que eu estava escrevendo uma mensagem mental para minha melhor amiga sobre o quanto ele é decepcionante.

Na verdade, ele pode até pensar que...

Eu nem consigo terminar o pensamento antes que Seb solte a pilastra e se aproxime de mim com a mesma graça que admirei mais cedo. Mas agora não me sobra tempo para admirar, porque ele imediatamente cai em cima de mim, seus lábios encontrando os meus.

CAPÍTULO 11

Seb deve ter entendido meu engasgo de surpresa como um convite, porque ele começa a me beijar de verdade. Sem prévia, sem perguntas, só uma língua da realeza enfiada na minha boca e *ai, meu Deus*.

Coloco minhas duas mãos em seu peito e o empurro com força.

Seb me solta no mesmo instante, dando uns passos para trás, a testa franzida.

— O quê? — ele pergunta e fico ali, boquiaberta, o gosto de uísque – que acabo de descobrir que não gosto – ainda ardendo na minha boca.

— Você me beijou — eu digo e ele faz que sim, embora continue me olhando como se estivesse falando grego.

— Sim… beijei — ele diz devagar. — Porque você estava me olhando de um jeito que parecia que você estaria disposta a algo do tipo.

Eu estou chocada e ainda com um pouco de *jet lag*, então levo um segundo para entender a frase e, quando consigo, meu rosto fica vermelho.

— Eu *não* estava disposta — garanto a ele, enrolando minha capa de cobertor com mais força ao meu redor. — Estava te olhando e pensando que você não era exatamente o que eu esperava.

Isso parece desanimá-lo um pouco. Afastando-se mais alguns passos, ele se senta na ponta da cama, a garrafa de uísque ainda balançando em uma das mãos. Ele não a largou nem mesmo para me beijar.

— Não era. O que você. Esperava. — ele diz, seus ombros se curvando e, por um segundo, me sinto meio mal. Eu não queria magoá-lo.

— Você ainda é muito bonito, se serve de consolo — digo, e ele levanta a cabeça, sorrindo um pouco.

— Serve, obrigado. — Então ele suspira de novo antes de levar a garrafa de volta aos lábios. — Desculpa — ele diz quando termina e uau, essa garrafa está bem mais vazia do que estava alguns minutos atrás. Seus olhos estão começando a ficar desfocados também, menos brilhantes enquanto se esforçam para olhar para meu rosto. — Eu só... aquela entrevista. Com aquele merdinha do seu namorado.

Eu o encaro.

— Michael? — digo em um tom agudo. De alguma forma, nunca tinha me ocorrido que alguém como Seb realmente *leria* aquilo. Eu entendo as pessoas que trabalham para a família real, pessoas cujo *trabalho* seja ficar de olho nesse tipo de coisa, saberem sobre isso, mas o príncipe?

— Ele disse que você tinha terminado com ele pra me pegar — Seb continua, e jogaria as mãos para o alto se não estivesse agarrada ao cobertor com tanta força.

— Ele estava mentindo — digo, mas Seb não está me ouvindo.

— Além disso — ele acrescenta —, é o que todo mundo espera.

Ele aponta para nós dois, a garrafa balançando em sua mão. — Você e eu. O irmão do Alex, a irmã da Ellie. E as pessoas amam a Ellie, então agora elas amam o Alex.

Seus olhos azuis sobem e descem pelo meu corpo de novo, e seguro o cobertor com tanta força que é um milagre que ainda tenha alguma circulação nos meus braços.

— Então talvez as pessoas te amassem e, se eu te amasse – bem, não amasse, exatamente, mas você entendeu – significaria que elas *me* amariam.

Ele franze a testa e um trio de rugas aparece entre suas sobrancelhas ruivas.

— Acho que eu disse amar vezes demais.

— As pessoas te amam — digo. — Talvez não fazendeiros aleatórios com quem seus amigos tentam duelar, mas lá em casa você é bem popular, cara.

Ele sacode a cabeça.

— Você claramente não fez sua pesquisa, irmã da Ellie.

— É Daisy — eu o relembro, mas ele só dá de ombros.

— De qualquer forma, pensei que poderíamos acabar logo com isso. — Ele aponta para a cama com a cabeça e, dessa vez, não é uma estrutura de frase sofisticada ou palavras rebuscadas que me fazem ter dificuldade para entender o que ele está dizendo. É puro choque.

— Você veio aqui pra... — Eu nem consigo terminar a frase porque é vergonhosa demais, então só inclino *minha* cabeça na direção da cama. — Comigo? Uma garota que te conhece há cinco minutos?

Ele pisca para mim e eu me lembro que ele é famoso, rico, extremamente atraente e, ainda por cima, um príncipe.

— O.k., então cinco minutos provavelmente é o que funciona pra você — concordo —, mas pra mim... nossa, você *não* precisa revirar os olhos pra mim.

Mas Seb não está revirando os olhos para mim. Seus olhos estão se revirando porque ele está desmaiando.

Eu observo o solteiro mais cobiçado da Escócia escorregar para fora do meu colchão e se enrolar no chão.

Minha própria bela adormecida.

— Você está *zoando* — resmungo enquanto olho para o corpo inconsciente largado no carpete. Ele tem mais de 1,80 metro de altura e definitivamente pesa mais do que eu, então não é como se eu pudesse ajudá-lo a se levantar. Há alguém que eu deveria chamar?

Olho ao redor do quarto, procurando um telefone ou algum tipo de campainha antiquada. Eles devem ter alguém que lida com esse tipo de coisa, certo? A Glynnis está por aqui? Porque eu *não* quero ter que explicar para Ellie por que Seb estava no meu quarto à noite.

Estou a ponto de entrar em pânico quando ouço outra batida na porta, mais suave que a de Seb e, por um segundo, fico parada entre a cama e a porta sem saber o que fazer.

Então alguém bate de novo e corro para a porta, abrindo-a só um pouco.

O cara babaca da fazenda, Miles, está parado na porta. Ele trocou de roupa desde que o vi mais cedo, e agora está usando jeans e uma camiseta cinza. Mas ele está tão reto e olhando para mim de um jeito tão frio que poderia estar enrolado em nove suéteres e um paletó.

— Estou procurando o Seb — ele diz, seus lábios contraídos de irritação. — Ele não está no quarto dele e meu alarme de melhor amigo me diz que ele *pode* estar aqui, fazendo péssimas escolhas.

Eu abro mais a porta e deixo Miles absorver a imagem do segundo na linha de sucessão do trono escocês desmaiado no chão do meu quarto.

— Ah — Miles diz —, o alarme ainda funciona, então.

Devo dizer que para um cara que acabou de entrar no quarto de uma garota estranha e encontrou o melhor amigo desmaiado no chão, Miles parece bem calmo com a situação toda. É preciso nós dois, mas conseguimos tirar Seb do chão e passar seus braços por nossos ombros.

— Por sorte — Miles diz quando Seb fica mais ou menos em pé — o quarto dele não é longe.

Dando tapinhas na cara de Seb – tá bem, tapinhas é um eufemismo, são tapas de verdade –, Miles diz:

— Preciso que você acorde um pouco, Seb. Use seus pés. Um, dois, um, dois, um na frente do outro.

Milagrosamente, Seb obedece e nós três saímos pela porta.

Está escuro no corredor, e entre o carpete com padronagens esquisitas, as pinturas e painéis nas paredes e as portas todas iguais, eu me sinto um pouco tonta, como se estivesse em uma casa de espelhos. Como alguém se acha nesse lugar?

Além disso, a definição de Miles de "não é longe" não coincide com a minha. Nós meio arrastamos, meio carregamos Seb por um corredor, então viramos em um outro. Em certo ponto, passamos por uma passagem abobadada e o corredor onde entramos se parece exatamente com aquele do qual saímos.

— Pra onde estamos indo? — Seb pergunta, sonolento. Ele balbucia, na verdade, então é mais "prondtamoindo?", mas Miles é fluente em Seb Bêbado.

— Cama, meu caro — ele responde. — A sua, desta vez.
Seb faz que sim, devagar.
— Bom plano, Monters.
Quando penso que a força na parte superior do meu corpo vai se esvair por completo, Miles para e abre uma porta que dá para um quarto muito maior que o meu, mas ainda um pouco mais desleixado do que eu imaginaria ver em um castelo. As cores são vinho e dourado pálidos, e sinto como se tivéssemos voltado no tempo ou algo assim.

— Eu poderia te jogar na masmorra por isso — Seb grunhe, mas Miles apenas ri, dando tapinhas na bochecha de Seb.

— Continue me ameaçando, amigo. Talvez um dia aconteça mesmo.

Seb inclina a cabeça para mim, seus olhos azuis embaçados.

— Eu nunca conseguiria — ele me diz de um jeito que deve achar ser um sussurro — viver sem o Monters.

— Claramente — respondo, observando Miles baixar Seb até ele se sentar na ponta do colchão. Eu me pergunto quantas vezes ele já fez isso durante esses anos, porque embora Seb seja tão alto quanto Miles e provavelmente bem mais pesado, ele faz a manobra com suavidade, como se estivesse muito habituado.

Seb cai na cama, os pés ainda no chão, e dá um suspiro.

— Eu fiz de novo, não fiz? — ele pergunta para o dossel, e Miles dá um tapinha na sua perna.

— Não foi tão ruim quanto o normal. Ninguém levou um soco, foi preso ou fotografado por algum celular.

— Ah, eu tirei uma foto enquanto andávamos pelo corredor. Não devia ter feito isso? — digo, arregalando os olhos, e Miles me olha com raiva. Sério, como ele faz essa coisa com a boca que parece que a cara está comendo os lábios de tanto desprezo? Existe uma aula disso no internato chique para onde eles foram?

— Foi uma piada — digo a ele. — Nós da colônia fazemos isso às vezes.

Eu claramente não valho o tempo de Miles, porque ele se vira e olha para Seb de novo.

— Durma — ele diz, e Seb faz que sim como se fosse uma boa ideia.

— Cama — Seb resmunga, afundando-se mais um pouco. — Bedfordshire.

— Mesmo assim — Miles diz, e depois de um segundo os olhos de Seb se fecham.

Estou prestes a me afastar da cama e ir em direção à porta quando Seb subitamente se levanta um pouco, seus olhos se abrindo do nada.

— Irmã da Ellie! — ele chama e eu suspiro, acenando com a mão.

— Daisy — eu lembro, mas ele só fixa os olhos azuis em mim.

— Irmã da Ellie — ele diz. — Sinto muito. Sobre a parte em que te beijei e sugeri que a gente transasse. Foi pouco galante e... — Ele se esforça, levantando a mão no ar e apontando, como se a palavra que procura estivesse bem ali na sua frente.

— Inapropriado — sugiro, meu rosto em chamas. Miles não está olhando para mim, mas tenho certeza que consigo ouvir seus ossos rachando de tanto que ele se contrai. — Além de grosseiro e meio machista.

— Tudo isso — Seb admite com um suspiro. Então seus olhos se fecham de novo e o solteiro mais cobiçado da Escócia logo está roncando em seus lençóis chiques.

Miles se afasta da cama devagar, movendo a cabeça para indicar que devo segui-lo. Quando saímos do quarto, ele fecha a porta com cuidado e sem fazer barulho, então nos vemos parados no corredor escuro. O castelo está silencioso, a única luz vem das arandelas nas paredes.

— Bem, isso foi divertido — começo a dizer, mas Miles está olhando por cima da minha cabeça, um músculo se contraindo em seu maxilar.

Então os olhos dele encontram os meus.

— Então — ele diz. — Foi como você esperava?

CAPÍTULO 12

Eu o encaro, tão chocada, que faço um barulho tipo *hannn?* que sai alto demais no corredor silencioso. Quando recupero a voz, digo em um agudo:

— Você perdeu a parte em que ele estava no *meu* quarto? Tipo, ele foi até lá sozinho. Apareceu igual a um vampiro esnobe que eu convidei para entrar sem querer e depois não conseguia mandar embora.

Miles franze a testa e eu reviro os olhos.

— Olha pra mim. — Abro os braços, deixando Miles ver a insanidade do que estou vestindo. — É isso que as meninas normalmente usam para seduzir príncipes aqui na Escócia? Quer dizer, eu sei que está frio aqui e talvez depois de anos estudando em uma escola só com meninos, os héteros acabem bem pouco exigentes, então acho que é *possível* que quarenta e sete camadas de pijama sejam mesmo algo sexy.

A essa altura, Miles está tão reto e alto que acho que posso ouvi-lo ranger. Seus braços estão na lateral do corpo e seu queixo está levantado, e não sei se eles ensinam esse tipo de arrogância na escola chique que ele frequentou com Seb, mas se ensinam, ele com certeza tirou dez em Como Ser Um Completo Babaca.

— Sinceramente, eu estava te dando pontos por originalidade — ele diz, um canto de sua boca formando um meio sorriso de desprezo. Ele aponta com a cabeça para minhas calças xadrez. — E por se manter no tema.

Eu rio com desdém.

— Você fica paranoico desse jeito com toda garota que entra na órbita do Seb? — pergunto. E então algo me ocorre.

Deixando meus braços caírem e afastando o mau humor, eu me aproximo dele.

— Espera... você tem um *crush* no Seb?

Isso realmente parece surpreendê-lo, porque Miles pisca e dá um passo para trás, parecendo – só por um segundo – um adolescente de verdade, não alguém prestes a sentenciar uma decapitação.

— Não... — ele sacode a cabeça e ah, aí está, a camada de gelo se formando de novo. — Não — ele repete, endireitando os ombros um pouco. — Não estou com *ciúmes*. Só não quero ver Seb arrastado pra dentro do seu esquema.

Abrindo a boca, eu sacudo a cabeça, totalmente confusa.

— Não faço ideia... — começo, então me lembro do que Seb disse no meu quarto.

Sobre Michael.

Sobre aquela entrevista idiota.

— Ahhhhh, meu Deus — digo, colocando as mãos na cabeça. — Você enche o *meu* saco por saber de fofocas, mas vocês estão, tipo, babando pelo TMZ?

Ele tem a dignidade de parecer pelo menos um pouco envergonhado, mas levanta o queixo e escolhe ser esnobe de novo.

— Você não seria a primeira garota a dispensar um cara e colocar a mira no Seb — ele diz e eu com certeza o zoaria por falar algo como "colocar a mira", mas ele continua. — E essa é a última coisa que ele precisa agora.

— Por quê? — pergunto. — Sério, confia em mim, não estou interessada no Seb, não importa o que a internet te diga. Mas por que eu e Seb juntos seria um desastre tão grande?

Ele não responde, então coloco a mão no peito e finjo estar chocada.

— É porque eu sou... americana?

Miles desdenha.

— Ou, espera, é porque não tenho um apelido, né? — Faço uma careta exagerada. — Talvez um dia eu também possa ter uma lista de coisas idiotas pelas quais as pessoas me chamam em vez do meu próprio nome, *Monters*, mas por enquanto sou deficiente em apelidos. — Com um suspiro, eu dou de ombros, e agora Miles está revirando os olhos para *mim*.

— Só fique longe dele — ele diz e, honestamente, eu prefiro mil vezes Spiffy e Dons com seus kilts e danças idiotas a esse babaca.

— Talvez você possa dizer a *ele* para ficar longe de *mim*. E vou achar o caminho para o meu quarto sozinha — respondo antes de sair andando para onde penso que seja meu quarto.

Ele não me segue, graças a Deus, e conforme passo por mesinhas de canto, retratos e relógios gigantescos, tento controlar meu humor. Mas sério, quem esse cara pensa que é? Ele nem sequer me *conhece*, mas uma entrevista idiota com o idiota do meu ex-namorado o convenceu de que estou tramando para conquistar um príncipe. O que... não, obrigada. Ellie pode cortar quantas fitas quiser, eu passo a vida da realeza.

E, sério, se ele é amigo do Seb há tanto tempo, não *sabe* que o amigo é um desastre de ser humano? Por que não falar com *ele*?

A não ser que isso seja... traição?

Talvez isso seja traição.

Meus pés encostam no chão de pedra, que está frio mesmo com minhas meias, e paro, olhando em volta. Estou em outro corredor, cheio de... não me lembro de ter visto esta parte do castelo antes.

Eu me viro, olhando para trás, tentando me lembrar se virei em algum lugar enquanto estava ocupada discutindo mentalmente com Miles Montgomery, mas não, aparentemente eu estava com raiva demais para notar meus arredores.

Eeeeee estou perdida.

Tipo. Muito perdida.

O que é idiota, porque isto é uma casa, não a droga da Floresta Amazônica, mas é uma casa muito *grande*, com mais corredores e quartos do que eu esperava.

Tá bem. Nós não pegamos nenhuma escada indo do meu quarto ao de Seb, então talvez eu pelo menos esteja no andar certo. A não ser que os corredores subam e desçam e eu não tenha notado.

Argh.

Eu me enrolo mais no cobertor e começo a voltar por onde vim. Não me assusto fácil, mas vagar pelos corredores escuros de um castelo à noite é um pooooouco gótico demais para mim. Além do mais, ainda tive que lidar com um cafajeste charmoso no meu quarto *e* uma briga com um esnobe metido.

Nem dois dias de viagem e já me sinto em um romance da Jane Austen.

Há um abajur em uma das mesas próximas e vou até ele, decidindo que um pouco de luz pode me ajudar. Quando o ligo, algo na pintura acima do abajur chama minha atenção.

É... o cabo de uma faca?

Talvez você consiga resistir a puxar algo que parece uma adaga escondida atrás de uma pintura, mas eu não sou tão forte assim.

O metal está frio quando puxo a faca, e com certeza é uma adaga pequena e afiada que só está... presa na parede. Será que castelos são mais perigosos do que eu pensava? É preciso se armar só para andar pelo corredor?

— É para a pintura.

Eu me viro, a pequena faca ainda em minhas mãos. É Miles, claro, parado numa porta com as mãos nas costas.

Eu olho de volta para a lâmina.

— A pintura precisa de uma adaga? — pergunto. — Por quê? Pra caso entre numa briga de gangues com os outros quadros?

Para minha surpresa, Miles dá um sorriso. O.k., não é bem um sorriso, é mais um pequeno movimento com o canto da boca, mas dado que a única coisa que vi dele até agora foi desdém e desprezo, já é o suficiente.

— Caso haja um incêndio — ele diz, entrando no cômodo — alguém pode cortar a pintura da moldura depressa e levá-la em segurança.

Eu entendo, mas ainda me parece muito estúpido. Se está acontecendo um incêndio, quem se preocupa com arte? Mesmo que seja uma arte bem cara.

— Pessoas ricas são estranhas — digo, e o pequeno sorrisinho no qual Miles vinha trabalhando morre imediatamente.

— É um quadro inestimável — ele diz e eu coloco a faca de volta, causando um pequeno rangido no corredor silencioso.

— Eu acho que minha vida é meio inestimável, mas que seja.

Nós nos encaramos e, depois de um momento, Miles respira fundo.

— Desculpa — ele diz, embora as palavras saiam como se alguém estivesse apontando uma arma – ou uma pequena adaga – para sua cabeça. — Eu não devia ter pensado nada sobre você e o Seb. Ele é... foi só uma longa noite.

Percebo que ele não pede desculpas por sua babaquice generalizada antes disso, mas então ele inclina a cabeça para a esquerda e diz:

— Vou te levar de volta para o seu quarto.

Não quero passar mais tempo com ele, mas fico feliz que ele não mencione o quão perdida eu fiquei em cinco minutos longe dele, então só faço que sim e o sigo.

Não demora tanto para voltar como pensei que demoraria, o que quer dizer que eu definitivamente peguei um corredor, ou doze, errado. Enquanto caminhamos, eu digo:

— O.k., sério, como alguém se acha nesse lugar?

Miles dá de ombros.

— Muitas pessoas não se acham. Sherbet diz que nos anos 1930, seus bisavós davam aos convidados uma tigela de prata cheia de confete de cores diferentes. Assim, eles podiam deixar uma trilha de volta para seus quartos.

Eu paro no corredor, arrastando os pés no carpete.

— Você está inventando isso.

Mas Miles sacode a cabeça.

— Juro por Deus — ele diz. — Claro que Sherbet diz que era mais pra que as pessoas achassem o caminho para os quartos uns dos outros.

— Você não tem medo de estar me dando ideias? — pergunto, balançando os dedos. — Posso passar a noite toda cortando confete pra atrair o Seb até minhas garras femininas.

Ele contrai os lábios, algo que já o notei fazendo algumas vezes quando fica irritado. Talvez se eu o irritar o suficiente, ele fique sem boca. Isso provavelmente melhoraria sua personalidade.

Eu abro a porta e, quando faço isso, Miles se inclina um pouco para a frente.

— Sinto muito por ter pensado o pior de você mais cedo, mas... me ocorre que você pode precisar de um guia — ele diz. — Alguém pra te mostrar o caminho. Ter certeza de que você não acabe soterrada.

Olhando para ele, inclino a cabeça para o lado, fingindo pensar a respeito.

— Hummmm — faço. — Vou passar.

Quando ele me olha com raiva, sinto um grande prazer em bater a porta na cara dele.

AN REIS

O início oficial da temporada escocesa, a An Reis é a corrida anual de cavalos que acontece na fronteira sul. As palavras significam simplesmente "uma corrida", em gaélico escocês. Dizem que a tradição começou durante o Rough Wooing, as guerras entre Escócia e Inglaterra, quando Henrique VIII oprimiu os escoceses das Terras Baixas na expectativa de convencer a jovem Maria, rainha da Escócia, a se casar com seu filho. O que antes era um desafio de equitação, agora é, como o Ascot mais no sul, mais um evento social, e o público da An Reis leva seus acessórios de cabeça tão a sério quanto seus vizinhos sulistas. Evento favorito dos jovens Stuarts, a An Reis deste ano deve fornecer uma excelente oportunidade para os Observadores Reais darem uma olhada na nova noiva do príncipe Alexander, a americana Eleanor Winters. Rumores também dizem que a irmã mais nova de Eleanor, Daisy, os acompanhará este ano, dando à adolescente da Flórida a primeira experiência da nova vida da irmã.

("Sim, nós sabemos os melhores eventos da temporada escocesa!", *Prattle*, edição de abril)

CAPÍTULO 13

— **Eu não vou** usar isso.

Estou no quarto de Ellie no Castelo de Sherbourne, a luz da manhã entrando pelas cortinas de renda. Fiquei surpresa ao descobrir que Ellie e Alex não estavam dormindo no mesmo quarto, mas não gostava de pensar nessa parte do relacionamento deles, então não disse nada. Há certas coisas sobre sua irmã que uma garota nunca deve saber.

Ellie parece a própria encarnação do verão, usando um vestido rosa pálido com sapatos rosa e creme, o cabelo loiro, brilhante e liso sob um chapéu que combina com os sapatos, uma redinha cor-de-rosa cobrindo os olhos e uma confusão de flores em cima. É um chapéu tosco, e não me interprete errado, mas funciona nela. Ela faz aquela coisa característica em que tudo que a toca parece ganhar uma camada extra de classe.

Eu não tenho tal talento, e é por isso que a monstruosidade verde que espalha seus tentáculos pela cama não vai ficar tão bem na minha cabeça.

Ellie coloca as mãos em sua cintura fina e o gigantesco anel de esmeralda e diamante quase me cega quando reflete a luz. *Essa não é sua irmã mais velha,* o anel parece me lembrar, *é uma futura rainha, o que quer dizer que ela vai te fazer usar esse chapéu horroroso.*

E claro, os cantos da boca de Ellie se viram para baixo.

— É tradição — ela diz. — Os chapéus grandes e toscos. Você não viu *My Fair Lady?*

— Vi — digo, aproximando-me da cama para cutucar essa coisa que ela chama de "chapéu", mas acho que na verdade é uma versão em papel-machê do Monstro do Lago Ness. — Ela usa um chapéu bonito — eu a lembro. — Assim como *você* está usando um chapéu bonito. Isso – eu puxo a borda do chapéu – não é um chapéu bonito. Na verdade, nem é um chapéu. Acho que alguém só misturou veludo e tule e pintou tudo de verde-monstro-do-lago.

— Esse chapéu é exclusivo — Ellie diz. — Feito especialmente pra você pela lady Alice Crenshaw, que não é apenas minha amiga, mas alguém cuja família vem fazendo chapeaux para a família real há *séculos*, Daisy.

— O.k., eu ia te ouvir, mas aí você disse *chapeaux* e meu cérebro desligou com tanta pretensão.

Ellie fecha os olhos por um segundo. Em outra vida, ela já teria começado a gritar. O comentário sobre o Monstro do Lago Ness teria sido suficiente. Mas essa era outra Ellie, uma que não se sentia observada a cada segundo de sua vida.

Pensar nisso me faz ficar um pouco envergonhada por estar dando esse ataque por causa de algo tão bobo quanto um chapéu. Um sentimento que só fica mais forte quando Ellie vai até a cama, pega o chapéu e o estuda com um olhar crítico.

— Eu disse a Alice que seu cabelo estava avermelhado agora, então ela escolheu essa cor especialmente pra você.

Com isso, ela atravessa a cama e enfia o chapéu na minha cabeça. Para algo que parece ser feito de feltro e penas, ele é surpreendentemente pesado. Ellie arruma a rede e tenta endireitar algumas penas, franzindo as sobrancelhas.

— Ficaria melhor se você não estivesse fazendo cara feia, Daisy — Ellie finalmente diz e eu me afasto dela, fazendo um movimento para que ela fique quieta.

— É difícil não fazer cara feia quando se está usando algo assim — eu a lembro, mas quando vou me olhar no espelho, consigo admitir que não é *tão*... tá bem, ainda é muito, muito ruim, mas se parece um pouco com as coisas que as garotas usam nos blogs que Isabel me mostrou. Então pelo menos eu me encaixo. E combina com meu vestido.

A roupa estava esperando por mim em um porta-terno quando acordei de manhã, e o abri certa de que encontraria algo completamente chato, com uma gola alta, mangas compridas e nenhuma personalidade.

Mas o vestido é bem bonito, na verdade. Ele é verde, como meu chapéu, com mangas curtas, uma cintura marcada e uma saia rodada, quase como algo saído dos anos 1950. As luvinhas brancas que o acompanham ajudam a dar esse efeito, e é diferente o suficiente para não ser chato.

Talvez Glynnis tenha um gosto melhor do que pensei.

Os carros chegarão para nos buscar em menos de uma hora, levando-nos até a corrida, uns trinta minutos ao sul. Aparentemente, essa corrida em particular é superchique e, segundo Glynnis, "uma parte vital do calendário social do verão".

A coisa mais vital que eu tinha no *meu* calendário social desse verão era ir para Key West, terminar minhas leituras da escola e talvez visitar a nova piscina que construíram no Clube Hibisco, o tipo de clube barato para nós de Perdido.

Em vez disso, estou usando um chapéu de vilã da Disney e a caminho de ir assistir a um bando de cavalos correndo.

Com um bando de garotos bonitos.

Vi alguns "Rebeldes Reais" hoje no café da manhã. Sherbet, claro, e os dois caras cujos nomes não consigo lembrar. Spiffy e Dons são apelidos, mas eu te desafio a dizer "Spiffy" em voz alta sem rir. Então não falei muito com nenhum deles, e também não vi Miles ou Seb.

Lembrar da noite passada faz meu estômago se revirar de nervoso, e eu dou uma olhada em Ellie. Ela está se olhando no espelho, mexendo em seu próprio chapéu, e embora eu não queira mesmo entrar no assunto sobre Seb, de repente me ocorre que ele pode mencionar algo e que seria bem pior se El ouvisse dele primeiro.

— Entãoooo — começo, e Ellie imediatamente se vira do espelho, seus olhos azuis arregalados.

— Ah, Deus, o que aconteceu? — ela pergunta e eu levanto as mãos.

— Como você sabia que eu ia te dizer que algo aconteceu? Talvez eu só fosse comentar o quanto você fica bem com esse tom de rosa. Porque você fica, aliás, combina com seu tom de pele e...

Agora é Ellie que joga os braços para cima.

— Daisy... — ela diz. — Não. Eu sou sua irmã a vida inteira e sempre que você começa com esse "entãoooo" normalmente o que segue é "eu fiz algo catastrófico".

O.k., é ofensivo ela saber minhas manias, enquanto as dela estão ficando cada vez mais difíceis de reconhecer, e ela pensar que faço coisas catastróficas. Coisas catastróficas *acontecem* comigo, mas não é como se eu fosse a causa. A noite passada é um exemplo perfeito.

— Tecnicamente, a catástrofe foi Seb — digo, e aquele rosado bonito que a roupa de Ellie trouxe ao seu rosto desaparece de repente.

— Seb — ela repete sem expressão, e dou início à história sórdida de "Seb bêbado no meu quarto", com a esperança de que se eu contar rápido o suficiente e com uma atitude blasé o suficiente, ela não vá pirar.

— Enfim — resumo —, aquele Henry Higgins apareceu e o levou embora, e minha experiência com a realeza depravada acabou aí.

As sobrancelhas perfeitas de Ellie se franzem.

— Henry Higgins?

Suspirando, eu me apoio na pilastra da cama, cruzando um pé na frente do outro.

— Sinceramente, El, nós falamos de *My Fair Lady* nesse minuto. O cara esnobe. Miles.

Não menciono a parte em que ele deu a entender que eu estava selvagemente tentando capturar Seb com minhas partes femininas americanas e como eu o chamei de esnobe antes de me perder e aprender sobre facas para pinturas. Ou pinturas com facas? E o lance da tigela de confete. El sabe da coisa do confete? Eu estou prestes a perguntar quando ela sacode a cabeça, suspirando.

— Taí um batismo de fogo — ela diz e eu faço que sim.

— Já consigo até ver os tabloides. Fotos do Seb no chão do meu quarto, eu com todos os meus pijamas, manchetes tipo "Bela Adormecida"...

El faz um barulho que seria de desprezo se esse fosse o tipo de coisa que futuras princesas fazem. Então ela franze a testa, inclinando a cabeça na minha direção.

— *Todos* os seus pijamas?

Rindo, sacudo a cabeça.

— Você não quer saber.

Ouço uma batida discreta na porta – Glynnis, avisando-nos que é hora de descer – e depois de me olhar no espelho uma última vez, puxo meus tentáculos e sigo Ellie para fora do quarto.

Mas antes de abrirmos a porta, ela se vira para mim, a mão enluvada tocando meu braço.

— Vai ficar tudo bem — ela me diz, e ali está: o sorriso oficial de Ellie Winters, futura Sua Alteza Real, a duquesa de Rothesay.

Em outras palavras, o sorriso mais falso já visto pela humanidade.

E, de repente, começo a pensar que o monstro na minha cabeça talvez não seja meu maior problema hoje.

CAPÍTULO 14

A pista de corrida não é longe do Castelo de Sherbourne, então não consigo superar o frio na barriga até chegarmos.

— Sabe — digo a El assim que saímos do carro —, eu não gosto muito de cavalos. E se eles farejarem isso e se sentirem desrespeitados?

Ellie para, virando-se para me olhar. Há dois homens com ternos escuros ao nosso lado, que não são David e Malcolm, os guarda-costas com quem estou acostumada, mas que têm o mesmo ar de serem mais estátuas que pessoas. Eles com certeza se esforçam muito para se manter perto de mim e Ellie e, ao mesmo tempo, ignorar o que estamos dizendo.

Impressionante.

— É só uma corrida — ela diz, e posso ver o reflexo do meu chapéu idiota em seus óculos de sol caros. — E há pessoas o suficiente aqui para não roubarmos a cena.

— Dos cavalos ou das outras pessoas aqui? — eu pergunto, e Ellie faz uma careta.

— Daisy...

— É agora que você me diz pra relaxar e ser eu mesma?

Virando-se para mim, Ellie brinca com a renda de seu chapéu.

— Para relaxar, sim — ela diz. — Mas definitivamente não seja você. Só... — Ela se aproxima, colocando a mão enluvada no meu braço. — É sério, Daisy. Eu sei que você tem essa capacidade de dizer tudo que passa pela sua cabeça, mas lembre-se de que você *não* é o papai.

Eu quero desdenhar disso, mas ela tem um argumento.

Um argumento que ela vai reforçar, pelo jeito.

— Apenas sorria, seja educada e tente não fazer piadas, o.k.?

Ela aperta meu braço e, conforme se vira, eu controlo a vontade de dizer "obrigada pelo incentivo!".

Em vez disso, apenas a sigo, meus joelhos tremendo e meu rosto meio anestesiado. É a primeira vez que estarei *fora de casa*, no meio dessas pessoas, e é como se eu pudesse ver cada capa de tabloide e cada manchete sobre Ellie do último ano, subitamente imaginando *meu* rosto e *meu* nome no lugar. O pouco contato que tive com essa vida foi *mais* que suficiente.

Mas Ellie está certa – enquanto caminhamos do carro até a pista, não há um dilúvio de fotógrafos, ou pessoas gritando o nome de Ellie. Há só... um monte de pessoas elegantes.

Um monte *mesmo*.

Meu chapéu ainda deve ser o mais horrível de toda a criação, mas pelo menos consigo me misturar. Nunca vi uma coleção de chapéus assim. Tem uma garota usando uma mistura de azul, vermelho e penas verdes que me faz perguntar se um papagaio entrou em colisão com a cabeça dela. Eu me viro e vejo outra garota, com cabelo comprido e escuro, usando um maravilhoso terno preto branco e um chapéu rosa com tantos babados e dobras que parece que saiu de um livro de anatomia.

Os chapéus são tão ridículos e exagerados que eu me pergunto se isso é só parte da vida dos ricos. Eles usam coisas assim só para provar que podem? É uma iniciação através de chapéus?

A garota de terno preto e branco e chapéu levemente obsceno se aproxima de nós, seus ombros tensos. Perto dela está uma ruiva vestida de lilás, usando um chapéu pequeno e, de fato, com cara de chapéu.

— Ellie! — a ruiva diz. Ela está com uma taça de champanhe na mão, que respinga um pouco quando ela abraça minha irmã.

A garota de cabelo escuro é um pouco mais reservada, e seu sorriso está tenso quando ela olha para mim e minha irmã.

— Daisy — Ellie diz, saindo do abraço. — Quero que conheça Fliss e Poppy.

Eu não digo que "Fliss" não parece um nome de verdade, e sorrio para as duas garotas, pensando se deveria apertar a mão delas ou fazer uma reverência. No fim, eu só aceno.

— Oi.

— Você está gostando da sua estadia? — a ruiva, Fliss, pergunta, e dou meu melhor Sorriso de Ellie.

— Estou. É realmente lindo aqui.

Essa parte, pelo menos, é sincera. Tudo que vi da Escócia foi maravilhoso, e este lugar não é exceção. Vastas colinas, grama verde, céu azul... é um dia digno de um cartão-postal, e fica ainda mais bonito com todas essas mulheres usando cores vibrantes.

— Eu tenho certeza de que Ellie está muito feliz por você estar aqui — Fliss responde, sorrindo. Poppy, a morena, me observa com uma expressão estranha, quase hostil, e eu me pergunto o *motivo* disso.

Quando as garotas se afastam, Ellie me guia até as arquibancadas e diz em voz baixa:

— Lady Felicity e lady Poppy Haddon-Smythe. Irmãs. Fliss é maravilhosa, Poppy é... nem tanto. Ela saiu com Seb no ano passado e foi meio caótico.

Ah, isso explica. Se Seb assumiu que nós dois éramos destinados um ao outro (ou ao menos destinados a dar uma rapidinha), talvez Poppy tenha feito o mesmo.

Nós vamos até o camarote real, cercado de guardas, e embora a maioria dos rostos se virem para nós, não é opressivo como eu esperava. Mas talvez seja porque todas as pessoas aqui são sofisticadas e isso seria brega.

Assim que chegamos à escada que nos leva até onde devemos sentar, ouço alguém chamar meu nome.

Glynnis se aproxima, vestida de vermelho brilhante, exceto por seu chapéu, que é de um branco puro. É um contraste bonito, que estranhamente não a faz parecer um pirulito de natal, então pontos extras para Glynnis. Não deve ser fácil conseguir isso.

Eu aceno e vejo Miles logo atrás dela, vestindo o terno cinza mais triste que já vi na vida. Quer dizer, sei que estou usando uma criatura marinha na cabeça, e portanto não posso julgar ninguém, mas seu paletó tem um *rabo* e sua gravata tem listras creme e violeta, e é tudo tão... trágico. Eu sentiria pena se ele não tivesse sido tão babaca na noite passada.

— Seu primeiro grande evento! — Glynnis diz, alegre, os dentes quase brilhando no sol. — Você está animada?

— Super — respondo, fazendo um joinha, e Miles revira os olhos atrás dela, resmungando algo para si mesmo.

Que dia divertido será esse.

— Excelente — Glynnis diz, dando um passo para trás e abrindo um braço. — Nesse caso, eu vou roubar a Ellie e te deixar nas mãos preparadas do Miles.

Eu não quero ficar em nada do Miles, muito menos em suas mãos.

— Espera, o quê? — pergunto, mas Ellie nem sequer me olha, e Glynnis já está indo embora. Observo o laço de seu chapéu subir e descer antes de me virar para Miles.

— Por que eu estou nas suas mãos? — pergunto, e ele parece tão horrorizado com essa imagem quanto eu.

— Você não está — ele diz. — Glynnis só queria ter certeza de que teria alguém por perto pra evitar que você passasse vergonha e, de alguma forma, eu fui abençoado o suficiente para ser o escolhido.

— Então eu *não* vou poder subir na cerca e cantar "Yankee Doodle Dandy" enquanto seguro seis bandeiras americanas e giro um bastão? — Eu estalo os dedos. — Bem, lá se vão os planos de hoje.

Miles me olha como se estivesse se perguntando quais pecados cometeu em uma vida passada que o trouxeram a este momento, e decido que talvez hoje seja até divertido, afinal.

— Você quer beber alguma coisa? — ele finalmente pergunta, seu tom frio.

Eu afasto um tentáculo verde do rosto antes de responder:

— Você vai mesmo passar o dia todo comigo? — pergunto. — E, tipo, me ensinar sobre cavalos e me trazer ponche? Porque você realmente não precisa fazer isso.

— Infelizmente preciso, na verdade — ele responde, me olhando. Ele está segurando uma cartola nas mãos e eu aponto com a cabeça para ela.

— Por que você não está usando isso? O chapéu tosco é um pouco demais com essa roupa?

Seus olhos verdes sobem do meu rosto para o alto da minha cabeça, e ele levanta as sobrancelhas.

Suspirando, toco a monstruosidade disfarçada de chapéu.

— *Touché*, bom argumento — admito, e Miles faz aquela coisa de novo em que parece que vai sorrir, mas então pensa melhor. Talvez ele seja mesmo fisicamente incapaz de sorrir.

Eu olho em volta, protegendo meus olhos do sol com as mãos. Ainda não vejo cavalos na pista, mas acho que esse evento é mais para exibir chapéus chiques e beber champanhe do que para assistir a uma corrida de cavalos. Estou prestes a perguntar a Miles sobre os cavalos – principalmente quais têm os nomes mais idiotas – quando noto aquela menina me fuzilando com o olhar de novo. Poppy.

Abaixando o braço, eu me aproximo mais um pouco de Miles e ele segue meu olhar.

— Ah. Vejo que você conheceu Poppy.

— Pois é — respondo, puxando um fio da minha saia. — Ela *não* é minha fã.

— Ela não é fã de ninguém, exceto do Seb e das palavras "Princesa Poppy" — Miles responde e o olho de volta. Viu, *esse* é o tipo de informação que preciso.

— Lembra quando você achou que eu era uma sedutora malvada decidida a conquistar seu amigo inocente?

— Eu não usei nenhuma dessas palavras — ele diz e eu o dispenso com um aceno de mão.

— Mas a ideia é essa. E o que eu quero dizer é, as outras pessoas também pensam isso? Que estou atrás do Seb?

Miles olha para mim. Ele não é muito mais alto que eu, principalmente com meus saltos, mas ele se especializou em olhar para as pessoas de cima, eu acho.

— A maioria das garotas está — ele finalmente fala, e torço o nariz.

— Ele vai ser meu cunhado — digo. — Entendo que vocês gostam de casar com primos e tal, mas não rola pra mim.

— Eu esperava que nos conhecêssemos há pelo menos três semanas antes de começarmos a falar de incesto — Miles diz em voz baixa.

— Você está sendo engraçado? — pergunto. — Porque isso foi meio engraçado e eu não gostei.

Miles faz um som de desprezo e me oferece o braço.

— Posso te levar até o camarote, se você quiser — ele diz e eu o sigo até o alto das arquibancadas, onde minha irmã já está sentada ao lado de Alex, olhando para a pista através de pequenos binóculos. Fliss também está lá, mas Poppy desapareceu no mar de chapéus e taças de champanhe, e eu consigo ver Seb sentado do outro lado de Ellie, observando a multidão por trás de seus óculos de sol caros. Os outros Rebeldes Reais também estão ali, e Sherbet acena para mim e Miles, seu belo rosto aberto em um grande sorriso.

Nós dois acenamos de volta, mas então Sherbet se vira para falar com outro homem no camarote, um homem usando um kilt vermelho e verde e uma faixa decorada com todo tipo de medalhas cruzando seu peito largo.

— Quem é esse? — pergunto, e Miles dá uma olhada para o camarote.

— O duque de Argyll — ele responde. — O irmão da rainha, tio de Seb.

— Ah — digo em voz baixa. Então, tecnicamente, um membro da família. Ou breve membro da família. E, de novo, eu me esqueço totalmente de como se deve tratar um duque. *Sua Graça*, eu acho? Ou isso é para a rainha?

— Subimos? — Miles pergunta de novo e eu vejo Ellie fazer uma breve mesura para uma mulher loira de azul-claro. Quem é essa? Claramente alguém importante, mas não a reconheço. Eu *realmente* deveria ter lido aquele fichário idiota.

— Não sei se estou pronta pra isso — digo para Miles, olhando para o camarote real, cheio de bandeirinhas e das pessoas mais chiques entre as pessoas chiques daqui. Eu realmente rejeitei a ideia de precisar de um guia para navegar por esse mundo, mas, de repente, andar por aí com Miles – um cara de quem nem gosto – parece melhor do que me arriscar lá em cima.

— Você mencionou bebidas — digo e empurro meu chapéu para trás quando ele começa a escorregar, e quando Miles me oferece o braço de novo, coloco minha mão nele.

Melhor o diabo que você já conhece, eu acho.

CAPÍTULO 15

Nós abrimos caminho pelo mar de chapéus e, embora eu queira soltar o braço de Miles, preciso dele para me equilibrar. Meus saltos ficam afundando na grama e tenho visões horríveis de mim mesma na primeira página do jornal, jogada na grama, minha saia levantada.

Me segurar nesse sr. Darcy-Não-Gato não é tão ruim quanto *isso*.

— Então — Miles diz conforme passamos por um conjunto de mesas altas cobertas de taças de cristal —, essa é a An Reis. É "a corrida" em gaélico, o que não é exatamente o nome mais original de todos, mas...

Eu paro, olhando para ele por baixo dos meus tentáculos.

— Cara.

Ele olha para mim e puxa o braço.

— O quê?

Algum tipo de fanfarra começa a tocar e eu olho para o camarote real, vendo minha irmã e Alex acenarem enquanto a multidão bate palmas educadamente. Nas mesas altas, vejo algumas mulheres dando risinhos de desdém por trás de mãos enluvadas, olhando para Ellie, e franzo a testa.

— Não preciso saber sobre a corrida — digo a Miles. — Tenho certeza de que é fascinante e historicamente empolgante, mas esse tipo de informação não é bem útil. Porém... — aponto com a cabeça para as mulheres que agora estão se afastando das mesas, um pouco satisfeita com a forma como elas também se desequilibram em seus saltos na grama molhada. — Saber por que as pessoas desdenham da minha irmã? Isso pode me ajudar.

Miles suspira e, para minha surpresa, afrouxa um pouco a gravata.

— Vamos pegar algo pra beber — ele diz.

Ele me leva até uma tenda listrada de branco e amarelo e, com um "espere aqui", desaparece dentro dela, me deixando parada como uma idiota ao lado da entrada. Eu deveria ter trazido meu celular para pelo menos poder fingir estar mandando uma mensagem. Em vez disso, tudo que tenho é um sorriso falso no rosto enquanto tento não notar que as pessoas estão me olhando.

Uma mulher em particular está *realmente* olhando para mim. Com raiva, quase. Ela é mais velha, talvez por volta dos cinquenta anos, mas definitivamente fez uns ajustes aqui e ali, seu rosto parecendo um pouco mais tenso do que o normal. Ela é magra e esguia e está toda de preto, exceto pela enorme explosão de penas amarelas na cabeça. Para a minha surpresa, ela para bem na minha frente.

— Então — ela diz, a boca se curvando para pronunciar a palavra — você é a mais recente invasora americana? Que infelicidade.

Eu pensei que Miles fosse esnobe, mas essa mulher é outro nível. Ela me olha como se eu fosse algo desagradável no qual ela acabou de pisar, e eu sei que deveria deixar passar, que eu deveria sorrir educadamente e murmurar algo insosso.

Mas não sou filha de Liam Winters à toa.

— Sou! — digo alegremente. — Vim aqui jogar todo seu chá no mar e casar com todos os seus príncipes.

Seus lábios se contraem ainda mais, e eu acho que ela cerraria os olhos se pudesse mover a parte de cima do rosto.

— Encantadora — ela diz em um tom que deixa claro que ela me acha tudo, menos isso. — E eu achei que sua irmã era a maior vergonha a recair sobre os Baird nos últimos tempos.

Meu temperamento começa a sair do controle. Eu admito que não fui feita para isso, mas Ellie? Ellie não foi nada além de perfeita, até onde sei, e não vou deixar isso passar.

— Seu chapéu é adorável — digo com meu sorriso mais doce. — Tenho certeza de que valeu a pena sacrificar o Garibaldo.

Ouço um vago murmúrio ao nosso redor. Algumas exclamações de surpresa, alguns risos abafados e vários sussurros. Pela primeira vez, lembro que tem muitas pessoas aqui, e me dou um chute na bunda mental. É por isso que claramente não podem confiar em mim quando estou perto dessas pessoas, porque nunca consigo segurar a língua.

Exatamente como Ellie disse.

A mulher levanta o queixo um milímetro a mais e vai embora, praticamente deixando um rastro de gelo atrás de si.

— Aqui está.

Miles voltou, uma bebida em cada mão. Os copos estão cheios até o topo de chá gelado, pedaços de fruta e até um pepino, acho, tudo misturado com gelo. Ele está estudando a multidão, uma pequena ruga entre as sobrancelhas.

— Aconteceu alguma coisa enquanto eu não estava?

— Uma pessoa foi rude comigo, então eu causei um acidente internacional — respondo antes de pegar o copo úmido da mão dele, agradecida.

Então eu imediatamente engasgo.

O que quer que tenha nesse copo, *não* é chá gelado. É doce e amargo ao mesmo tempo, com um certo sabor de remédio. Não é muito forte, seja lá o que for, mas para alguém que até hoje só bebeu metade de uma cerveja morna, é demais. Meus olhos lacrimejam enquanto Miles me observa, seus olhos arregalados.

— O que — eu consigo tossir, devolvendo o copo para ele — é *isso*?

Ele pega o copo de volta, quase derrubando as duas bebidas em sua pressa, e agora as pessoas definitivamente estão olhando para nós, talvez porque pareça que estou morrendo.

— Pimm's — ele me diz e eu balanço as mãos, indicando que ele precisa elaborar a explicação um pouco melhor.

Ele apenas continua a me olhar, confuso, e eu reviro os olhos, dizendo:

— Não tenho ideia do que seja isso.

Foi como se eu tivesse dito que nunca vi um cachorro, ou a cor vermelha, ou algo assim. Ele parecia incrédulo *desse jeito*.

— É uma bebida. Popular aqui durante o verão, sempre presente em corridas ou regatas.

Eu consigo respirar de novo e seco os olhos com um dedo enluvado, torcendo para não ter borrado meu rímel.

— E o que vai nisso?

— Várias coisas.

Eu olho para Miles, esperando, e ele limpa a garganta.

— Principalmente gim.

— Ótimo.

Nós ficamos ali por um momento, e então Miles leva os dois copos para a tenda. Quando ele volta, está trazendo uma taça cheia de gelo e água com gás.

— Melhor? — ele pergunta, me entregando o copo, e eu faço que sim.

— Obrigada.

Por um segundo há um silêncio desconfortável entre nós, até que pigarreio, girando o copo gelado nas mãos e dizendo:

— Agora que passamos da tentativa de me envenenar, solte a língua.

Miles ainda está me observando com o rosto um pouco franzido, cachos caindo sobre a testa e as mãos enfiadas nos bolsos.

— Soltar… língua… — ele diz devagar, e reviro os olhos.

— Me diga por que todo mundo está sendo tão hostil. Achei que as pessoas aqui amassem a El.

Uma expressão de compreensão ilumina o rosto de Miles, e ele se balança brevemente sobre os calcanhares.

—Ah. Bem. — Ele olha em volta e eu percebo que a cartola que segurava parece ter desaparecido. Espero que para sempre, porque, honestamente, ninguém deveria ser forçado a usar aquela coisa. — Vamos caminhar um pouco, que tal? — ele diz, oferecendo-me o braço de novo. Eu o seguro e ele me leva para longe das pessoas, perto das cercas que contornam a pista de corrida.

Uma nuvem passa brevemente pelo sol, mudando a luminosidade, e Miles apoia um sapato reluzente na parte mais baixa da cerca.

— Estou pensando em como dizer isso sem parecer um babaca — ele finalmente diz, e eu lanço um olhar de esguelha.

— Entendi, tarde demais pra isso — ele murmura e olha para o céu por um segundo antes de continuar: — Pessoas comuns amam sua irmã. Acham que ela é pé no chão, gentil, esperta...

— Ela *é* todas essas coisas — digo, cruzando os braços por cima da cerca, o copo balançando em uma das mãos, e Miles concorda.

— Certo. Mas essas pessoas — ele inclina a cabeça, apontando para a multidão atrás de nós — prefeririam ver alguém do grupo delas como futura rainha.

— Você também? — pergunto, levantando o copo para dar outro gole, e ele vira a cabeça, surpreso. Quando não está olhando com desdém para tudo, é fácil lembrar de que ele é bonitinho, ou pelo menos esteticamente atraente, com uma boa estrutura óssea e belos olhos.

— Eu *gosto* da Ellie — ele diz, e eu noto que isso não é realmente uma resposta, mas deixo passar, voltando minha atenção para a pista à nossa frente.

— Então, como você acabou se tornando um dos Rebeldes Reais? — pergunto. — Porque, sinceramente, você não parece tão rebelde assim.

— Isso é um elogio? — ele pergunta, e dou de ombros. Respirando fundo, Miles descansa o braço no topo da cerca também.

— Eu conheci Seb na escola. Gregorstoun.

— Aquele internato assustador no norte para onde Alex também foi. Ellie mencionou. Não é cheio de coisas tipo acordar às seis da manhã, banhos congelantes e comida nojenta?

Miles faz uma careta de leve, jogando o cabelo para trás.

— Esse lugar. Príncipes escoceses vão para lá desde os anos 1800. E, — ele acrescenta, dando um pequeno chute com a ponta do sapato na grade mais baixa — os Montgomery também.

Quando eu só levanto as sobrancelhas, esperando que Miles continue, ele diz:

— Nós somos como Sherbet. Cortesãos, na verdade. Com títulos, normalmente com uma ou três casas enormes na família, alguns de nós ricos, alguns quebrados. E todos nós somos envolvidos com a família real há gerações. Sabe o pai de Sherbet? Quase se casou com a mãe de Alex e Seb. Os pais dela acabaram mandando-a pra Paris pra ficar longe dele, esperando que ela se apaixonasse por alguém mais adequado pra ser príncipe consorte. E ela se apaixonou mesmo. Mas não tenho certeza se o pai de Sherbet superou. Ele queria muito aquela coroa.

Eu franzo o nariz.

— Então ele ficou mais chateado por não ser príncipe do que por não se casar com a mulher que amava?

Agora é Miles que desdenha.

— Não sei se ele a amava, pra ser sincero. Amor não faz parte dos casamentos reais.

O silêncio que recai sobre nós é definitivamente do tipo desconfortável, e Miles faz uma careta, confuso, até que de repente se lembra com quem está falando, acho.

— Agora não é mais assim, claro. Alex é completamente louco pela Eleanor, qualquer um consegue ver isso.

Isso é verdade, então não acho que ele só esteja tentando amenizar a situação, mas, ainda assim, é mais um lembrete de que esse mundo em que Ellie está entrando é completamente diferente de tudo que conhecemos. Que tipo de família só tem seu primeiro casamento por amor no século XXI?

Pigarreando, Miles se afasta da grade.

— Então — ele diz —, era esse tipo de fofoca que você estava esperando?

— Foi morna, na melhor das hipóteses, mas preferível do que aprender sobre a história de uma corrida de cavalos — respondo, e aí está ele de novo, aquele breve momento em que acho que Miles vai realmente sorrir.

Mas ele não sorri. Em vez disso, aponta com a cabeça para o camarote real.

— A corrida vai começar. A gente deveria subir.

Sei que não posso adiar mais, então faço que sim, mas não seguro o braço dele dessa vez, só o sigo até chegarmos às arquibancadas. Eu sinto olhos em mim durante todo o caminho, mas tento fingir que sou Ellie, navegando por tudo isso sem me preocupar.

Há só alguns degraus até o camarote, e eu os aproveito para respirar fundo, preparando-me para ser o retrato da respeitabilidade.

Então dou de cara com ninguém menos que Cabeça de Garibaldo, parada ao lado de Alex e Ellie, ambos com aquela expressão que só vi em fotos de visitas oficiais a hospitais ou cemitérios.

Ah, não.

Ah, *nãonãonãonãonão*.

Ellie se vira:

— Daisy — ela me diz com um sorriso tenso. — Posso te apresentar à duquesa de Argyll? — O sorriso dela endurece ainda mais. — A tia de Alex.

CAPÍTULO 16

— **Pra ser sincero,** o chapéu dela realmente parecia a bunda do Garibaldo.

Eu puxo o jornal da mão do meu pai e o uso para bater nele. Nós todos estamos na sala de estar de Holyroodhouse, o palácio da família Baird em Edimburgo. Fomos acomodados em nossos próprios aposentos, que contam com duas outras salas de estar e três quartos, embora só estejamos usando dois deles. Ellie ainda está em seu apartamento, mas sem mais hotéis para a gente. Fomos oficialmente introduzidos à família real.

Ou seremos, se as manchetes não resultarem no meu banimento.

Sei que ontem foi um desastre, e embora eu tenha me desculpado efusivamente para a duquesa de Argyll, não há dúvida de que estraguei tudo. Passei a última noite lendo o arquivo que Glynnis preparou para mim, na esperança de que, no futuro, caso eu decida abrir a boca, não acabe insultando a futura família de Ellie.

Meu pai pega outro jornal e o vira para mim. Ali, na primeira página, há uma grande foto da corrida, embaçada, mas em cores vibrantes, com meu chapéu verde e cabelo vermelho se destacando, assim como o chapéu de plumas amarelas da duquesa.

"pelos pássaros!", a manchete grita, e logo abaixo: "a irmã de ellie dá à duquesa esnobe o que ela merece!"

Dou uma olhada para Ellie, que se inclina para a frente do seu lugar, ao meu lado no sofá, seu cabelo loiro caindo sobre os ombros. Eu não contei para El que apenas disse aquilo porque estava defendendo *ela*, principalmente porque não quero que minha irmã saiba que a tia de Alex não gosta dela. Quer dizer, ela já deve saber, mas se não sabe, não quero ser a pessoa a contar.

— Glynnis vai morrer — ela murmura, e sinto o rosto esquentar enquanto estudo a fotografia. Não dá para ver a expressão no meu rosto por conta da qualidade ruim da foto, mas estou parada, com a mão no quadril, algo que nem sequer me lembro de ter feito, e a duquesa está tão tensa que parece que vai se partir em duas.

Meu pai vira o jornal para si, arrancando as páginas.

— Glynnis deveria ficar feliz — ele diz a Ellie. — Esse artigo está praticamente babando pela Daisy.

— O quê? — Ellie e eu perguntamos ao mesmo tempo.

— Ninguém gosta da Argie — Seb diz de seu canto perto da janela. Foi ele que nos mostrou nossos quartos quando chegamos ao palácio mais cedo, o que me surpreendeu. Eu fiquei ainda mais surpresa que ele estava só... ali, bebendo chá, sem dar sinais de ir embora.

— Argie? — repito, então percebo que é um apelido para a duquesa. Provavelmente um que não usamos na frente dela.

— Ela é o pior tipo de esnobe — Seb continua, mexendo seu chá. — O safanão que Daisy deu provavelmente fez bem pra ela.

— Eu não... eu nem sei o que isso significa — digo, me inclinando para trás no sofá. Tudo neste quarto é decorado em tons de rosa e dourado e acho que cada almofada, abajur e cortina tem franjas. Do lado de fora, a tarde é escura e chuvosa.

Seb levanta o olhar de seu chá e sorri para mim, uma covinha aparecendo na bochecha.

— Quer dizer que você calou a boca dela. E não há nada que os escoceses gostem mais do que uma garota desbocada.

Eu franzo o nariz, olhando para a pilha de jornais no colo do meu pai.

Como Ellie aguenta a coceira constante no fundo da mente dizendo que as pessoas estão falando sobre ela, que estão *sempre* falando sobre ela, e que as melhores e piores coisas que pode ler sobre si mesma estão só a alguns cliques de distância? Como isso não deixa qualquer pessoa louca?

Há uma batida bruta na porta da sala de estar, mas antes que algum de nós possa dizer qualquer coisa, Glynnis entra marchando. Comecei a notar que ela nunca anda para lugar nenhum. Ela sempre corre, marcha, invade... Provavelmente um excelente general em alguma vida passada.

— A menina que eu estava procurando! — ela diz alegremente, mas sinto seus olhos como lasers em mim, e engulo em seco.

— Oi, Glynnis — digo, acenando com os dedos.

O sorriso dela não diminui quando fala para todos na sala:

— Então, tivemos um começo um pouco difícil, mas aqui estamos, e acho que corrigir o rumo será fácil o suficiente.

Corrigir o rumo não parece tão bom, mas acho que é melhor do que o que eu estava esperando, que era algo como: "Um tempo nas masmorras fará *maravilhas* por Daisy!"

— Se eu puder roubar a Daisy só por um minutinho... — Glynnis continua, levantando o indicador.

— Claro — digo, mas minha voz sai como um grunhido e, para minha surpresa, El se levanta também.

— Posso ir junto? — ela pergunta e eu lhe lanço um olhar de gratidão. Eu não acho que Glynnis *realmente* vai me prender ou me devorar, mas ter Ellie ao meu lado para o que quer que vá acontecer parece bom.

— Traga-as inteiras! — meu pai grita animado, abrindo mais um jornal com meu rosto na capa. Então ele franze as sobrancelhas, pensando. — Bem, em dois pedaços. Com seus corpos separados, quero dizer. — Ele acena com as mãos. — Você me entendeu.

— Claro — Glynnis diz com um sorriso tenso, e eu preciso morder os lábios para não rir.

Ellie não parece estar se divertindo tanto, suspirando ao se aproximar de mim, e nós duas seguimos Glynnis para fora do quarto.

— Nós vamos para o... — sussurro, mas Ellie me interrompe com a mão levantada.

— Shiu.

— Você nem sabe o que eu ia perguntar.

Nós descemos umas escadas grandes, largas e de pedra, com depressões rasas no centro, resultado de centenas de anos de pessoas passando por elas.

— Você ia fazer alguma piada sobre masmorras ou enforcamento. Algo esquisito. Algo que nosso pai diria.

— Ofensivo, mas é verdade — concordo.

Passamos por diversos retratos dos ancestrais de Alex, e finalmente chegamos a um conjunto de portas duplas entalhadas com unicórnios.

Uma das minhas coisas favoritas da Escócia até agora é que unicórnios são o animal nacional. Não dá para odiar um país que faz isso.

As portas se abrem, dando em um quarto bem-iluminado muito mais espartano do que os que vi até agora no castelo. Não há bugigangas cobrindo cada espaço vazio, e só há um sofá e duas cadeiras, em vez de uma exposição inteira de móveis.

Uma das paredes é completamente coberta de espelhos e eu dou uma olhada em mim mesma, meu cabelo chamando atenção no meio do quarto, quase todo branco e cinza.

Então vejo a mesa encostada na janela com roupas espalhadas por cima.

Saias, suéteres, calças, alguns vestidos que lembram uma dona de casa dos anos 1950...

— Ah, meu Deus — murmuro. — Transformação.

— O quê? — Ellie pergunta, indo até a mesa.

Mas é para Glynnis que eu me viro.

— Transformação, né? Essa é a parte em que vocês me dão um monte de roupas conservadoras, talvez arrumem meu cabelo, uma música animada toca ao fundo e, no fim, vou me olhar nesses espelhos — vou até o fundo do quarto, tocando o vidro ao mesmo tempo que arregalo os olhos e entreabro a boca — e digo algo tipo: "Essa sou... eu?" E então todo mundo bate palmas e me diz que estou linda e eu *estou* linda, mas, no fundo, temo que algo dentro de mim tenha mudado pra sempre.

Eu me viro, e Glynnis e Ellie estão me encarando.

— Nenhuma de vocês assiste filmes? — pergunto, colocando uma das mãos na cintura.

— São só roupas novas, Daisy — Ellie finalmente diz e eu reviro os olhos, indo ficar ao lado dela.

— Você é zero divertida — digo a ela, meus olhos examinando as roupas enfileiradas para mim.

Elas são todas... bonitas, na verdade. Cores chatas, na maioria, definitivamente no estilo da Ellie, mas nada muito terrível.

Ellie está folheando um catálogo que Glynnis deixou na mesa e para em uma página com vários vestidos de baile.

— Ahhh — digo, apontando para um que parece uma mistura de vários tipos de xadrez, em tons de roxo, verde e preto. A saia é rodada e fofinha, e uma fina faixa verde a separa da parte de cima, um tomara que caia roxo, e eu dou tapinhas na página. — Posso ter um desses?

Glynnis olha por cima do ombro de Ellie e estala a língua.

— Você pode precisar de um vestido de baile, mas esse é um pouco... exagerado.

— Eu gosto de exagero — digo, mas Ellie já está fechando o catálogo e me passando um cardigã cinza.

— Prova esse — ela diz, apontando com a cabeça para um biombo no canto, e eu faço um bico, pegando o suéter da mão dela.

— Você é divertida abaixo de zero — digo a ela.

— Uma coisa que *deve* ser divertida é a visita da sua amiga Isabel — Glynnis grita quando eu entro atrás do biombo, e eu coloco a cabeça para fora.

— Já está tudo certo? A vinda de Isa, os autógrafos com Ash Bentley...

Juntando mais roupas na mesa, Glynnis faz que sim.

— Ela estará aqui depois de amanhã, bem a tempo da noite de autógrafos. — Então ela me dá aquele sorriso de predadora. — Não será legal surpreendê-la com seu novo estilo?

Ah. Entendi. É esse o pagamento por ter ganhado a visita de Isa: eu com cara de princesa.

Bem, irmã de princesa.

Enquanto deslizo os braços pelas mangas, fazendo uma careta para os pequenos botões de pérola, me pergunto se Isa vale mesmo que eu saia vestida como minha avó.

CAPÍTULO 17

O palácio coloca Isabel no Balmoral, o mesmo hotel chique onde ficamos quando chegamos em Edimburgo. Eu finalmente estava me acostumando a dizer que "o palácio" fez isso, "o palácio" pensa aquilo. Ellie fala assim com tanta naturalidade, e Glynnis também, que quase me esqueço que "o palácio" é um conjunto estranho de pessoas que toma decisões por qualquer um vagamente relacionado à família real.

De qualquer forma, dessa vez eu estava muito feliz com o palácio. O Balmoral é maravilhoso e eu sabia que Isabel ia amar, ainda mais depois que eu contasse que J.K. Rowling terminou o último Harry Potter em um dos quartos. Isso faria Isa se sentir no paraíso nerd.

Não consegui vê-la quando ela chegou na noite passada, mas na manhã seguinte entrei em um táxi preto chique (outra coisa com a qual estou me acostumando) e fui direto para o hotel.

Ninguém repara em mim quando passo pelas portas, o que é um alívio. Eu pensei que, depois da corrida, meu rosto teria se tornado um pouco mais familiar, mas então me lembro que pessoas famosas se hospedam neste hotel o tempo todo.

Eu pego o elevador — desculpa, o *ascensor* — até o sexto andar e sigo o corredor até o quarto de Isabel, minha cabeça já cheia de planos. O hotel não é longe do Museu Nacional da Escócia, então podemos ir até lá primeiro, ver um pouco de arte e bugigangas escocesas esquisitas, talvez dar oi para alguns ancestrais de Alex. De lá, é uma pequena caminhada até o Greyfriars Kiryard, que é lindo e *super* assustador. Bem do jeito que Isabel gosta. Almoço no Nando's, chá e bolo, e depois veremos Ash Bentey falar e autografar livros em uma livrariazinha incrível na Victoria Street. Um dia perfeito para Isa e Daisy.

Quando chego em frente ao quarto 634, dou uma batidinha engraçada, três rápidas, duas mais altas com meu punho e, depois de um minuto, a porta se abre só um pouco e o rosto de Isabel aparece pela fresta.

Um rosto vermelho, choroso e meio catarrento.

— O que aconteceu? — eu grito.

Isa abre a porta para me deixar entrar. No segundo em que entro no quarto, a porta se fecha atrás de mim e o rosto de Isabel desmonta.

— É o *Ben* — ela diz, cuspindo o nome do namorado como se fosse um palavrão e *oh-oh*.

Isabel e Ben sempre foram o casal mais legal e estável que conheço. Não vou mentir e dizer que não houve momentos em que desejei que Ben não existisse, mas foi só quando eu estava me sentindo sozinha ou com um pouco de inveja, talvez. No geral, ele era um cara legal e definitivamente não era a cara da Isabel chorar por causa dele.

— O que tem o Ben? — pergunto, segurando seus braços e a guiando na direção do sofá. Ela está vestindo um dos roupões brancos do hotel, seu cabelo preto ainda molhado do banho. A bandeja de serviço de quarto está intocada na mesa, então eu pego o bule prateado de café e sirvo uma xícara para ela, enchendo de açúcar, como ela gosta. Isa a pega da minha mão mas não bebe, o olhar focado em algum lugar entre suas unhas do pé pintadas de laranja.

— Ele me mandou esse e-mail — ela funga. — Enquanto eu voava por cima do maldito oceano, meu *namorado* digitava sua tese sobre como talvez devêssemos dar um tempo nesse verão.

Eu me jogo no sofá.

— O quê?

— Isso mesmo! — Isa dá um gole no café, tremendo um pouco. — Olha isso.

Ela pega seu telefone no bolso do roupão e o estende para mim. O e-mail já está aberto.

— Eu acabei de ver — Isabel diz. A voz ainda está trêmula, mas ela não está mais chorando. — Literalmente saí do banho, mandei uma mensagem pra dizer que tinha chegado bem e ele perguntou se eu já tinha visto meu e-mail. Foi só isso que ele disse. Três anos de namoro, ele *sabe* que está terminando comigo por e-mail, e nada de "que bom que chegou bem, mas precisamos conversar quando você tiver um tempo", só "você já viu seu e-mail?". — Ela dá outro gole no café, seu cabelo pingando no roupão. — Você já leu?

— Quase — digo, mas a verdade é que Isabel não exagerou quando chamou isso de tese. São tipo umas duas mil palavras dos sentimentos e preocupações de Ben e, embora eu goste do cara, realmente não preciso saber tanto sobre ele.

Mas passo o olho até ter uma ideia geral: porque Isabel passará quase um mês fora e Ben vai visitar os avós no Maine, ele acha que os dois deveriam usar esse tempo como uma espécie de "teste" para a faculdade, ver como é a separação... antes de estarem separados? Eu não sei, não consigo acompanhar a lógica dele e suspeito que isso seja mais porque ele quer pegar outras meninas no Maine do que por alguma jornada da alma que ele e Isa deveriam fazer como casal.

— É só merda — ela diz, seca, ecoando meus pensamentos. — Ele provavelmente tá a fim de alguma menina em Bar Harbor.

— Pelo menos ele não planeja te trair — digo, mas é a coisa errada a se dizer e nós duas sabemos disso. Isabel respira fundo.

— Mas e se ele *já* traiu? — ela pergunta com uma voz fraca, então começa a chorar de novo, e surge toda a história sobre como Ben estava estranho depois da visita que fez aos avós no ano passado, que havia uma menina, Carlie, no Facebook dele, que o havia adicionado depois da viagem, que o perfil não dizia de onde ela era, mas as fotos com certeza *pareciam* ser do Maine, e enquanto tudo isso jorra eu fico sentada, em choque.

Finalmente, quando a saga de Ben e Carlie chega ao fim, olho para Isabel, piscando.

— Por que você não me contou nada disso?

Isabel se levanta do sofá, suspirando enquanto anda até a enorme escrivaninha com uma caixa de lenços de papel escondida sob uma cobertura de mármore. Ela traz tudo, sacudindo a cabeça devagar para a embalagem exagerada, então senta de novo, enfiando uma perna sob a outra.

— Tinha coisa demais acontecendo com você esse ano — ela diz, parando para assoar o nariz. — Com Ellie e tudo mais... — Ela faz um gesto para o quarto, a cama gigante, os móveis caros, a caixa chique de lenços de papel, provavelmente. — Isso. E eu não tinha certeza, e me senti tão *burra*, sabe? Ben e eu estamos juntos há séculos, pensei que estava sendo paranoica e odiava isso. E também...

— Dizer em voz alta faria parecer real — completei, e Isa levantou o olhar para mim, os olhos escuros arregalados.

— Exatamente. — Ela exala e eu cutuco sua perna com meu joelho.

— Viu? É por isso que você deveria ter me contado. Eu entendo essas coisas.

Eu me encosto no sofá e quase sou engolida pelas almofadas listradas.

— Você é importante pra mim, Isa, e coisas que são importantes pra você são importantes pra mim. Não importa o que esteja acontecendo com minha irmã.

Minha irmã.

Que é a razão de eu estar aqui neste verão.

O que, por sua vez, a torna a razão para *Isa* estar aqui neste verão. Ben ainda teria mandado o e-mail se tivéssemos ido para Key West como planejado?

Eu quase digo isso em voz alta, as palavras estão na ponta da língua. Mas então Isa dá de ombros e suspira, inclinando a cabeça para o lado.

— O que você está vestindo? — ela pergunta e eu puxo a barra do meu cardigã. Pelo menos estou vestindo o verde, não o cinza, mas é por cima de uma blusa branca sem mangas, e minha calça jeans tem vincos nas pernas. Estou até usando pequenas pérolas nas orelhas.

— Nada de interessante — garanto e ela concorda, mas então seus lábios começam a tremer de novo.

O.k., então melhor desistir da ideia do museu e da livraria. Essas coisas são divertidas, não me leve a mal, mas essa é uma emergência e ei, eu tenho umas coisas muito legais ao meu alcance, coisas pelas quais sei que Isabel está animada. Por que não usá-las pelo menos um pouco?

Eu me inclino para a frente.

— Quer ir para o palácio?

CAPÍTULO 18

O tour de Holyrood que faço com Isa com certeza não é tão completo quanto o que os turistas fazem, e as partes mais impressionantes são abertas ao público, mas Isabel, leitora dedicada de blogs sobre a realeza, fica feliz da vida com os bastidores. Nós paramos em uma das salas de estar e ela toca um sofá coberto de almofadas xadrez.

— Então, tipo, a rainha se senta aqui? — ela pergunta e eu me apoio na porta.

— Aham — respondo. — Ela põe a bunda real bem aí. Quando está aqui, o que não é o caso.

Os pais de Alex ainda não voltaram do Canadá, o que, para ser sincera, é um grande alívio. Mas na semana que vem...

Não, não vou nem pensar nisso.

Nós saímos da sala e atravessamos um dos longos corredores. Não é tão cheio de coisas quanto o Castelo de Sherbourne – menos pinturas e bugigangas, mas bom, tudo que pertence aos Baird teoricamente pertence ao país, então talvez a maior parte das coisas esteja em museus –, mas, é... grandioso. Tetos altos de pedra formam arcos sobre nossa cabeça e há uma sensação pesada no ar, como se toda a história estivesse impregnada nas pedras.

Nós paramos perto de uma janela grossa que dá vista para um dos pátios internos e observamos uma fila de visitantes passar. O vidro é velho e instável, assim como as janelas em Sherbourne, o que torna tudo lá fora embaçado.

— É um palácio — Isabel diz, virando-se para mim.

— Bem, sim — brinco —, é isso que diz no nome dele. Meio que entrega a coisa.

A bolsa de Isabel escorrega do ombro para o cotovelo. É muito estranho ver algo tão familiar – Isabel, seu cabelo preto em uma trança bagunçada, sua calça jeans rasgada nos joelhos, essa bolsa idiota que ela ama tanto, feita com pedaços diferentes de tweed – neste lugar completamente estranho. É um tipo bom de estranho, não me leve a mal. Estou tão feliz de ver alguém que não é uma Fliss ou uma Poppy que poderia chorar. De repente, me pergunto se foi assim que Ellie se sentiu quando eu cheguei, no início do verão. Mundos colidindo e tal.

— Sua irmã vai ser uma princesa — Isabel diz, como se só estivesse se dando conta disso agora.

— Sim — digo, dando de ombros. — E depois será uma rainha, e um dia terá um filho que será rei ou rainha, o que na verdade é a parte mais estranha de todas.

Isabel pensa nisso, piscando.

— Puta merda, sim — ela diz, arregalando os olhos. — Você vai ter que fazer uma reverência para o seu próprio sobrinho ou sobrinha? Você acha que Ellie e Alex vão te deixar segurá-lo?

Eu reviro os olhos, pegando suas mãos e a levando na direção da escada lateral que leva aos nossos aposentos particulares.

— Sim, acredite ou não, eles permitem que plebeus encostem no bebê real.

Isso a faz rir, e enquanto vamos para outra parte do palácio, ela nem sequer menciona todas as pinturas na parede, os tapetes bizarramente luxuosos ou como tudo que era *possível* foi folheado a ouro, um dourado sem brilho sob as luzes surpreendentemente fracas. Ellie disse que o pai de Alex usou as lâmpadas com a menor voltagem que pôde encontrar para economizar dinheiro, algo que não faz sentido nenhum para mim, dado que essas pessoas moram em vários castelos e têm literalmente frotas de carros caros.

Então Isabel se vira, agarrando meu braço.

— O.k., oba. Palácio, castelo, muito legal, viva as coisas chiques. Fala logo sobre o Seb.

Eu quase faço um som de desprezo, então me lembro de que Isabel provavelmente não precisa saber quão idiota esse cara é. Com sorte, ela nem terá que vê-lo, já que, até onde sei, ele ainda está vadiando por Derbyshire, fazendo o tipo de depravações que membros da realeza costumam fazer. Talvez em uma orgia estranha que envolve fantasias e vinho Bordeaux ou algo assim. Queimando notas de vinte libras só para se divertir.

Não, obrigada.

— Eu mal o vi — digo a Isa, o que é quase verdade. Nós só tivemos uma conversa, no meu quarto, e mal contou. Nem sequer falei com ele na corrida, e ele saiu de Edimburgo pouco depois de voltarmos.

— O.k., mas você tem que me contar *tudo* — Isabel diz. — Como ele é, se é tão bonito quanto nas fotos, o cheiro dele...

Eu levanto as sobrancelhas.

— O *cheiro* dele?

Isa me encara.

— Garota, eu estou de coração partido e vulnerável. Me dá um tempo e diz que o príncipe gostoso tem cheiro de livros e couro, o.k.?

Seb normalmente cheira a perfume caro e o álcool que estiver entornando no momento, mas não preciso acabar com os sonhos de Isabel.

— Tudo isso e mais — eu digo e ela fecha os olhos, inclinando a cabeça para trás.

— Isso. Obrigada.

Rindo, bato nela com o ombro.

— Vamos.

Nós atravessamos outro corredor, menos mobiliado que os outros e mais frio, nossos passos ecoando altos no chão de madeira.

— Então — Isa pergunta, cruzando os braços. — Como vão as coisas? Se misturando com a realeza e tal?

Eu lanço um olhar para ela.

— Você não tem acompanhado os blogs?

Balançando a cabeça, Isa me dá uma cotovelada nas costelas.

— Não, eu fui *leal* — ela diz. — E, sinceramente, ler sobre o que sua melhor amiga anda fazendo parecia muito... blergh.

— Imagina ler sobre sua irmã — respondo e Isa para, seus tênis dando um pequeno rangido.

— Agora eu entendo — ela diz e gesticula para o lugar ao nosso redor. — Por que você estava estranhando tanto isso tudo. — Então ela me dá um clássico Sorriso Isabel, cheio de covinhas e dentes brilhantes.

— Mas é até legal.

E a questão é que ela não está errada. *É* até legal. Eu não me incomodo com os carros chiques e as roupas bonitas. Nunca vou gostar de Pimm's, mas o resto? Não é... tão ruim.

Mas não sei como dizer tudo isso a Isabel, então só dou de ombros.

— Tem seus momentos.

Dando saltinhos, ela pega meu pulso e me sacode de leve.

— Tipo ver, talvez conhecer e, no meu caso, casar com Declan Shield nesse outono.

Eu a ignoro, rindo.

— Espera, achei que você estivesse louca pelo Seb.

Isabel dá de ombros e joga o cabelo por cima dos ombros.

— Consigo dar conta dos dois — ela diz, empinando o nariz, e ainda estamos rindo quando saímos do corredor.

Estamos descendo as escadas quando ouço o som de alguém subindo. Segurando o pulso de Isabel, puxo nós duas para o lado, esperando um mordomo ou uma das 9 mil secretárias que parecem andar pelo lugar o tempo todo. Mas, em vez disso, vejo cabelos ruivos e, antes que eu me dê conta, Seb está fazendo a curva da escada.

Merda.

Ele não está tão bem vestido quanto da primeira vez que o vi – está usando calça jeans e uma camiseta de gola em V hoje –, mas isso não impede que Isabel congele, sua mão livre agarrando meus dedos ao redor do pulso.

Seb para de repente, olhando para nós duas, paradas ali, notando – e gostando – da expressão no rosto de Isabel.

Ótimo.

— Ah, Daisy — ele diz, mas seu olhar ainda está em Isabel. — Não sabia que vocês estavam hospedadas no palácio.

— Não estou — respondo, descendo um degrau e puxando Isabel comigo. — Só estava mostrando o lugar pra minha amiga. Isabel, esse é o...

— *Euseiquemeleé* — Isabel diz, de forma atrapalhada, e eu controlo um grunhido. Claro. Claro que daríamos de cara com Seb no dia em que Isabel teve o coração despedaçado pelo namorado, e claro que Seb estaria extremamente bonito e menos intimidantemente real do que o normal, e ah, isso é ruim. Isso é muito ruim.

Em especial porque Seb começa a brilhar sob a luz da óbvia quedinha dela.

— Isabel — ele repete, então pega sua mão. Não a aperta (mas também não a beija, graças a Deus), só a segura, seus olhos azuis cintilando e seu sorriso uma combinação perfeita de charme e más intenções. Já vi esse sorriso antes. É uma expressão que diz: "Sim, o que quer que aconteça entre nós provavelmente será uma má ideia, mas não seria divertido?"

E eu não caio nessa.

— Então, já estávamos indo — digo a ele, controlando-me para não puxar a mão de Isa da dele.

Mas Seb não vai deixar passar, além de não estar olhando para mim.

— Pra onde vocês vão? — ele pergunta para Isabel.

Ela ainda está encantada, sorrindo para ele no degrau de baixo, então eu suspiro, revirando os olhos, e digo:

— Museus. Livrarias. Outros estabelecimentos respeitáveis.

O sorriso de Seb aumenta.

— Bem, isso não é nada divertido — ele quase ronrona e meu Deusssssss, como Isa não percebe o truque que isso é?

Porque o namorado acabou de partir o coração dela, sua idiota, lembro a mim mesma, *e agora o adolescente mais dese-*

jado do mundo está falando com ela e segurando sua mão e lhe dando todo o tratamento real.

— Na verdade, vamos pra uma noite de autógrafos daqui a pouco — digo, já pronta para puxar Isa, mas ele se encosta no corrimão, ainda com os olhos em Isabel.

— Quem é o autor? — ele pergunta, e Isa responde:

— Ash Bentley.

Para minha surpresa, Seb se endireita, levantando as sobrancelhas.

— Sério?

— Não me diga que você sabe quem ela é — eu digo, mas Seb me olha com raiva.

— Eu li *Finnigan e o Falcão* cinco vezes no ano que saiu. Na verdade, fui vestido de Finnigan para uma festa à fantasia uns meses atrás. Pergunte aos rapazes, eles vão te contar.

É bem difícil imaginar príncipe Sebastian, cafajeste real, lendo sobre as aventuras do mago espacial Finnigan Sparks, mas ele parece genuinamente... animado? Seus olhos estão brilhando, ele está sorrindo e isso é na verdade *pior* que sua habitual encenação de príncipe. Bonito, nobre *e* curte séries nerds?

Nenhuma garota resistiria.

— Eu vou com vocês — ele diz e eu levanto a mão, a palma virada para ele.

— O.k., não. Porque A, sem garotos e B, você vai causar uma bagunça só de entrar numa livraria. Ninguém vai prestar atenção na autora se você estiver lá.

Seb franze a testa enquanto pensa nisso. Então seu rosto se ilumina, ele estala os dedos e aponta para mim.

— Não se preocupem, damas — ele diz, mas eu tenho *todas* as preocupações do mundo quando ele continua —, eu tenho um plano.

CAPÍTULO 19

— **Isso é** — eu digo enquanto ando pela rua entre Isabel e Seb — de *longe* a coisa mais idiota que já fiz.

Nós estamos indo para a noite de autógrafos de Ash Bentley – eu insisti para que fôssemos a pé em vez de pegar carros, porque os carros chamariam muita atenção – e sinto que a qualquer momento alguém vai perceber que o cara alto de capa e capacete espacial ao nosso lado é, na verdade, o príncipe Sebastian.

— Dado que você participou do Desafio da Canela não uma, não duas, mas *três vezes*, isso é significativo — Isabel responde, ajeitando a bolsa no ombro enquanto continua olhando para Seb pelo canto do olho.

Praticamente nenhuma parte de seu rosto está visível, e a capa o cobre do pescoço ao tornozelo, mas tenho certeza de que alguém vai perceber. Como não? Mesmo todo escondido, ele parece se destacar. Alto demais, confiante demais...

E a fim demais da Isabel.

— A capa realça meus olhos? — ele pergunta a ela e, honestamente, como ele consegue flertar enquanto usa um *capacete espacial*, eu te pergunto.

Rindo, Isa olha para ele, cerrando os olhos de leve.

— Não consigo ver seus olhos — ela o lembra, e Seb inclina a cabeça na direção dela.

— Você não está se esforçando o suficiente — ele diz, e eu vou vomitar aqui mesmo, nesta ruazinha perfeitamente encantadora.

— Menos conversa, mais caminhada — digo a Seb. — Sua voz ainda é reconhecível.

Ele desdenha em seu capacete.

— Eu pareço qualquer outro cara na rua. E aqui, olha isso.

Dando um passo à frente, Seb abre os braços, com sua capa negra flutuando, inclina a cabeça para trás e grita através do capacete.

— BONS CIDADÃOS DE EDIMBURGO! AQUI É SEU PRÍNCIPE!

Um cara de jaqueta jeans olha feio para ele e resmunga algum palavrão, enquanto um grupo de garotas em uniforme escolar se cutuca e revira os olhos quando passa.

Seb abaixa os braços e, mesmo com o capacete (que, preciso admitir, é uma réplica perfeita do que Finnigan Sparks usa na capa de *A lua de Finnigan*), eu juro que posso senti-lo rindo.

— Viu? Ninguém liga.

— Ninguém liga, Dais — Isa repete e dá de ombros, então começa a dar risadinhas de novo, correndo um pouco para alcançar Seb, e eu os observo, tentando não bater o pé.

É realmente idiota me sentir com ciúmes, ou ignorada, ou o que quer que esteja revirando meu estômago. É só que eu estava ansiosa por este dia com Isa, e agora está virando um dia com Seb.

Mas então me lembro que, ei, Isabel está se divertindo, e depois de tudo que aconteceu com Ben, ela merece isso. Além do mais, *é* até legal saber que Seb é um verdadeiro fã de Finnigan. No caminho para cá, ele disse ser Time Jezza e embasou muito bem seu caso, com exemplos do livro e tudo mais, e agora, enquanto caminhamos para a livraria, eu o ouço falando para Isabel:

— Miranda estava ótima em *Finnigan e Starhold*. Foi quando gostei mais dela.

— Porque ela passou o livro todo sob o efeito de um feitiço acidental do amor — Isabel diz —, então ela estava mesmo a fim do Finnigan, pela primeira vez.

— Ah, nem vem — Seb diz, dando uma cotovelada nela. — Ela gostou dele o tempo todo.

Embora seja surreal em um nível completamente novo ver minha melhor amiga sendo toda nerd com um príncipe fantasiado, estamos chegando na livraria, então eu me enfio entre eles, ignorando o olhar que Isa me lança.

— O.k., é o seguinte — digo —, Glynnis basicamente sequestrou o editor da Ash Bentley aqui no Reino Unido para que ele topasse esse evento, já que Isa e eu perdemos a KeyCon graças a... isso. — Eu faço um gesto que inclui Seb, a Escócia, tudo. — O que quer dizer que todos nós temos que nos comportar da melhor forma possível, e quando digo *todos nós*, quero dizer *Seb*.

Ele endireita os ombros, olhando para mim de cima, mas o capacete acaba com qualquer tentativa de intimidação que possa estar rolando.

De repente, percebo que pareço muito com Ellie no dia da corrida, lembrando as pessoas como agir, mas esse evento é importante para mim e a corrida era...

Importante para El.

O.k., talvez eu deva algumas desculpas a mais quando voltarmos para o palácio.

Por enquanto, eu paro do lado de fora da livraria. Ela tem uma porta azul vivo e, ao lado, o batente da janela está pintado de rosa-choque, cores que ficam especialmente alegres contra as pedras escuras e o céu cinzento. Ainda não choveu, mas ameaçou o dia todo, e eu queria ter lembrado de trazer meu guarda-chuva.

— Então — digo, aconchegando minha jaqueta em volta de mim. — Esse é o Show de Ash Bentley, não o Show de Você Sabe Quem. — Eu aponto com a cabeça para Seb. — Nós te deixamos vir junto... bem, não sei por quê, na verdade. Quer dizer, se você é tão fã assim, já não poderia tê-la visto, tipo, centenas de vezes a essa altura?

Seb faz que sim.

— Ah, sim, eu tenho primeiras edições autografadas da série toda. — Então ele abre os braços, as palmas para cima. — Mas isso é divertido.

Não menciono que não é tão divertido para *mim* porque Isabel está sorrindo para ele de novo, claramente vivendo seu *date* real dos sonhos, e ela merece isso, para ser honesta.

Então abro a porta da loja e espero pelo melhor.

A livraria já está bem cheia, mas como a data foi anunciada bem tarde, não está tão lotada quanto poderia estar. Ainda assim, todas as cadeiras estão ocupadas, e eu noto imediatamente que Seb não é o único fantasiado. Há várias perucas roxas de Miranda, muitos capacetes como os de Seb e mais vestes de mago do que consigo contar.

Vendo isso, sinto um sorriso começar a se espalhar pelo meu rosto. O.k., isso? É muito mais meu estilo que uma corrida ou uma festa em um castelo, ou qualquer outra coisa doida que eu precise fazer aqui na Escócia. *Aqui* eu sinto que tenho controle sobre as coisas, e ainda estou sorrindo enquanto abro caminho até a mesa cheia de livros de Finnigan Sparks no meio da sala.

E é quando ouço o primeiro gemido.

É um som agudo que imediatamente me faz contrair o rosto, e já estou me virando, esperando ver Seb sem seu capacete idiota, sorrindo seu sorriso idiota como uma pessoa idiota.

Mas Seb ainda está perto da porta, ainda de capacete, com Isabel ao lado e, confusa, olho em volta.

E percebo que o gemido foi para *mim*.

— Ah, meu Deus, ah, meu Deus, ah, meu Deus — ela balbucia, vindo na minha direção, praticamente tremendo. Ela não está fazendo nenhum tipo de cosplay, só usando uma camiseta e shorts jeans por cima de meias-calças pretas, e acena com as mãos, radiante.

— Daisy! — ela continua. — Você é Daisy Winters! Ah, meu Deeeeeus!

O sotaque dela é bonito e sonoro, mas a voz é *alta*, e de repente várias cabeças se viram na minha direção e então tem… Olha, manada é uma palavra forte demais, mas definitivamente um monte de gente vindo na minha direção e várias vozes falando ao mesmo tempo.

— Você mudou o cabelo! — ouço uma garota choramingar, enquanto outra se aproxima, sua peruca de Miranda meio torta.

— Quando você calou a boca daquela duquesa na An Reis eu quase morri. Quer dizer, eu não estava lá, mas li sobre e…

— É verdade que você está saindo com o príncipe Sebastian? — outra pessoa pergunta, e nesse estranho momento de pânico, faço a pior coisa que poderia fazer.

Eu me viro para Seb.

E talvez se fossem só algumas garotas ali, em vez de trinta, elas não teriam juntado as peças, mas uma voz grita:

— *Aquele é ele?*

Eu nem penso. Só reajo, sacudindo a cabeça e me afastando.

— Não, só dois amigos dos Estado Unidos. Enfim, só vim ver uns livros e... — Eu finjo estar olhando em volta. — Parecem ter muitos aqui, que ótima livraria!

Dando o joinha mais esquisito do mundo, me viro para sair, praticamente arrastando Isabel e Seb atrás de mim, a sineta sobre a porta badalando alegremente enquanto saímos para a rua.

Sob o capacete, Seb está rindo e, para minha surpresa, até Isabel está sorrindo.

— Então *eu* seria o problema, é? — Seb pergunta e Isa passa um braço pelos meus ombros.

— Como você não mencionou que ficou famosa por aqui? — ela pergunta e eu sacudo a cabeça, ainda confusa pelo que acabou de acontecer. Não é como se eu não soubesse que as pessoas estão interessadas em mim, mas elas sempre estiveram interessadas por causa da *Ellie*, não, tipo, eu enquanto pessoa. Mas essas meninas pareceram... fãs. Minhas. O que é bizarro, já que não fiz nada para merecer fãs.

— Eu nunca pensei... — começo e paro, sem saber como continuar a frase.

Então levanto a cabeça para Isabel, franzindo a testa.

— Nós podemos voltar para dentro. Ou você pode. Desculpa, eu acho que só surtei, e...

Tampando minha boca com a mão, Isabel sacode a cabeça, os olhos escuros brilhando.

— Eu posso ver a Ash Bentley outro dia — ela diz. — Ver que minha melhor amiga ficou famosa? *Isso* valeu a viagem. — Então seu olhar passa por cima do meu ombro para Seb. — E o dia teve outras vantagens.

Affe.

Então, em vez de ver nossa escritora favorita autografar livros, nós passamos o resto da tarde andando por aí, com Seb ainda fantasiado, o que, estranhamente, não atrai tantos olhares quanto pensei. Nós subimos a Royal Mile até o Castelo de Edimburgo, então descemos de novo, na direção de Holyroodhouse. É verão, o que significa temporada de turistas, então as ruas estão cheias, as gaitas de fole competem umas com as outras e há mais caras vestidos de Coração Valente do que deveria ser permitido.

Talvez eu fale com Alex sobre isso.

Já é noite quando chegamos ao palácio, embora ainda falte muito para o pôr do sol, e eu espero conseguir convencer Isabel a pedir comida e assistir a um pouco de programas de TV britânicos ruins esta noite. Mas pelo jeito que ela olha para Seb quando ele entra no hall principal e tira o capacete... não é favorável.

— Preciso encontrar a Glynnis e contar que o dia não foi exatamente como o planejado — digo, vendo Seb sorrir para minha melhor amiga enquanto ela sorri de volta.

— Eu faço companhia a Isabel — Seb oferece e faço uma careta, mas o que posso dizer? Então, apesar do que julgo melhor, eu os deixo sozinhos no hall e subo as escadas estreitas que levam ao corredor escuro onde fica o escritório de Glynnis.

Mas ela não está lá, e enquanto checo alguns outros lugares – uma sala de estar, uma pequena cozinha privada – não quero deixar Isa e Seb sozinhos por muito tempo.

Mas quando volto para o hall, vejo que já é tarde demais. A capa e o capacete de Seb estão pendurados em um cabideiro perto da porta, mas e Seb e Isabel?

Em lugar nenhum.

CAPÍTULO 20

Tento ligar para Isabel, mas ela não atende. Então abro o Facebook e começo a mandar mensagens para ela.

Ainda nada.

Na verdade, eu quase penso que ela está me ignorando de propósito, o que *não* é o.k., e uma violação da sacralidade da nossa amizade, algo que planejo informá-la assim que eu *encontrá-la*.

O que, percebo, significa encontrar Seb.

O palácio é um conjunto confuso de corredores e quartos, menor que o Castelo de Sherbourne, e com o agravante de partes dele estarem abertas aos turistas e outras partes privadas serem apenas para a família.

Sei que sou tecnicamente "família" agora, mas ainda me sinto estranha andando pelos corredores do palácio, entrando em quartos, procurando Seb e minha melhor amiga. Minha melhor amiga, cujo direito ao título pode ser revogado se ela não aparecer logo.

Sinto um certo alívio quando dou de cara com Spiffy – ou Dons (ainda não consigo diferenciá-los) – em uma das escadarias.

— Ei... você! — digo, tentando parecer normal e nem um pouco surtada. Spiffy-ou-Dons para, sorrindo para mim com as mãos nos bolsos. Ele está vestido como um banqueiro dos anos 1940 – camisa polo, calças cáqui, sapatos brilhantes – em vez de um adolescente, e me pergunto se Miles é o único deles que consegue parecer semi-normal.

— Lady Daze — Spiffy-ou-Dons diz e, ótimo, parece que eu também tenho um apelido. Como as pessoas sabem de quem os outros estão falando por aqui? — Reconhecendo o território?

— Mais ou menos — respondo, apoiando a mão no corrimão. — Você viu o Seb, por acaso? Possivelmente com uma garota?

É a coisa mais estranha, mas eu literalmente consigo *ver* Spiffy-ou-Dons se fechando. Como uma porta se fechando na cara dele ou algo assim.

— Não posso dizer que vi — ele responde, e sei que é mentira.

Eu pressiono.

— É só que minha amiga Isabel pode estar com ele e nós tínhamos planos para essa noite. Com os pais dela.

Essa parte é mentira – os pais de Isa ainda estão em Londres e só vêm amanhã à tarde –, mas espero que invocar autoridade parental o abale um pouco.

Não funciona.

Ele sacode a cabeça de novo e faz a expressão de culpa mais fingida que já vi.

— Talvez ela tenha voltado para o hotel — ele sugere.

Eu sorrio para ele. Ou ranjo os dentes, para ser mais exata.

— Talvez — digo, mas tenho certeza de que não é o caso. Para onde Seb pode tê-la levado?

E então me dou conta de quem pode saber.

E quem teria interesse em evitar qualquer escândalo envolvendo Seb.

— Miles está por aí?

Spiffy-ou-Don sorri.

— Achei que estava rolando algo aí — ele diz e literalmente cutuca minhas costelas com o cotovelo, piscando.

Eu sacudo a cabeça.

— Eca, não.

Spiffy – é Spiffy, agora tenho quase certeza – se balança nos calcanhares, sua expressão se fechando.

— Eca? — ele repete. — Monters é o menos *eca* de nós, acho.

É mais forte do que eu rir disso, mas estendo a mão e seguro o braço dele.

— Spiffy. Foco. Onde *está* Miles?

Acontece que Miles tem um apartamento – *próprio*, o que parece loucura para mim – não tão longe do palácio e, em alguns minutos, estou no banco de trás de um dos carros do palácio indo para a parte de Edimburgo chamada "Cidade Nova". O fato de ter sido construída no século XVIII aparentemente é suficiente para tornar algo "novo" por aqui.

— Devo esperar, senhorita? — o motorista pergunta e eu faço que sim, sem pensar em como é estranho ter um motorista esperando por mim.

Acho que você se acostuma bem rápido com essas coisas.

A porta de Miles é de um azul profundo, sem campainha, então eu só bato, esperando que ele esteja em casa e saiba para onde Seb levou Isa.

E como previsto, depois de alguns segundos, ouço passos se aproximando e lá está Miles, em seu uniforme de calça jeans e camiseta, claramente confuso por me ver em sua porta.

— Preciso de uma lista de todos os antros de pecado em Edimburgo — solto.

Miles me encara por um minuto antes de piscar, quase como uma coruja.

— Eu... não tenho uma lista dessas. — Ele pensa por um segundo, esfregando a nuca com a mão. — Mas agora eu realmente gostaria de ter.

Reviro os olhos e ele me deixa entrar. Como não é de surpreender, tudo é bem adulto e careta. Móveis pesados de couro, um monte de madeira, livros. Há dois pares de sapato alinhados perto da porta da frente, e, quando os olho, percebo que ambos têm aquelas formas de madeira que os ajudam a manter o formato.

Formas de sapato. Que tipo de garoto adolescente conhece isso e, pior, usa?

Mas então me lembro de que estou aqui em uma missão e não tenho tempo para me espantar com a possibilidade de Miles ser um viajante do tempo vindo de 1812. Em vez disso, eu o sigo até a sala e, o mais rápido possível, conto o que aconteceu na livraria e no palácio. Quando termino, Miles está de braços cruzados, as sobrancelhas franzidas.

— O.k., então sua amiga está visitando da América e o namorado dela a chutou.

— Se "chutou" quer dizer "dispensou", então sim, foi isso que aconteceu — digo, encostando-me no braço do sofá e *meu Deus*. Como é possível um couro ser tão macio? Eu me seguro para não acariciar o sofá enquanto Miles anda até o balcão que separa a sala da cozinha.

— E agora sua amiga está por aí com o Seb, o que, como você mesma admitiu, é onde ela quer estar, e você quer que a gente... resgate ela? — Ele pega uma garrafa de água, abre a tampa e me olha com uma expressão contrariada. — Do quê, exatamente?

Eu jogo as mãos para o alto.

— Do Seb, obviamente. Não é isso que você faz?

Ele ainda está me olhando e mexendo na garrafa de água.

— O quê? — pergunto.

— Eu só não entendi por que ela precisa ser resgatada se está com Seb porque quer. Olha, ele pode ser muito idiota, eu sei. — Ele expira longamente. — Confia em mim, eu sei. Mas... Seb não precisa raptar mulheres. Jovens que escolhem passar uma noite com ele fazem isso de boa vontade.

Eu o encaro.

— O.k., o quê?

— O quê? — ele responde, mas desvia os olhos de mim.

— Não responda "o quê?" para o meu "o quê?" — digo, cruzando um pé na frente do outro. — Eu disse "o quê?" primeiro e você *sabe* para o que eu estava dizendo "o quê?".

Miles faz aquela coisa de contrair os lábios de novo e, quando ele não responde, eu continuo.

— Você pirou pra cima de mim por causa do Seb, mas agora que eu te digo que minha amiga sumiu com ele, você fica todo "ah, sem problemas, é só o Seb"? — Eu o encaro. — É pra isso que estou dizendo "o quê?".

Miles acena com as mãos, uma delas ainda segurando a garrafa de água.

— Era diferente — ele diz, e inclino a cabeça.

— Porque era eu — digo. — Por causa da... Ellie? De mim, especificamente?

— Por causa de muitas coisas — ele diz, mas então, antes que eu possa desvendar essa questão, ele continua. — A questão é, eu não entendo por que sua amiga precisa ser resgatada a não ser que você ache que Seb a sequestrou, o que seria um pouco demais, até mesmo para ele.

Frustrada, balanço a cabeça.

— Não, ela com certeza foi com ele porque queria, não é isso, é só que... ela não está apta a fazer boas escolhas e, como amiga, meu trabalho é salvá-la dessas escolhas ruins, se eu puder. — Eu dou uma olhada em Miles. — Algo me diz que você, de todas as pessoas, entende isso.

Miles suspira, seu peito subindo de... uma forma interessante sob a camiseta preta. Argh, por que eu notei isso? Não gosto de arquivar Miles como "garoto" na minha mente, de verdade.

— Ah, Deus, você tinha que invocar o código do escudeiro — ele diz e eu franzo a testa.

— O quê?

— Código do escudeiro. Quando nossos cavaleiros se perdem, nós precisamos buscá-los.

— Isso é uma coisa de verdade ou você está sendo babaca?

— Estou sendo babaca — ele concorda facilmente, virando-se para pegar sua jaqueta, pendurada em um banco alto. — Mas sou um babaca que vai te ajudar.

CAPÍTULO 21

Nós usamos o carro que me trouxe para adentrar um pouco mais na cidade, e o motorista por fim para na frente de várias casas altas, parecido com o lugar em que Miles mora. Saímos do carro e a casa para onde ele me leva não é diferente de nenhuma das outras na rua. São todas iguais: prédios altos e estreitos feitos de pedra clara, e uma cerca de ferro preto com lanças guardando-as dos plebeus na calçada.

Miles anda na direção de um prédio bem no meio da fileira, mas em vez de subir os largos degraus de mármore até a porta azul, ele se vira, *descendo* por vários degraus que eu nem tinha notado.

A pequena alcova na parte de baixo é tão pequena que mal cabe nós dois, e ficamos tão próximos que Miles precisa passar um braço pela minha cintura para não ficarmos esmagados como sardinhas.

— Você pode voltar pra parte em que Seb se vestiu de astronauta e mesmo assim foi *você* que causou uma cena? — ele pede, e eu tento me afastar dele. Contei a Miles os detalhes da nossa visita à livraria, tanto em seu apartamento quanto no carro, mas ele ainda estava tendo dificuldades para entender.

— Cala a boca — resmungo e juro que ele faz uma cara de superioridade antes de levantar a outra mão e bater na porta. Eu esperava algum tipo de batida secreta, tipo código Morse ou algo assim, mas até onde consigo perceber, é só uma batida normal.

E também não tem nenhuma abertura secreta legal na porta, revelando só um par de olhos misteriosos e uma ordem ríspida para entrarmos. Em vez disso, a porta se abre e o que vejo é um cara alto usando um terno escuro. Pelo seu aparelho no ouvido e a caretice generalizada do terno, sei que deve ser um dos guarda-costas do Seb.

— Ele está aqui? — Miles pergunta e o cara faz que sim, dando um passo para o lado para nos deixar passar.

— Ele está bem hoje — o homem diz a Miles, seu olhar recaindo brevemente sobre mim, uma pequena ruga entre as sobrancelhas. Eu me pergunto se ele sabe quem sou. Ele tem que saber, certo? Eles devem receber um relatório sobre esse tipo de coisa.

E então penso se ele vai contar a Ellie que eu estive aqui.

Mas não tenho tempo para me preocupar com isso, e mesmo que ele conte, posso dizer a El que só estava ali para ajudar Isabel e provavelmente prevenir um escândalo. Ela vai gostar disso, certo?

— É bom ouvir isso — Miles diz ao guarda-costas, e eu penso nele entrando no meu quarto naquela primeira noite. É sempre ele que aparece procurando por Seb? O guarda-costas com certeza acha que ele está aqui para ver se está tudo bem com Seb.

— Lá embaixo, então, Simon? — Miles pergunta, e quando o guarda-costas faz que sim, Miles dá um daqueles seus sorrisos breves.

— Excelente — ele diz, então me afasta da porta e me leva mais para dentro da sala.

— O que é esse lugar? — pergunto. Eu estava preparada para luzes piscando, uma música ensurdecedora, um ar de depravação com toques de desespero. Mas o lugar é legal. Chique, também. Há quadros em praticamente todos os cantos das paredes, mobília pesada, luz suave. Do outro lado do cômodo, há um enorme bar de mogno com um longo espelho atrás. O carpete sob minhas botas é creme, com uma estampa vermelha, dourada e azul, e é tão grosso que eu sinto que poderia afundar nele. Não é um lugar para festas. Minha avó beberia chá aqui.

Então vejo um dos Rebeldes Reais – Gilly, o cara loiro – sentado em um sofá cor de damasco com uma garota praticamente enrolada nele. Ela parece ser 80% pernas e quase 100% dessas pernas estão para fora de seu vestidinho curto e brilhante.

Gilly levanta o rosto quando passamos, sorrindo e levantando o copo.

— Monters, meu chapa! — ele grita, embora não tenha motivo para falar tão alto, já que este lugar é quase tão silencioso quanto uma biblioteca. — Achei que você fosse ficar em casa hoje.

— Eu vou — Miles responde, parando em frente ao sofá de Gilly, as mãos enfiadas nos bolsos. — Ou ia. Só estou procurando o Seb.

A morena enrolada em torno de Gilly se senta, ajeitando a alça do vestido em seu ombro estreito.

— O Seb está aqui? — ela pergunta, e Gilly suspira.

— Você tinha que mencionar o nome dele.

— É o clube dele, cara — Miles responde, e com um aceno de cabeça para Gilly, ele cutuca a parte de baixo das minhas costas, me empurrando para a frente.

— Era só uma casa normal — Miles me diz quando chegamos em outro lance de escadas, coberto por um carpete vinho-escuro e espiralando na direção de um espaço escuro. Luzes fixadas nas paredes iluminam nosso caminho enquanto descemos. — O Seb comprou dois anos atrás porque é perto de um restaurante que ele gosta, o La Flamina — Miles continua —, e ele queria um lugar privado pra sair com os amigos.

— E garotas — acrescento, e Miles para no degrau logo abaixo do meu. Seu cabelo ainda está úmido, formando cachos sob as orelhas. Eu sinto vontade de encostar em um desses cachos castanho-claros, mas isso seria estranho e inapropriado, e essa noite já tem demais das duas coisas.

— Sim — ele concorda. — E garotas.

— Lá em cima não era *exatamente* um antro de devassidão — considero, e Miles para de novo, vários degraus abaixo de mim, dessa vez. Ele está com uma das mãos no bolso, a outra tocando levemente o corrimão e, por um segundo, acho que ele vai dizer algo.

Mas ele só sacode a cabeça e continua a descer.

Eu o sigo, tentando entender o que Isa estaria pensando. Não é a cara dela ser irresponsável, mas sinto que Seb consegue vencer a sensatez de qualquer garota. Então eu me odeio por não ter *dito* nada sobre Seb ser menos Príncipe Encantado e mais Príncipe Lixo, mas quando entramos em um antro *real* de devassidão, todos os meus pensamentos mais elevados são imediatamente silenciados.

Por apenas um segundo, eu me lembro do dia da corrida. Vejo os mesmos cabelos brilhantes, as mesmas figuras magrelas, os mesmos sapatos altos e vestidos caros. Mas é como uma versão País das Maravilhas daquele dia. Dessa vez não tem chapéus e *definitivamente* nenhum decoro.

Por outro lado, há bastante bebida.

O lugar inteiro fede ao cheiro floral e medicinal de gim, e a música ecoa tão alto que consigo senti-la em meu peito. Mesmo assim, consigo ouvir pessoas gritando para serem ouvidas, rindo e, no caso do cara em cima do bar com uma gravata listrada na cabeça, cantando uma música totalmente diferente da que vem dos alto falantes.

É como uma boate, mas em vez da fraca luz azul que eu imagino que exista em uma boate *de verdade*, tudo aqui é razoavelmente bem iluminado pelos lustres no teto.

De alguma forma, isso piora tudo.

— Isso é tipo o Senhor das Moscas? — pergunto para Miles enquanto uma loira de vestido roxo ri com a cabeça para trás, jogando um pedaço de papel em chamas dentro de um copo de highball.

Eu não consigo ouvir o suspiro de Miles, mas vejo seus ombros subirem e descerem enquanto ele observa a cena ao redor.

— Esse é o canto do Seb — ele diz e eu faço que sim, aproximando-me.

— Então, totalmente Senhor das Moscas, entendi. Mande sua asma para o inferno! — digo para a loira, mas ela ainda está rindo e não me escuta.

Mas Miles escuta, e acho que talvez ele até ria um pouco enquanto me puxa pelo espaço.

Não tem *tanta* gente aqui – definitivamente não é lotado como uma boate de verdade deve ser –, mas tem gente suficiente para eu não conseguir achar Isa e Seb.

— Tem certeza de que eles estão aqui? — pergunto a Miles, mas antes que ele possa responder, uma ruiva se joga de um sofá para cima dele.

— Monnnnnnnteeerrrrrrssss — ela grunhe, equilibrando-se em saltos muito altos e muito finos. Ela está vestindo uma calça jeans que provavelmente custa mais que nossa casa e uma dessas blusas que Ellie sempre usa, que parecem ter sido feitas com cerca de três a quarenta e sete camadas de tecido transparente. Vários babados flutuam ao seu redor quando ela abraça Miles, então a garota se afasta com as duas mãos nos ombros dele, estudando seu rosto.

— Você está mais gato — ela diz, estreitando um pouco os olhos. — Você ficou mais gato?

Eu não quero fazer um som de desdém, mas é difícil me controlar. Miles é tradicionalmente bonito e tal, mas gato? Não, "gato" é só para garotos que *não* guardam seus sapatos com formas de madeira, desculpa, mas...

— Estou estudando pras minhas provas de beleza desse ano — Miles diz para a menina, um canto da boca levantado em algo entre desdém e diversão. — Fico feliz em saber que todo meu esforço está dando resultado.

Eu fico parada, sentindo como se tivesse levado um soco no peito. Miles definitivamente não é gato, mas isso que ele fez agora? Esse flerte, piada... o que quer que seja?

Isso foi meio sexy, o que quer dizer que aqui não é só uma boate secreta, mas um universo paralelo onde Miles Montgomery é um cara de quem as garotas gostam.

— Uuuuhhhh — a garota diz, o que ou é uma palavra sem sentido, ou uma língua de gente chique. Então ela aperta o ombro dele de novo e olha para mim.

Seus olhos se arregalam e vejo que, como as garotas na corrida, ela é bonita e nada bonita ao mesmo tempo. Como se dinheiro e séculos de poder tivessem dado brilho às suas feições comuns.

COMO SOBREVIVER À REALEZA

— Você é a irmã da Eleanor — ela diz, então olha para Miles de novo antes de dar um sorriso e um tapinha em seu ombro. — Monters, seu safado. A Flora sabe?

Flora? Só pode ser a Princesa Flora, irmã gêmea de Seb. Mas por que Flora se importaria com Miles?

Dando uma olhada para mim, Miles ignora a pergunta e diz:

— Missy, Daisy e eu estamos procurando o Seb. Você o viu?

Ela pisca para mim, então volta a olhar para Miles, mudando seu peso de um pé para o outro tão rápido que eu fico meio preocupada que ela vá cair.

— *Yep* — ela diz, porque aparentemente ela só consegue falar essa língua de pessoas chiques, ou talvez seja uma pirata. — Com uma menina, claro. Bonita, aliás. Ele está no bar.

Miles dá uma piscadinha para ela – uma piscadinha! O que está acontecendo?! – com um "obrigado" e me leva gentilmente até o fundo do cômodo.

— Lady Melissa Dreyfuss, conhecida como Missy — ele diz em voz baixa enquanto contornamos um cara de polo cor-de-rosa beijando uma menina que deve ser uns quinze centímetros mais alta que ele. — Filha mais nova do duque de Drummond. O duque desapareceu há uns dez anos, depois de tentar assassinar um dos garotos do estábulo, o que foi um escândalo, óbvio. Missy tem um tio que está tentando conseguir que o duque seja declarado morto para poder tomar o título e... Daisy?

Eu olho para ele, ainda lembrando do quão fofo ele estava ao flertar com Missy. E o quão *bizarro* foi aquilo.

Então percebo o que ele está dizendo e, mais precisamente, o que está fazendo.

— Fofoca — ele me diz, sério, e eu concordo com a cabeça.

— Das boas. Assassinato e desaparecimento? Trama de novela bem aqui.

Satisfeito consigo mesmo, Miles continua andando e eu continuo seguindo, tentando escutar, processar o fato de que ele *pode* ser gato, procurar por Isa e não cair acidentalmente no meio de uma orgia.

Claramente é uma tarefa difícil.

Mas então, por fim, a multidão se abre um pouco, revelando um bar contra a parede preta, e na frente dele estão...

— Ah, meu Deus.

CAPÍTULO 22

Quando você é melhor amiga de alguém há tanto tempo quanto Isabel e eu – pelo menos dez anos –, vocês ficam muito boas em ler as expressões faciais uma da outra. Isabel sabe quando estou fazendo minha cara de "estou com vergonha e vou piorar tudo com uma piada horrível". Eu conheço a cara dela de "talvez eu não esteja contando toda a verdade". E eu *definitivamente* conheço a cara dela de "eu vou fazer esse garoto idiota ter o que merece", porque já a vi na sala de aula pelo menos umas cem vezes.

E essa é exatamente a cara que Isa está fazendo agora.

Achei que íamos encontrá-los juntinhos, o rosto de Isabel brilhando com tanta atenção do príncipe. Ou talvez eles estivessem se beijando, o que seria pior.

O que eu não esperava era vê-los perto do bar, se encarando, Isabel gritando por cima da música.

— Você é muito babaca, sabia?

Seb parece tão chocado quanto eu e, do meu lado, Miles congela.

— Isso é... inesperado — ele murmura.

— Como é que é? — Seb pergunta. Nem ele nem Isabel notaram nossa presença, de tão investidos no que quer que estejam discutindo.

— Um babaca — Isabel repete sem nem se abalar. Seus ombros estão para trás, o queixo levantado e ahhhh isso é ruim. — Ou qualquer que seja a palavra que vocês usam aqui.

— Eu conheço o termo — Seb responde, parte do seu choque dando lugar ao frio desdém que já vi El usar. — Só não tenho certeza de por que ele está sendo dirigido a mim.

Antes que isso piore, eu dou um passo à frente, praticamente arrastando Miles comigo.

— Ei, vocês dois! — digo, e minha voz é tão alta e clara que faço uma careta. — O que está acontecendo?

Seb e Isa parecem surpresos quando olham para nós.

— Monters? — Seb pergunta, confuso, e Miles vai para o seu lado, dando um tapinha em seu ombro. Eu faço o mesmo com Isabel (bem, sem a exibição de testosterona) e Miles e eu nos olhamos, percebendo, de repente, que tudo que estamos fazendo é aproximar ainda mais nossos melhores amigos briguentos.

O que é claramente um problema, já que nem mesmo a nossa presença vai parar essa discussão.

— Não é sexista, se é isso que você está querendo dizer — Seb diz para Isabel, obviamente continuando de onde parou. — Eu com certeza não tenho nenhum problema com mulheres, mas Gregorstoun não é lugar pra elas. Seria... — Ele acena com uma das mãos, olhando para o teto como se a resposta pudesse estar lá. — Uma distração — ele diz e Miles grunhe, jogando a cabeça para trás.

— Seb — Miles diz —, nós já conversamos sobre isso.

— Eu estou certo! — Seb insiste, virando-se para Miles. — Você sabe que estou. E aquele lugar é um pesadelo, Monters, *você* acha que garotas gostariam de lá?

— Espera, não tem mesmo nenhuma garota no seu internato assustador? — pergunto, e Miles me olha com uma expressão de desculpas.

— Não, e se tornou uma questão. Alguns de nós vivem no século XXI e acham que tornar o colégio misto não é uma ideia ruim. Outros são...

— Sensatos — Seb completa, empurrando Miles de leve. — Sinceramente, Monters, isso não tem nada a ver com gênero e tudo a ver com tradição. E... e *segurança*.

Os olhos de Isabel estão em chamas.

— Por que garotas não estariam "seguras" — ela faz aspas com as mãos antes de cruzar os braços de novo — na sua escola?

Seb parece tão perplexo que eu quase tenho dó, e quando ele entende o que Isabel quis dizer, parece genuinamente horrorizado.

— Eu não quis dizer que elas não estariam seguras por causa de *nós*. Meu Deus, que tipo de pessoa você acha que eu sou?

— Eu acho que você é um babaca mimado, egoísta e machista — Isa diz sem nem hesitar e, do outro lado de Seb, Miles arregala os olhos. É claro que ninguém, muito menos uma garota, já falou assim com ele.

— Eu sou um príncipe — ele finalmente diz, e Isa estala a língua como se isso explicasse tudo.

Sacudindo a cabeça de leve, Seb olha para o chão. Ao nosso redor, seus amigos – ou pessoas que gostariam de ser seus amigos – ainda estão dançando, bebendo e provavelmente colocando fogo em algumas coisas, mas nós estamos tendo uma conversa sobre escolas mistas.

— Gregorstoun é isolada e remota. Eles nos fazem... navegar em barcos quando o tempo está horrível, escalar montanhas e correr no frio congelante. É isso que eu quis dizer, é só... fisicamente difícil demais para mulheres.

Com isso, ele se inclina para o bar à sua direita e pega um copo de uísque que pode ou não ser dele. Seb o engole de uma vez e olha para Miles.

Miles só sacode a cabeça.

— Não existe uma pá grande o suficiente pra eu te tirar desse buraco, cara.

Suspirando, Seb bate o copo agora vazio de volta no bar.

— Essa noite realmente não está sendo como eu esperava — ele resmunga, e Isabel expira de leve antes de se virar para mim.

— É um sentimento mútuo — ela diz, então abre caminho pela multidão.

Mas antes de ser engolida pelas pessoas, ela olha para Seb por cima do ombro e grita:

— Só queria deixar registrado que eu já tive beijos melhores com caras da *banda da escola*.

Isso chama a atenção das pessoas na pista e uma garota com cabelo comprido, loiro, liso e chapado chega a tampar a boca com a mão, arregalando os olhos.

Com isso, Isabel vai embora, me deixando com Miles e Seb, o rosto de Seb fechado e Miles com cara de quem preferia estar em qualquer outro lugar.

Sei como é.

Eu corro atrás de Isabel, desviando de Missy, que de alguma forma ficou ainda mais bêbada nos últimos minutos e grita para mim:

— Monters ainda está aqui?

— No bar! — respondo. — Fique à vontade!

Ela torce o nariz, mas já cheguei às escadas e alcancei Isabel. Ela já está na metade da escada quando agarro seu braço.

— Você o beijou? — eu pergunto sem fôlego depois dessa corrida com obstáculos de gente rica e bêbada, e ela suspira, revirando os olhos e dando de ombros.

— Infelizmente, sim.

Ela para e inclina a cabeça, seu cabelo comprido e preto caindo sobre os ombros.

— E eu menti sobre o cara da banda. Foi bem incrível, na verdade, mas estou retroativamente tirando pontos porque ele é um idiota completo.

Nós subimos as escadas. A parte principal do lugar está vazia, e Gilly e a moça de pernas longas desapareceram. Mas o guarda-costas ainda está na porta, e Isabel para, mudando a bolsa de ombro.

— Desculpa — ela diz e eu a olho, confusa.

— Por chamar Seb de idiota? Não deveria, ele é mesmo. Eu ia te contar mais cedo, mas não queria estragar sua...

— Não por isso — Isabel diz, sacudindo a cabeça. — Por sumir. Eu estava só... tudo aquilo com o Ben, e aí tinha um *príncipe* perguntando se eu queria dar uma volta e eu... fiquei encantada.

Ela faz uma careta.

— O que não é minha cara, mas esse lugar é estranho.

Essa é a maior verdade que ouvi o dia todo e faço que sim, abrindo os braços para englobar a boate do Seb, o próprio Seb, esse dia inteiro.

— Bem-vinda ao meu mundo.

Com um leve tremor, Isa enfia as mãos nos bolsos de trás das calças.

— Obrigada, mas não. Vou continuar só lendo os blogs a partir de agora.

Nós caminhamos na direção da porta e Isa dá outro suspiro.

— Tudo estava indo muito bem até eu perguntar sobre a escola dele. Quer dizer, não *bem*, talvez a conversa fosse um pouco estranha, mas o beijo foi promissor. — Então ela faz uma careta. — Eu não acredito que beijei um cara que acha que mulheres não deveriam ser permitidas no seu querido internato.

Eu penso se deveria mencionar meu beijo com Seb, mas decido que não, já aconteceu coisa demais essa noite.

Algo que Isabel confirma ao dizer:

— Eu só quero esquecer que as últimas horas aconteceram.

— Bom plano — concordo, e o guarda-costas abre a porta da frente para nós.

Mas qualquer ideia de esquecer que esta noite aconteceu é apagada quando cerca de mil flashes estouram na nossa cara.

CAPÍTULO 23

Mais tarde eu descobriria que eram apenas quatro fotógrafos do lado de fora do local, mas na hora pareceram dezenas. Centenas, até. Os flashes me cegam, os cliques são incessantes. De alguma forma, isso consegue ser pior que aquele dia na Mile, talvez porque esteja escuro e os flashes pareçam muito brilhantes, ou talvez porque daquela vez eu estava com Ellie, os outros caras e vários guarda-costas. Agora sou só eu, e ouço as pessoas me chamando.

— Daisy, você está saindo com o Seb?
— Daisy, sua irmã sabe que você está aqui?
— Quem é sua amiga, querida?

É como um dilúvio, e eu pisco, congelada, até sentir a mão de alguém no meu ombro. Ao olhar para cima, vejo Miles ao meu lado, Seb logo atrás.

— O.k., senhores, chega — Miles diz com calma, e bizarramente os flashes param. Bem, eles pausam, pelo menos, então Seb dá um passo à frente.

— Noite parada, amigos? — ele provoca. — Não consigo imaginar quanto vão pagar pela notícia de que passo um tempo com minha futura cunhada.

Sorrindo para mim, Seb se aproxima e Isabel fica basicamente escondida atrás dele, Miles à sua direita. De uma forma estranha, é a calma de Seb que *me* acalma.

Talvez até demais, porque quando um fotógrafo me pergunta: "O que você achou da boate de Seb, Daisy?", a resposta pula de minha boca antes que eu possa impedi-la.

— Decepcionante — respondo. — Poucas mulheres peladas e só um chimpanzé.

Há uma onda de risadas e as câmeras recomeçam.

Seb ri também, colocando sua mão amigável em meu ombro, mas percebo que é menos pelo show e mais para começar a me empurrar de forma suave, mas sem escapatória, na direção do carro que nos espera. Seu guarda-costas já está do lado de fora, abrindo caminho até o carro, e quando nós quatro nos enfiamos nele, sinto a mão de Miles nas minhas costas. Os obturadores disparam de novo, mas então a porta se fecha com um estrondo e o caos fica do lado de fora.

Eu afundo no assento, suspirando, e coloco uma das minhas mãos na testa.

— Chimpanzé? — Miles pergunta e eu sacudo a cabeça.

— Eu entrei em pânico.

Os cantos de sua boca se viram para baixo enquanto Seb se acomoda no banco de trás, e o carro desliza para longe da calçada.

Isabel não parece tão assustada, apenas olha pela janela com a testa franzida.

— Então é assim — ela reflete em voz baixa e Seb olha para ela com dureza.

— Normalmente é pior — ele diz, afastando o cabelo ruivo dos olhos —, isso foi tranquilo, querida.

— Não me chame de querida — ela responde, pegando o celular do fundo da bolsa.

Dizer que as coisas estavam estranhas dentro do carro é eufemismo, e eu pigarreio.

— Sinto muito que sua primeira noite não tenha sido das melhores — digo a Isa, mas ela sorri para mim, dando de ombros.

— Na verdade, foi até divertido. Quer dizer, antes desse cara. — Ela aponta para Seb, que faz uma cara de espanto.

— Esse cara? — ele repete, mas Isa ainda está olhando para mim.

— Amanhã o plano é livrarias e museus, certo?

— Com certeza — digo, aliviada. O.k., então voltamos ao plano. Uma pequena aberração, um dedinho no lago do escândalo em potencial, mas estamos bem e podemos esquecer de que esta noite aconteceu.

Nós ficamos em silêncio o restante do trajeto, e quando chegamos ao Balmoral, ele está vazio. Sem fotógrafos, sem admiradores. Eu começo a sair para levar Isabel para o quarto, mas antes que consiga, ela coloca a mão no meu joelho e diz:

— Eu estou bem, prometo. Amanhã, livrarias, certo?

— Sim — respondo —, nerdice total, aí vamos nós.

Isa sorri e acrescenta:

— Tchau, Miles, prazer em te conhecer.

Explicitamente ignorando Seb, ela desce do carro e anda até o hotel sem olhar para trás.

Seb revira os olhos, mas também sai do carro, e eu agarro o braço dele.

— O.k., você não vai segui-la — digo, mas ele se solta, me desprezando.

— Claro que não. Mas preciso de um drinque antes de ir para casa, e o Balmoral faz os melhores martínis. Vocês podem voltar.

Com isso, ele bate a porta, deixando Miles e eu em silêncio. O carro faz uma curva no momento em que uma garoa começa a cair de novo, e eu suspiro, afundando-me mais ainda no banco de couro.

— Então isso aconteceu.

Miles não diz nada, e eu o observo. Ele está rígido, a cabeça voltada para a janela.

— Odeio ter que dizer isso, mas obrigada — digo a ele. — Nós salvamos o dia e eu não poderia ter feito isso sem sua ajuda.

Ele não diz nada e eu me estico por cima do banco para cutucar o braço dele, que é surpreendentemente firme.

— Oi, eu estou tentando ser legal! Mesmo que isso me cause dor física.

Finalmente, ele olha para mim.

— Você sabe que aquelas fotos estarão em todos os jornais amanhã de manhã.

Ali está aquele tique em seu maxilar de novo, e me viro no banco para encará-lo melhor.

— Uma coisa que realmente não é *minha* culpa — eu o lembro, e ele faz um gesto elegante com a mão, afastando esse pensamento como se fosse um inseto.

— Eu sei disso, mas o ponto é: antes de você chegar aqui, nunca houve fotógrafos na boate do Seb. *Alguém* os avisou que você estava aqui.

Agora eu acho que meu próprio maxilar começou a tensionar, porque estou rangendo os dentes com força quando o encaro.

— De novo isso? — digo. — Porque posso quase te perdoar pelo que rolou em Sherbourne, eu era uma completa estranha e tal, mas se você honestamente consegue ter passado toda aquela corrida idiota comigo e *ainda* pensar que estou interessada no Seb ou em ter minha foto no jornal ou o que quer que você pense que eu quero...

— Eu sei que você não está atrás do Seb — Miles interrompe —, mas para alguém que diz não querer estar nos tabloides, você passou tempo suficiente neles na última semana. — Ele pausa, seu olhar no meu rosto, e me lembro de hoje mais cedo, quando pensei que ele era bonitinho, e quero voltar no tempo para me dar um soco na cara.

— De novo, talvez você devesse ter essa conversa com o Seb — digo a ele. — Porque o Seb foi o problema hoje à noite, não eu.

Miles desvia os olhos e sinto que tem algo que ele não está dizendo. Algo que ele *quer* dizer.

Mas então ele se vira de novo e pergunta:

— Poderiam ser os seus pais?

Eu sinceramente sinto como se tivesse levado um tapa na cara. Minha cabeça se vira para trás e tudo.

— *Oi?*

Esfregando as mãos nas coxas, Miles dá de ombros.

— Que chamaram os fotógrafos. Você pode não querer sair nos jornais, mas eles podem. Sei que seu pai era...

— Vou te parar bem aí — digo, levantando a mão. Eu estou com tanta raiva que talvez esteja tremendo. — Você não sabe nada sobre mim ou meus pais se pensa, por um segundo, que eles estão tentando me fazer subir na escada da Ellie. Eu sei que vocês se sentem melhor pensando que somos todos uns alpinistas sociais nojentos, porque aí vocês não precisam lidar com o fato de que *talvez* Alex só goste mais de Ellie do que das Flisses e Poppys por aí.

— Não foi isso que eu... — Miles começa, mas o interrompo de novo.

— Eu pensei mesmo que talvez você *não* fosse tão imbecil quanto parece, mas você, meu amigo, é o duque deles.

Miles contrai o rosto, confuso, mas por sorte o carro estaciona em Holyroodhouse na mesma hora.

Nem sequer espero o motorista abrir a porta para mim, apenas saio na noite chuvosa e não olho para trás.

Eu acordo com um baque bem perto da minha cabeça. Abrindo os olhos, vejo um iPad no travesseiro ao meu lado e esfrego o rosto, tentando sair de um sonho que eu mal lembro, exceto pelo fato de que Miles talvez estivesse nele, e isso é só...

— O que aconteceu ontem à noite?

É Ellie, absolutamente irritada a julgar pelo tom de voz. Eu meio que me acostumei com aquela voz estranha tipo guia de museu que ela usa por aqui, então uma Ellie em sua forma normal é, ao mesmo tempo, algo preocupante e bastante bem-vindo.

Então entendo sua pergunta.

Eu me sento na cama. Está sol lá fora, a luz atravessando as frestas das pesadas cortinas de veludo, e faço uma careta quando Ellie marcha até as janelas e as abre com força. O relógio ao lado da minha cama diz que são apenas sete horas, mas Ellie já está vestida, usando um vestido preto conservador, um cardigã vermelho por cima, e seu cabelo loiro em um coque baixo. Ela está até usando joias, um pequeno broche em formato de flor e uma fina pulseira de prata. *Será* que passarinhos ajudam El a se vestir de manhã?

Ah, certo, noite passada.

Eu pego o iPad e vejo a manchete na página do *Sun*.

"LOUCO PELA DAISY!" ela grita, e há uma foto embaçada de mim do lado de fora da boate do Seb, a mão dele em meu ombro. Miles e Isabel não estão na foto, e isso realmente parece...

— O.k., isso é idiota — digo, levantando a cabeça para Ellie. Ela está parada no pé da minha cama, o maxilar tenso e os braços cruzados com força. — Isabel estava com Seb ontem à noite e eu fui atrás dela!

Andando até a cama, Ellie tira o iPad da minha mão.

— Não é isso que a internet está dizendo — ela responde e abre outra página, e depois outra, descendo por uma série de links.

"SEB E DAISY!"

"PRÍNCIPE SEBASTIAN: FINALMENTE CONQUISTADO?"

"UHUUU! UMA BOATE REAL!"

"PRINCESA DAISY?"

Eu quase quero rir. É só tão... burro. Seb e eu mal nos falamos na noite passada. Como uma foto pode fazer as pessoas acharem que tem algo acontecendo entre nós?

Eu ainda estou sacudindo a cabeça, desacreditada e me divertindo, quando levanto o olhar para El.

Então percebo que ela está pálida e genuinamente incomodada.

Confusa, afasto meu cabelo dos olhos.

— El, você sabe que... — começo, mas ela me interrompe com um gesto.

— Tudo que *eu* sei é que essa é a manchete em todos os sites de notícia da Escócia nesse momento, talvez em todo o

Reino Unido. — E então ela me olha nos olhos. — E a rainha chegou hoje de manhã.

Bem, agora eu não estou mais rindo.

— A rainha? — estou quase grasnando.

Ellie confirma e, com um gesto que não a vejo fazer há anos, ela gira nervosamente a pulseira ao redor do pulso.

— Ela quer te ver.

CAPÍTULO 24

— **Você não acha** que é exagero demais? — meu pai murmura enquanto caminhamos pelo corredor até a sala onde conheceremos a rainha.

Minha mãe está do meu outro lado, olhando através de mim na direção do meu pai.

— Ah, Liam, para — ela diz, também quase sussurrando. — Ela está linda.

— Ela parece algo que eles venderiam na loja de presentes — meu pai responde e minha testa se franze quando olho para a saia xadrez. Era a coisa mais escocesa que eu tinha em meu novo guarda-roupa aprovado por Glynnis, uma saia xadrez com tons de vermelho, preto, roxo e verde. Eu a combinei com uma blusa preta discreta, meias pretas e um par vermelho de sapatilhas.

Mas o.k., talvez o colete xadrez combinando tenha sido demais.

Ou foi o chapéu?

Eu levanto a mão, tiro a boina xadrez da cabeça e a entrego para minha mãe, que a enfia na bolsa.

— Eu entrei em pânico, o.k.? — susurro. — Evitei a masmorra por causa da coisa na corrida, mas isso? Isso pode me jogar lá.

— Daisy — minha mãe diz no mesmo tom que normalmente usa com meu pai, mas ele só dá um tapinha em meu ombro.

— Nós vamos te visitar, querida, eu prometo.

Dando uma cotovelada nas costelas dele, eu tento controlar um ataque de risadinhas nervosas enquanto minha mãe faz cara de desaprovação e mexe em um de seus brincos.

O corredor pelo qual caminhamos é escuro, com pequenas lâmpadas com cúpulas cor de pêssego projetando piscinas de luz no carpete antigo, e fica em uma parte do palácio que eu ainda não tinha visto. Esses são os aposentos pessoais da rainha, e eles são mais graciosos e femininos que o restante do palácio. Ela é rainha desde os dezoito anos, e de repente me pergunto se ela mandou redecorar o lugar quando foi coroada. É o que eu faria. Claro que não teria escolhido esses tons de pêssego e azul. Eu teria escolhido... roxo, talvez. Verde neon. Para manter as pessoas alertas.

Ou talvez eu esteja focando na decoração para não surtar.

A única coisa que estava determinada a fazer neste verão era manter a cabeça baixa e ficar fora dessa... coisa toda da Ellie. E agora estou enfiada até o pescoço neste caos da realeza, e nem fiz nada divertido, o que é muito injusto. Se *eu* tivesse brigado com Seb na boate dele? O.k., eu pagaria por isso, a culpa seria minha. Mas eu só estava sendo uma amiga boa e leal, e agora estou prestes a...

— Ah, Deus — murmuro quando paramos em frente a um par de portas duplas. Elas são pesadas e entalhadas com flores, unicórnios e Bs gigantes por toda parte.

E atrás delas está uma *rainha* de verdade que pensa que eu sou uma sedutora malvada determinada a conquistar seu filho mais novo.

Eu vou morrer.

Nós três só ficamos ali por um segundo, encarando as portas. Não sei se estamos esperando que elas se abram sozinhas, ou que criados em uniformes chiques venham abri-las para nós, mas, em todo caso, não estamos nos movendo e as portas também não.

— Eu conheci uma rainha uma vez — meu pai reflete. — Ela tentou colocar a mão dentro das minhas calças. — Ele olha para mim e levanta as sobrancelhas. — Com certeza não será pior que isso.

O que quer dizer que estou grunhindo e rindo ao mesmo tempo quando as portas se abrem e a rainha Clara da Escócia se levanta de um sofá pêssego.

A risada morre na minha garganta e minhas bochechas pegam fogo quando Ellie se levanta de uma poltrona listrada. Alex está atrás dela com Glynnis à sua esquerda e, perto da janela...

Miles?

Claro, o sr. "Eu Acho Que Seus Pais Bregas Chamaram Os Paparazzi" está parado perto da janela em um belo terno, com a mão no bolso, quando se vira para observar meus pais e eu entrando na sala. O que *ele* está fazendo aqui?

— Sr. e sra. Winters — a rainha Clara diz, parando em nossa frente.

Minha mãe faz uma reverência e meu pai se curva. Eu estou meio segundo atrasada, tão confusa por Miles estar aqui que quase esqueci que estou na frente de uma rainha.

Por sorte, consigo me virar sem tremer muito, e fico aliviada quando levanto os olhos e noto que a rainha não tem uma expressão muito "cortem-lhes as cabeças". Ela ainda está sorrindo e tem os mesmos olhos azuis de Alex e Seb. O cabelo dela já foi do mesmo ruivo de Seb, mas é um pouco mais claro agora, mechas prateadas contornando seu rosto. Seu terninho é de um verde profundo e simples, mas maravilhoso, e cai tão bem que me pergunto se foi costurado no corpo dela.

Mas não é só o cabelo elegante e a roupa incrível que deixam claro que ela é da realeza. Sua postura faz parecer que tem uma cordinha amarrada no alto de sua cabeça, e cada movimento que ela faz é elegante e suave, como se tivesse passado a vida toda praticando.

Ellie é bonita e graciosa, mas ela não tem *isso*. Não sei se alguém que não nasceu para usar uma coroa pode ter algo assim, na verdade, e quando olho para minha irmã, sinto um pouco de simpatia por ela. Eu acho que não tinha percebido que essas são as expectativas para ela. Como alguém pode alcançá-las?

— Por favor, sentem-se — a rainha diz, fazendo um gesto para outro sofá no cômodo. Esse é coberto de seda cor de pêssego, mas listrado de um azul profundo, e eu tenho plena noção do quanto não combino com ele.

Ela acena com a mão novamente, e uma copeira em um uniforme preto traz uma bandeja de chá para a mesa em nossa frente.

A rainha Clara não pergunta como preferimos nosso chá. A copeira só serve várias xícaras e as entrega para nós, a porcelana tão delicada que eu praticamente consigo ver através dela.

— Ai, isso é *adorável* — minha mãe diz com animação, olhando a xícara mais de perto. — Comprei meu primeiro conjunto de porcelana no ano passado, para que eu tivesse algo onde servir chá quando Alex e Ellie visitassem, mas não é nada perto disso. Onde você comprou?

Minha mãe levanta o olhar, seus olhos enormes por trás dos óculos, e eu me lembro que embora uns 80% da minha personalidade venham do meu pai, essa coisa de falar demais quando fico nervosa...

Vem toda da minha mãe.

Acho que posso sentir Ellie morrendo do outro lado da sala, mas a rainha apenas sorri.

— Acredito que tenha pertencido à minha bisavó, a rainha Ghislaine.

A xícara treme sobre o pires, e o chá espirra para fora quando mamãe a abaixa, piscando com força, as bochechas ficando rosa.

— Ah, claro — ela diz, e dá uma risada forçada. — Tolice minha. Não é como se você comprasse coisas na loja de desconto, certo? Eles nem têm lojas de desconto aqui, têm? Elas realmente são...

Eu estico o braço, apertando levemente sua mão, e meus olhos encontram os de Ellie. Ela ainda está um pouco pálida e assente de leve com a cabeça, provavelmente me agradecendo. Quando mamãe começa, é como se uma bomba de tagarelice tivesse explodido.

— Já vi melhores — meu pai diz, estudando a própria xícara com desprezo. Então, ótimo, minha mãe foi tomada pela Tagarelice Nervosa e meu pai está usando a tática Rock Star Confiante. Só levou trinta segundos.

Pela primeira vez, entendo por que talvez Ellie tenha passado tanto tempo mantendo as duas metades de sua vida separadas. Ainda assim, minha lealdade sempre estará com meus pais, não com essas pessoas que só são importantes por causa de uma casualidade no nascimento, e eu me endireito no sofá, sorrindo para a rainha Clara.

— Estou tão feliz de finalmente conhecê-la, Sua Graça — digo, e Ellie pigarreia.

— Sua Majestade — ela corrige e o.k., talvez eu esteja corando um pouco, mas continuo sorrindo.

— Sua Majestade — repito, e a rainha sorri de volta para mim.

— É ótimo finalmente recebê-los — ela diz, cruzando um tornozelo na frente do outro. — Sinto muito por não estar aqui logo que chegaram. Parece que vocês têm se divertido, certo?

Ela dirige essa pergunta a mim, e embora mantenha o sorriso suave, seus olhos de repente se tornam mais... frios, talvez?

Masmorras e decapitações podem não fazer parte do programa, mas aposto que ela gostaria que fizessem.

Glynnis dá um passo à frente, um iPad em uma das mãos e um fichário na outra, e se abaixa para sussurrar algo no ouvido da rainha.

A rainha Clara levanta a mão, dispensando o que ouviu, então faz um gesto para Glynnis entregar o fichário.

A sala fica em silêncio enquanto ela folheia pelo conteúdo, e eu me remexo um pouco no sofá, meus dedos agarrando a saia. Eu quero me virar e olhar para Miles, ainda me perguntando por que ele está aqui. Ele não disse nada, mas me pergunto se está encrencado por ter me levado à boate do Seb ontem à noite. Também me pergunto se Isabel já viu as notícias e no que está pensando.

Fechando o fichário, a rainha Clara dá outro sorriso para mim e meus pais. Suas unhas estão pintadas da mesma cor do sofá em que está sentada, e elas tamborilam no fichário por um momento.

— Que situação — ela diz com uma risada. — Mas assim é a vida com adolescentes, hum?

Ela dirige isso à minha mãe, que se endireita no sofá e dá um tapinha no meu joelho.

— Nossas meninas nunca nos deram trabalho — ela diz, o que, no meu caso, é meio mentira, mas aprecio a lealdade.

O sorriso da rainha Clara fica mais tenso, como se alguém tivesse apertado parafusos nos cantos de sua boca.

— Dado o que ouvi sobre a An Reis, eu diria que Daisy está compensando o tempo perdido — ela diz e meu estômago se revira.

Ellie ainda está sentada naquela cadeira, os dedos entrelaçados sobre um joelho. Alex está ao lado dela, e vejo sua mão se abaixar e apertar de leve o ombro da minha irmã.

— Sinto muito pelo que aconteceu... — começo, mas a rainha afasta minhas palavras como se fossem um mosquito zumbindo em volta de sua cabeça.

— Você deve desculpas para a esposa do meu irmão, não para mim. E, em todo caso, agora temos uma questão muito maior para lidar.

O.k., isso é oficialmente meio idiota. Todos estão agindo como se houvesse fotos de mim e Seb se agarrando no topo do Castelo de Edimburgo ou algo do tipo, em vez de umas imagens borradas minhas saindo de sua boate.

Eu quase digo isso – o.k., ia deixar de fora a parte da pegação – quando Glynnis dá um passo à frente e diz:

— Tenho certeza de que tudo isso parece meio bobo para você, Daisy, mas temos que ter muito cuidado com a ótica agora.

Claro. Ótica.

Digitando em seu iPad, Glynnis continua:

— Qualquer tipo de rumor sobre você e o príncipe Sebastian tem potencial para ofuscar o casamento, além de causar o tipo de fofoca que tentamos evitar.

— Alguém disse isso para o Seb? — não consigo evitar a pergunta, e Glynnis me encara enquanto o sorriso da rainha falha.

— Sebastian entende seu papel, eu garanto — ela diz e é, vou ter muita sorte se sair deste lugar com a cabeça ainda no pescoço.

A rainha Clara acena com a mão para Glynnis.

— Montrose — ela diz, e me pergunto se isso é algum tipo de código para me arrastarem para fora daqui, mas Glynnis só faz que sim, digitando coisas de novo.

— Sim, o duque de Montrose e sua filha, lady Tamsin, devem se juntar a nós durante uma parte do verão. Lady Tamsin é uma garota adorável e nós esperamos que Sebastian goste dela.

Glynnis me dá uma piscadinha nessa hora e eu pisco, confusa.

Mas quando olho para meus pais, eles estão só observando a rainha, os dedos de meu pai firmes em volta da asa de sua xícara.

— Não sei se... — começo, e a rainha Clara me corta.

— Um dos meus filhos vai se casar com uma garota americana de uma família francamente questionável — ela diz com dureza, e vejo Ellie se contrair. A mão de Alex ainda está no ombro dela, mas ele também está rígido, e Miles se vira da janela para observar todos nós.

Minha mãe suspira devagar, mas meu pai só observa a rainha com um olhar que costumava manter arenas lotadas hipnotizadas.

— Eu estaria ofendido se você *não* pensasse que somos questionáveis — ele diz.

A rainha o ignora.

— Eleanor é uma jovem adorável e estamos satisfeitos de tê-la em nossa família — ela continua. — Mas um filho seguindo o próprio coração já é o suficiente. Sebastian pode se casar com quem quiser, mas ele vai escolher uma garota do tipo *certo* de família. Talvez seja lady Tamsin, talvez não, mas a questão é que não pode haver nem o menor indício de que talvez ele esteja se engraçando com sua outra filha, sr. e sra. Winters.

— Se engraçando? — repito. — Eu literalmente só fui tirar minha amiga da boate chique-esquisita dele. E por que estamos falando de casamento se ele só tem dezessete anos?

Os olhos da rainha podem ter o mesmo tom incrível de azul dos filhos, mas eles são duros e frios como safira quando se voltam para mim.

— Eu não espero que você entenda — ela diz. — Mas espero que você fique longe do meu filho.

Levantando as mãos, sento na ponta do sofá.

— Não será um problema, acredite em mim. Eu não quero nada com ele.

Outro sorriso, tão tenso quanto o anterior.

— Então estamos de acordo — ela diz, e espero que sejamos dispensados para que eu possa buscar Isabel no hotel e contar a ela tudo sobre esse caso particular de Loucura Total, mas então a rainha faz outro sinal para Glynnis. — Obviamente nós precisamos matar essa história o mais rápido possível — e Glynnis faz que sim, dando um passo à frente de novo.

— E é aí que o Miles entra — Glynnis diz.

Eu me viro no sofá para olhar para Miles, mas ele está de costas para a janela, fazendo questão de não olhar na minha direção.

— Ele estava lá ontem à noite também, então deve ser fácil deixar claro que você estava com *ele*, não com o Sebastian.

— Ah — digo, me virando de volta e cruzando os tornozelos. — Sim. Quer dizer, isso é verdade, então...

— E assim que as pessoas notarem que vocês estão saindo, essa bagunça toda com Sebastian será uma coisa do passado — Glynnis diz com um sorriso.

— *Saindo?* — Eu não queria que a palavra saísse com um agudo, mas ela sai, provavelmente porque minha boca, ou cérebro, se recusa a contemplar uma ideia dessas.

— De mentira, claro — Glynnis diz com um estalo de dedos. — Algumas fotos de vocês dois juntos, algumas insinuações aqui e ali, e nós retomamos o controle da narrativa.

Mais uma vez, eu me viro para Miles, esperando que ele proteste. Mas ele ainda olha fixamente para a frente, cruzando as mãos na frente, e percebo que ele já sabia disso tudo.

Elas já falaram com ele e ele... *concordou?*

— Isso é loucura — digo. — Eu sei que todo mundo aqui respira um ar rarefeito e tudo mais, mas no mundo real ninguém *finge* namorar ninguém. Quer dizer, no máximo inventar um namorado falso para que suas amigas no acampamento não achem que você é uma lerdona, *isso* acontece, mas...

É a vez de mamãe apertar minha mão, e minhas palavras param devagar enquanto a rainha continua a me olhar.

— É uma solução fácil — ela diz — que me deixaria muito feliz. E tenho certeza de que agradaria sua irmã também.

As palavras são suaves, mas os olhos de Ellie estão implorando, e então eu entendo.

Ela não está ameaçando cancelar o noivado. Eu nem tenho certeza se ela *pode* fazer isso. Alex é um homem adulto, e por mais que elas estejam empurrando Seb para qualquer garota aristocrática que cruze seu caminho, parece nítido que a rainha entende que Alex vai se casar com a mulher que ele ama.

Mas entre insultar a duquesa e sair em fotos de paparazzi com Seb, agora estou ferrada o suficiente para essa ser minha sentença, e se eu não quiser tornar as coisas mais complicadas para Ellie, terei que colaborar.

Meus pais parecem entender também.

— São só umas fotos, querida — minha mãe diz suavemente, e meu pai suspira do meu outro lado.

— Como eu disse, embarque no trem ou seja atropelada no trilho — ele murmura em voz baixa.

Ellie me observa, os nós de seus dedos brancos, e posso ver as sombras roxas sob seus olhos, as maçãs do rosto encovadas. Eu posso não entender nada desse mundo em que minha irmã está entrando, mas ela quer estar nele.

Algumas fotos.

Fingir que estou saindo com um garoto de quem não gosto muito e que também não gosta de mim *ou* da minha família.

Não é tentador, mas também não é a coisa mais difícil do mundo. E uma vez que estiver feito, Ellie estará feliz e segura em seu caminho para ser princesa, e eu posso deixar essa coisa toda – *tudo isso* – para trás.

— Tudo bem — digo. — Com certeza. Vamos namorar de mentira.

E atrás de mim, acho que consigo sentir a careta de Miles.

* * *

Eu já estive em vários *dates* desde que minha mãe decidiu que estava liberado (papai disse que ele não merecia ter uma opinião sobre isso, já que seu passado de estrela do rock foi muito depravado, e nenhuma de nós quis fazer mais perguntas sobre isso, minha mãe inclusive).

Meu primeiro *date* foi no shopping a céu aberto um pouco depois de Perdido. Eu saí com Matt Rivera, mais sete amigos de Matt, mais Isabel, então não tenho *certeza* de que isso conte como um *date*, mas eu definitivamente o tratei como um na minha cabeça, e os três segundos durante os quais a mão dele encostou na minha quando peguei algumas moedas para jogar na fonte mereceram páginas e mais páginas do meu diário. Fui ao cinema com Daniel Funderburke, ao baile do sétimo ano com Heath Levy, passei um verão vagando por vários estacionamentos com Aidan Beck, mais aquela coisa com Emily Gould que eu não achei que fosse um *date* na época, mas, olhando agora, meio que pareceu.

E então, claro, Michael. Vários *dates* com Michel. Bailes na escola, idas ao cinema, dirigir por aí sem rumo...

A questão é, eu acho que tenho uma boa experiência com *dates*, mas isso? Isso é meu primeiro *date* falso, e já sei que não está indo bem.

Para começar, é *cedo*. Quer dizer, absurdamente cedo. Um horário em que as únicas pessoas acordadas estão indo pescar ou possivelmente são viciadas em anfetamina. Enquanto sigo Glynnis pelo pátio, nossos passos altos no ar quieto da manhã, eu estreito os olhos contra o sol, protegendo-os com as mãos.

— Alguém acredita em romantismo a essa hora? — pergunto a Glynnis e ela sorri para mim por cima do ombro.

— A família real sempre monta de manhã cedo — ela diz —, então é quando os fotógrafos aparecem.

Eu paro tão de repente que espalho várias pedrinhas ao redor dos meus tênis.

— Montar? — repito. — Por favor, me diz que você está falando de bicicletas, não de cavalos. Bicicletas não mordiam da última vez que chequei.

Glynnis apenas ri, sacudindo a cabeça. Seu cabelo vermelho-escuro brilha no sol.

— Eu nunca imaginei que você seria tão divertida, Daisy!

— Estou falando super sério — digo enquanto ela continua marchando. É realmente uma pena que Glynnis não use uma pulseira Fitbit, porque ela cumpriria a meta de passos todo dia, provavelmente umas mil vezes.

Suspirando, eu a sigo até o que, agora, noto que são os estábulos. Eu não tinha percebido antes porque eles são tão chiques, com tetos de ardósia e tudo, que presumi ser um lugar em que *humanos* moravam, não cavalos.

Cavalos que agora esperam que eu monte.

— Qual o lance de vocês com cavalos? — pergunto enquanto saímos do sol para os estábulos escuros e com cheiro de grama.

— São nossos parentes — Miles diz, e meus olhos se ajustam o suficiente para que eu possa vê-lo em pé perto de uma das baias. — É por isso que nossos queixos são assim.

Eu quase faço um som de desprezo porque essa seria uma piada decente se ele não tivesse sido abençoado pelos deuses da boa estrutura óssea, e também se eu não o odiasse, mas ele foi abençoado e eu o odeio, então não.

Ele caminha até nós com as mãos nos bolsos, e eu fico aliviada de ver que ele está usando roupas relativamente normais: uma camisa branca, calça jeans e um par de botas de couro marrom. Se tivéssemos que usar aquelas calças brancas superjustas e jaquetas de couro, eu simplesmente deixaria a rainha cancelar o casamento e traria vergonha para minha família. Nada vale ter fotos da minha bunda naquelas calças espalhadas por todos os tabloides.

Estou usando calça jeans e uma das camisas que Glynnis escolheu para mim, uma blusa verde-escura que parece com algo que Ellie usaria. Também estou de botas, mas, posso admitir, bem mais bonitas que as de Miles. O couro em volta da minha batata da perna é tão macio que tenho que me controlar para não passar o tempo todo acariciando minhas próprias pernas.

Nós ficamos apenas parados ali por um segundo: eu, meu namorado falso e a moça orquestrando tudo isso.

Então Glynnis bate palma uma vez e sorri para nós dois.

— Isso é molezinha, facinho, facinho — ela diz e eu pressiono os lábios para não rir. Arrisco uma olhada para Miles, mas ele não está rindo nem um pouco. No máximo parece entediado, mas acho que está acostumado com pessoas que falam como um livro do Dr. Seuss. Eu me lembro daquela menina da boate com a voz ronronante.

Mas então também me lembro de como Miles quebrou as regras do espaço-tempo por um segundo e foi fofo, e isso é tão estranho que afasto o pensamento. Eu provavelmente alucinei com isso, de qualquer forma. Estava tão preocupada com Isa que meu cérebro falhou, deve ter sido isso.

Além disso, ele foi muito babaca no carro, e isso cancela qualquer beleza *e* relacionamento em potencial.

— Tudo que vocês dois precisam fazer é dar uma ou duas voltas no parque, certificando-se de sorrir um para o outro, talvez rir ocasionalmente...

— Quase um amasso para os britânicos — resmungo e, para minha surpresa, isso parece arrancar alguma reação de Miles. Ele não chega a rir, exatamente, mas faz um barulho meio estrangulado, cobrindo-o com uma tosse, e Glynnis olha para nós. Suas sobrancelhas estão especialmente intensas hoje de manhã, então talvez isso importe para ela mais do que eu pensava. Essas sobrancelhas são muito sérias.

— Os fotógrafos tiram algumas fotos, vamos ver se conseguimos alguma outra de vocês dois na noite da boate do Seb e prontinho, tudo certo!

— Só isso? — pergunto, colocando a mão na cintura. — Eles nos veem andando a cavalo e sorrindo e o país inteiro esquece que por um segundo usavam a hashtag "Sebaisy"?

— Isso parece uma doença de pele — Miles diz com uma careta e olha para mim, levantando as sobrancelhas. — Nós teremos uma hashtag, então?

— Maisy ou vsf — respondo, e dessa vez ele realmente sorri. Com dentes e tudo mais.

Ele deve sentir dor ao fazer isso, mas combina com ele.

Então Glynnis faz uma cara tensa, puxando o celular.

— Nós escolhemos "Diles", mas "Maisy" é melhor. Só um segundo.

Enquanto ela digita, eu olho de novo para Miles, e nossos olhares se encontram. Assim como na boate, há uma... vibração entre a gente. Um pequeno momento de sintonia que é estranhamente bom, dado que vem de um cara que eu ainda não tenho certeza se é ou não um saquinho de chá amaldiçoado por uma feiticeira e condenado a viver como um menino de verdade.

— Pronto! — Glynnis diz triunfante enquanto guarda o celular no bolso de sua elegante jaquetinha Chanel. — Vamos em frente?

Eu consigo ouvir os cavalos em suas baias, relinchando, bufando e sendo cavalos. Agora parece um bom momento para contar que nunca montei num cavalo, mas enrolo um pouco.

— Por que estamos fazendo isso pra fotógrafos que já estão lá? — pergunto. — Nós não podemos só ligar pra eles ou algo do tipo? Não é isso que fazem em Hollywood? Podemos ir almoçar, pedir pra tirarem as fotos lá. Um almoço tem menos chances de me aleijar pra sempre. A não ser que você faça aquela coisa com seu rosto — acrescento para Miles. — Não podem me responsabilizar por te aleijar se você fizer aquela coisa com seu rosto.

— Que coisa com meu rosto? — Miles pergunta, fazendo exatamente a coisa. É esse levantar do queixo e tensionar do maxilar que o faz parecer a ponto de oprimir uns camponeses, e eu aponto para ele.

— Isso.

Olhando para mim com raiva, Miles se aproxima um pouco.

— Meu rosto é assim.

— Que infelicidade — digo, e Glynnis bate palmas de novo.

— Certo! — ela diz, animada. — Quanto mais cedo começarmos, mais cedo acaba.

Enquanto Glynnis me guia até a baia, ela diz:

— Para algo delicado assim, é melhor deixarmos os fotógrafos virem até nós em vez do contrário. As coisas parecem muito mais… plausíveis assim. E dado o quanto a situação é sensível, nós queremos plausível.

— O.k., mas não quero cavalos — digo.

Glynnis ri e eu acabo em cima de uma égua cinza chamada Livingston, um nome estranho para um cavalo fêmea, mas eu não quero mencionar isso, caso ela me escute e decida me jogar de cima dela.

Miles acaba com um cavalo preto imenso, porque claro que isso aconteceria, e em alguns minutos nós dois estamos no parque de Holyrood, atrás do palácio, cavalgando como pessoas que se apaixonaram em um comercial de absorvente.

Isso é ridículo.

Mas também é bonito aqui. Se eu ignorar o quão assustador é ter um animal de centenas de quilos embaixo de mim, consigo admitir isso. O céu está azul e quase sem nuvens, e o parque é verde, agradável e quase vazio, exceto por umas poucas pessoas correndo e uma garota passeando com um cachorrinho branco ridiculamente fofo.

E, claro, os fotógrafos. Eu os vejo na beira do parque, três caras que parecem exatamente iguais em seus pulôveres, jeans largos e tênis.

Para esquecer deles, me forço a sorrir para Miles e dizer:

— Esse é um primeiro *date* normal pra você, então?

Ele se senta na sela com muito mais facilidade que eu, apenas enrolando as rédeas nas mãos enquanto eu estou agarrando as minhas com tanta força que os nós dos meus dedos estão brancos.

— Na verdade, esse é nosso quarto *date*, se você contar a vez que te levei até seu quarto, a corrida e a outra noite na boate — ele diz, e eu me endireito na sela.

— Se contarmos esses, você é o pior namorado da história.

— Não é a primeira vez que ouço isso — ele diz, e eu viro a cabeça para olhá-lo.

— Você já namorou? — pergunto. — Uma humana?

Sacudindo a cabeça, Miles passa as rédeas de uma mão para a outra.

— Vamos guardar isso para nosso quinto *date*, que tal?

Seu cavalo trota um pouco, e dou um leve toque de calcanhares na minha para fazê-la alcançá-lo. Para meu alívio, ela consegue, e tento não pensar quanta falta de jeito aquelas câmeras estão captando quando me ajeito ao lado de Miles.

— Vai ter um quinto? — pergunto. — Nós não podemos só... fazer esse e pronto?

Miles olha para mim, o cabelo claro caindo por cima das sobrancelhas, e os olhos estão particularmente verdes nesta manhã. Talvez Glynnis tenha escolhido o parque porque é onde ele fica mais bonito. Quem sabe?

— Imagino que eles nos queiram juntos no baile — ele diz, um sorriso largo para os fotógrafos.

— Baile? — repito com o mesmo sorriso reluzente, complementando com uma inclinadinha de cabeça. Esse é um trabalho excelente, e é melhor que ele ganhe pelo menos uma primeira página. Eu não mostro tantos dentes há *séculos*.

— Nós vamos para o norte depois de amanhã — ele responde com uma pequena risada enquanto se inclina para cobrir minha mão com a sua por um segundo. — Pra Casa Baird. Vai ter um baile para Eleanor e Alex e, se Glynnis não nos fizer vender essa coisa lá, eu como essa sela.

— Ahhh, você poderia engasgar, e isso seria *tão* divertido! — digo, jogando meus cabelos por cima dos ombros.

Outra risada, e juro que há um calor genuíno nos olhos dele agora. Quase me faz imaginar se ele já fez esse tipo de coisa antes.

Há uma repentina tempestade de latidos à minha direita, e percebo que o cachorrinho branco fofo que eu tinha visto antes está correndo pelo parque, cheio de instinto assassino por causa de uma revoada de pássaros bem na nossa frente.

É um cachorro bem inofensivo, mas Livingston não acha o mesmo. De repente, minha égua, até então gentil e superdesencanada, estremece, dando patadas na terra, e quando o cachorro se aproxima, meu cavalo enlouquece completamente, relinchando de pânico e levantando as patas da frente do chão.

Gritando, entro em pânico, e em vez de agarrar as rédeas, afundo os dedos em sua crina, me segurando como se minha vida dependesse disso, o mundo inteiro virando uma névoa de latidos, relinchos, meus próprios gritos e a visão das futuras manchetes que dizem "IRMÃ DA FUTURA PRINCESA MORTA EM ACIDENTE DE CAVALO EM UM *DATE* FALSO!"

Então Livingston baixa as patas de volta para o chão, ainda chutando e tremendo, e vejo a mão de alguém com dedos longos agarrar as rédeas dela.

Miles.

Seu cavalo está ao lado do meu, nossos joelhos se chocando enquanto ele tenta controlar Livingston, e eu consigo soltar a crina dela, minhas mãos tremendo para pegar as rédeas, a sela, qualquer coisa.

Eu quero sair desse cavalo *agora*.

E, de repente, eu *saio*.

Um braço forte envolve minha cintura, e sou puxada para o cavalo do Miles, meu traseiro colidindo dolorosamente com a sela.

Assustada, eu olho para ele, minhas mãos pousando em seus ombros. Estou basicamente jogada na frente dele, a frente da sela pressionada contra meu quadril e puta merda, ele acabou de *me puxar do meu cavalo para o dele?*

Sim.

Um negócio realmente de novela, e eu não tenho ideia de como me sinto sobre isso.

Miles ainda está com um braço em volta de mim, sua mão segurando a rédea do próprio cavalo, e então ele se inclina para pegar as rédeas de Livingston.

— Tudo bem aí? — ele pergunta como se não tivesse acabado de fazer uma manobra elaborada de pirata, e eu só consigo fazer que sim com a cabeça.

Acho que é suficiente, porque ele vira os dois cavalos e nos leva de volta aos estábulos.

Eu ainda estou segurando seus ombros – agarrando, na verdade – e, atrás dele, posso ver os fotógrafos, quase consigo ouvir os cliques enquanto eles tiram milhares de fotos de mim pendurada na frente do cavalo de Miles, meus braços em volta dele.

Olhando seu queixo de baixo, estudo os pequenos pontos de barba dourada e tento pensar em algo para dizer. Meu coração ainda está martelando contra minhas costelas por conta do ataque de Livingston, mas, para ser sincera, é um pouco mais do que isso.

— Glynnis vai implodir de alegria — finalmente digo, e Miles solta algo parecido com uma risada.

— Um já foi — ele murmura e eu preciso admitir, quando se trata de primeiros ou quartos *dates*, esse certamente é memorável.

CAPÍTULO 25

— **Ninguém espera que eu** atire em coisas, certo? — pergunto, provavelmente pela terceira vez.

El, sentada na minha frente na parte de trás do carro, suspira e cruza as pernas na altura do tornozelo. Desde que o carro saiu do Palácio de Holyrood e nos levou para as Terras Altas, Ellie tem me dado O Suspiro, O Olhar de Esguelha e um *toque* do Queixo Para Trás.

O que é ridículo, dado que estou fingindo namorar um cara por ela, então você imaginaria que ela estaria um pouco menos irritada comigo. Especialmente porque eu estava certa – aquelas fotos de Miles me carregando em seu cavalo como se fosse um romance de Jane Austen funcionaram muito, muito bem. Já vi uns cinco ângulos diferentes dessa foto, e até tive que admitir que ficaram românticas. A coisa mais falsa já fingida no mundo, mas ainda assim.

— Sem tiros, Daisy — Alex me garante, dando um tapinha no joelho de El. — A temporada só começa em agosto, e nem eu posso quebrar essa regra.

— O que aconteceria se você quebrasse? — pergunto, inclinando-me um pouco para a frente. — Eles prenderiam você? Existe algum tipo de imunidade real? Se...

— Daisy! — El dispara de repente, virando a cabeça para me fuzilar. — É uma viagem de quatro horas, e se você fizer perguntas idiotas o caminho inteiro, vou ficar louca.

Jogando as mãos para o alto, eu me acomodo em minha cadeira de novo.

— Desculpa — resmungo e Alex franze a testa um pouco, olhando de mim para minha irmã. Ele deve ter tido essas briguinhas com Seb e Flora quando eram mais novos, e eu quase pergunto isso a ele antes de lembrar que não devo fazer perguntas. Tudo que El queria era que eu mostrasse algum interesse por tudo isso, e agora que estou interessada, ela quer que eu fique quieta.

Típico.

E também, para ser sincera, achei que um pouco de conversa amigável ajudaria a dissipar a tensão que vem surgindo. Pensei que seguir o plano "do palácio" deixaria Ellie feliz, mas isso claramente não é o suficiente, e preciso me controlar para não começar uma discussão com ela por conta disso. É só que... Eu abri mão da Casa Winchester por ela, abri mão da KeyCon, abri mão da minha própria dignidade depois do Acidente do Cavalo e ela *ainda* está agindo como se fosse tudo minha culpa, de alguma forma.

Mas brigar na frente de Alex seria ruim, então decido ser a melhor pessoa.

Minha bolsa está ao meu lado no banco e a puxo para perto de mim, ainda impressionada com a maciez do couro. Isso foi uma das exigências de Glynnis, que eu parasse de carregar minha mochila velha e usasse algo melhor, caso houvesse fotógrafos. Eu queria me opor por princípio, mas então ela me deu essa bolsa linda, toda macia e cara, com detalhes em um maravilhoso xadrez verde e roxo e um emblema de flor bordado na frente e ah, fui vencida.

Eu tiro *Retrato de uma senhora* da bolsa e Alex sorri, apontando para o livro nas minhas mãos com a cabeça.

— Henry James? Eu aprovo.

É leitura obrigatória no colégio, e preferiria de verdade estar lendo algo com dragões, mas devolvo o sorriso de Alex, sacudindo o livro em sua direção.

— Você conhece a família Winters, sempre tentando nos aprimorar.

— O que isso quer dizer? — Ellie se endireita em seu lugar, o cabelo caindo sobre os ombros, tão tensos que você provavelmente poderia quebrar pedras neles.

— Era uma piada — atiro de volta e consigo sentir Alex se preparando para um drama fraternal. Mas ele é um diplomata nato, o que deve ser uma habilidade útil nesse caso, porque ele só pigarreia e diz:

— Eleanor te contou alguma coisa sobre o lugar para onde vamos, Daisy?

— Norte — respondo, apontando com a mão. — Montanhas. Kilts. Vacas especiais.

El ainda olha pela janela, mas o canto de sua boca se levanta, e Alex ri.

— É o principal, sim. Mas a casa pra onde vamos é muito especial para minha família, especialmente porque é *nossa*.

Eu baixo o livro e levanto as sobrancelhas para ele.

— Diferente de Holyrood, certo?

Alex confirma.

— Exatamente. Lugares como Holyrood e o Castelo de Edimburgo pertencem ao povo da Escócia. Nós moramos neles, claro, mas somos apenas inquilinos. A Casa Baird é propriedade privada. Meu bisavô Alexander a comprou nos anos 1930, para que a família tivesse um retiro, um lugar em que pudessem se sentir como pessoas normais.

— O Petit Trianon — solto, e agora é a vez de Alex erguer as sobrancelhas.

Ellie olha para mim e eu dou de ombros.

— Eu tive uma fase Maria Antonieta — explico. — Não a parte do "deixe que comam brioche", o que ela nunca disse, aliás, mas só... vocês sabem, a história toda e tal. O Petit Trianon era a pequena casa que Maria usava perto de Versalhes e podia fingir ser uma pessoa normal. Ordenhar cabras, alimentar ovelhas, fazer seja lá o que ela pensasse que camponeses faziam.

Alex engole uma risada, transformando-a na tosse mais falsa que já ouvi.

— Bem, sim, mas prometo que não vamos fingir que somos camponeses.

— Vocês usam kilts? — pergunto, e Alex faz que sim.

— Não nos deixariam entrar nas Terras Altas se não usássemos.

— Então acho que está bom — digo, dando de ombros, e Alex sorri para mim. É um sorriso sincero, do tipo que não ganho dele, ou de El, com muita frequência, e é legal. Outra lembrança de que sem toda essa coisa estranha de realeza, Alex é um cara legal que faz minha irmã feliz e parece gostar de mim.

O carro continua seguindo para o norte, e por mais que eu tente ler meu livro, não consigo parar de olhar pela janela conforme a paisagem muda. Durante a primeira parte da viagem, é tudo bem normal. Estradas, placas de trânsito, lanchonetes. Mas, por fim, as colinas ficam mais altas e rochosas. Tem até um pouco de neve no topo das montanhas mais altas, e antes que me dê conta, me vejo praticamente pressionando o nariz contra a janela. Agora sim, *isso* é a Escócia que eu estava esperando. Quando visitamos da outra vez, fomos apenas para as cidades. Edimburgo, Glasgow... Eu nunca tinha visto as verdadeiras Terras Altas.

Não demora muito para o carro começar a desacelerar, sacudindo por um caminho de pedrinhas e, quando viramos a esquina, uma casa aparece.

O carro freia, e eu observo o prédio em frente. Sei que Alex disse ser uma propriedade privada, mas ainda não estava esperando algo tão... caseiro.

O que não quer dizer que seja uma casa normal, claro. É imensa, com tijolos vermelhos, e um caminho de pedrinhas e tudo mais, mas não é tão pomposa quanto o Castelo de Sherbourne ou Holyrood, nem tão intimidante quanto o hotel onde ficamos em Edimburgo. E parece muito mais isolada do que todos esses lugares, enfiada assim nas Terras Altas.

Pela primeira vez desde que cheguei aqui, sinto que posso respirar um pouco, e respiro fundo. Sim, é exatamente disso que preciso. De que *todos* nós precisamos. Uma chance de nos conhecermos em um ambiente menos intimidante, sem distrações.

Então saio do carro e vejo que outras Land Rovers estão ali, e os Rebeldes Reais estão saindo delas.

O.k., *algumas* distrações, então.

Eu não vejo os Rebeldes Reais desde a livraria e a boate, e agora estão se empurrando pelos ombros enquanto Seb e seus garotos entram na casa.

Miles fica um pouco para trás, olhando para mim.

Eu olho de volta, pensando se deveríamos fingir aqui também. Sei que temos o baile mais tarde nesta semana – por mais que eu esteja tentando não pensar nisso –, mas com certeza isso não significa que precisamos, tipo, dar as mãos e coisa assim?

Para meu alívio, Miles segue os outros para dentro, e começo a ir na mesma direção quando outro carro estaciona, mais bonito e elegante que as Land Rovers que trouxeram os meninos. Eu sei que não são meus pais – eles vão passar mais uns dias em Edimburgo antes de virem para o baile –, mas, ainda assim, não estou preparada para as meninas que saem do banco de trás.

Elas são, sem dúvida, as pessoas mais bonitas que eu já vi na minha vida.

Uma delas é alta, seu cabelo escuro caindo, brilhante, sobre seus ombros enquanto carrega uma mala de couro maravilhosa e coloca os óculos de sol na cabeça. Ela está usando só calça jeans, botas e um suéter – desculpa, uma *malha* –, mas com certeza poderia estar em alguma passarela por aí, com suas pernas longas e elegância natural.

A outra garota?

Princesa Flora.

Eu já a tinha visto antes, claro, on-line e em revistas, mas isso não me prepara para o quão linda ela é ao vivo. Acho que eu não deveria ficar surpresa, dado o quanto fiquei abalada com Seb, mas ainda assim, eu não tinha ideia de que ela era bonita *assim*. Ela é mais baixa que a outra garota e mais curvilínea, seu cabelo de um dourado escuro que mal toca seus ombros e, quando ela vê Alex, joga a mala no chão e dá um gritinho que é bem pouco principesco.

— Ali! — ela grita, atirando-se no irmão, que ri e a aperta de volta, girando-a no ar.

Ellie está parada ao meu lado, de braços cruzados. Seus óculos de sol são grandes demais para conseguir ler sua expressão, mas a linguagem corporal dela é... rígida? Desconfortável?

E quando Alex solta Flora, eu entendo.

Os olhos da princesa mal notam minha irmã e eu, então ela se vira sobre o ombro e diz:

— Tam! Vamos entrar antes da chuva começar.

O céu está perfeitamente limpo, um azul quase doloroso com apenas algumas nuvens brancas e fofas flutuando por aí. Quando Flora e "Tam" – que eu percebo rapidamente que deve ser a lady Tamsin que a rainha quer tanto jogar para cima do Seb – passam por nós e entram na casa, olho para El com os olhos arregalados.

— Meu Deus, nós acabamos de levar um gelo.

— Daisy — Ellie diz, mas eu aponto para onde as garotas desapareceram dentro da casa.

— Você não leu Jane Austen o suficiente para ver o que acabou de acontecer? — pergunto. — Ela sempre te trata assim?

— Flora pode ser difícil — Alex diz, passando um braço pela cintura de Ellie. — Mas ela vai se acostumar.

Embora ainda esteja usando seus óculos de sol, sinto que El está me olhando por um segundo antes que Alex a guie na direção dos degraus de pedra que levam à casa.

Eu fico ali enquanto os motoristas começam a tirar nossas malas do carro. Seb, um lixo humano, a rainha, uma rainha do gelo quase literal, manobrando seus filhos em casamentos políticos, e Flora, uma vaca total. O que mais Ellie não me contou sobre essa família?

* * *

Trinta minutos mais tarde, estou acomodada em um quarto não muito diferente do que eu tinha em Sherbourne – superchique, cheio de coisas velhas e congelante. Ah, e cheio de xadrez. Minha colcha é xadrez, o dossel é xadrez, até o tapete parece ter uma estampa xadrez desbotada, e se eu conseguir dormir aqui todas essas noites *sem* ter uma enxaqueca, será uma vitória.

Daqui a alguns minutos, devo descer para o chá, mas antes disso, preciso fazer uma coisa.

Jogando-me na cama, pego o notebook e ligo o Skype.

Depois de alguns minutos, o rosto de Isabel aparece na tela e acho que chego a dar um suspiro de alívio.

— Aí está você!

Não é que eu tenha ficado preocupada que Isa pudesse estar brava comigo por tudo que aconteceu enquanto ela estava aqui, mas parte de mim se perguntou se ela não gostaria de uma pausa de todas as coisas escocesas (e, por tabela, eu). Ela parecia bem ansiosa para ir para casa na semana passada.

Mas não, ela está sorrindo em seu quarto, sentada no chão ao lado da cama. Consigo ver a ponta do lençol, rosa-choque com pequenas flores amarelas. Ela os comprou na seção de crianças da Target porque "todas as coisas de adulto são chatas".

— Onde mais eu estaria? — ela pergunta, levantando uma lata de coca-cola zero para dar um gole.

— Eu não sei. Longe de qualquer coisa da realeza? Sei que a viagem não foi exatamente como você imaginou.

Ela suspira, tirando seu pesado cabelo preto da cara.

— Tipo, eu achei que seria superdivertido e emocionante, mas em vez disso foi só meio... chato? Os guardas, os fotógrafos e, claro, Sebastian.

Eu levanto as sobrancelhas.
— É, eu entendi.
Dando de ombros, Isa se encosta na cama.
— Ele foi estranho. Senti que ele estava agindo como a pessoa que pensa que precisa ser, mas não quem ele realmente é, sabe?

Sei. Ellie começou a fazer a mesma coisa, às vezes. Eu me lembro de como ela falou com as pessoas na corrida, o sorriso falso, a maneira como inclinava a cabeça para baixo sempre que estava falando com alguém, com uma expressão compenetrada que sempre vejo Alex fazendo.

Então faço que sim e digo:
— Eles são todos estranhos.
— Até o Miles? — ela pergunta, uma covinha aparecendo enquanto me zoa.
— Claro que você viu aquilo — digo com um suspiro, e ela estende o braço, dando um tapinha na tela do computador como se fosse minha cabeça.
— Não acredito que você não me contou! — ela diz e, por um momento, eu hesito. Digo a Isa que não é real? Que tudo isso é, na verdade, por causa do que aconteceu na noite que ela saiu com Seb?

Eu quero contar, mas não quero que Isabel se preocupe, e a verdade é que estou um pouco envergonhada. Só estou aqui há umas semanas e já estou fingindo um relacionamento para agradar "o palácio". Isso... não pega bem.

Eu dou de ombros.
— Nada de mais, só uma coisa de verão. — E então, porque preciso mudar de assunto, pergunto: — Algo de novo com Ben?

— Argh, eu não quero falar dele — ela grunhe e, embora a gente definitivamente precise falar sobre isso em algum momento, agora eu liguei por outro motivo.

— O.k., então se você não estiver com muita alergia dos blogs sobre a realeza, você acha que poderia me fazer um favor?

— Aaaahh, reconhecimento? — Isabel pergunta, arregalando os olhos escuros. — Eu gosto disso.

Eu baixo a voz.

— A princesa Flora está aqui — conto — e ela... não é exatamente uma grande fã minha ou da Ellie. Eu não quero ser pega procurando coisas sobre ela, então você poderia...

— Descobrir como ela é e mandar relatórios criptografados por e-mail? — Isabel termina e dou uma risada.

— Calma, Jason Bourne — respondo. — Só... veja o que você acha e me mande por e-mail. Eu quero sua opinião, não só um monte de links.

Isa faz uma pequena continência.

— Entendido — ela anuncia. — Quando eu terminar, você estará *mais* do que preparada para a visita dela.

Eu rio, nós desligamos e começo a desfazer as malas. E como previsto, Isa me mandou, em meia hora, um resumo importante sobre Flora.

Na verdade, não é nada muito diferente do que eu esperava. Como Seb, ela pode sair um pouco do controle, mas *diferente* de Seb, suas aventuras acabaram nos tabloides. Ela também acabou de ser expulsa da escola, o que talvez explique seu comportamento. Há também uma longa lista de ex-namorados.

Então eu chego à última linha do reconhecimento de Isa:

E, só pra você saber, Dais, um desses ex? Miles.

Princesa Flora: uma conversa íntima

Ela é mais difícil de achar do que seus irmãos famosos, mas a Princesa Flora da Escócia, que atualmente frequenta uma escola de elite só para meninas na Ilha de Skye, não é menos comentada. Segundo fontes, Flora é a verdadeira selvagem da família, um título que ela despreza com um sorriso quando sentamos em uma cafeteria perto do apartamento que mantém em Edimburgo. Ela está em casa para umas férias antes de voltar para sua (não nomeada, a pedido do palácio) escola, e está ansiosa para um verão "com amigos, provavelmente. Em algum lugar tranquilo". Ela me diz que se acostumou com a solidão em Skye, e que "definitivamente foi um tônico para a alma".

Sim, a garota que estamos acostumados a ver na primeira fila de desfiles em Milão, Nova York e Paris (e em baladas em Mônaco, Marrakesh e Zurique) está se tornando caseira. "Eu até comecei a tricotar!" ela ri, revirando aqueles extraordinários olhos cor de mel – poderíamos dizer dourados? – que ela herdou de seu famoso avô.

Um assunto que Flora não gosta de falar, no entanto, é o noivado de seu irmão mais velho, Alexander, com a srta. Eleanor Winters da Flórida.

"Só não tenho muito a dizer", ela solta quando pressionada. "Só vi a Eleanor algumas vezes. Tenho certeza de que ela será uma linda noiva."

Palavras gentis, mas nos fazem pensar que os rumores de que Flora não está exatamente feliz com a futura esposa americana (e plebeia) do irmão são verdadeiros.

De qualquer forma, é uma Princesa Flora mais gentil e suave que sai do café, seus guarda-costas atrás, uma leve chuva de verão caindo sobre sua — o que mais? — sombrinha estampada no xadrez da família Baird.

* Nota do Editor: Duas semanas após essa entrevista, a Princesa Flora subitamente se desligou de seu internato em Skye por insistência da escola. Nem a escola, nem o palácio comentaram o assunto, exceto para dizer que é um "assunto privado", e que fofocas envolvendo a princesa, o filho do diretor e um incêndio em uma destilaria local são "maldosos e sem fundamento".

("Princesa Flora: uma conversa íntima", *Prattle*, edição de maio)

CAPÍTULO 26

A manhã do baile é o primeiro dia realmente feio que tivemos, em termos de clima, desde que cheguei na Escócia. O céu está repleto de nuvens, a chuva bate nas janelas e parece haver estrondos de trovões a cada três segundos.

Honestamente, parece um mau sinal.

Estamos todos sentados na sala de jantar, tomando o café da manhã, e embora Ellie tenha dito que essa é a sala de jantar menor e mais informal, ainda é gigante, e cabem pelo menos cinquenta pessoas na mesa – feita de carvalho pesado, arranhada em alguns lugares, e eu consigo imaginar chefes tribais das Terras Altas sentados ali enfiando suas facas na mesa para reforçar um argumento. Cervos mortos nos encaram com seus olhos apagados, e os ovos no meu prato parecem pouco apetitosos.

Talvez porque eles estejam ao lado de algo que parece carvão.

Eu o cutuco, tentando não fazer uma careta.

— Chouriço.

Levantando o olhar, vejo que Miles está sentado na minha frente e, enquanto ele coloca um guardanapo no colo, penso novamente nele e Flora. Eu não perguntei a ele sobre nada disso – isso é algo para namorados *de verdade*, não de mentira – mas tenho que admitir que ainda estou... o.k., talvez curiosa seja uma palavra forte, mas eu realmente queria saber o que aconteceu ali.

Em vez disso, pergunto sobre o chouriço.

— Eu quero mesmo saber do que é feito?

— De jeito nenhum — ele responde e eu suspiro, empurrando-o para a borda do meu prato.

—Ah, para com isso, Monters — Gilly diz, cortando seu próprio chouriço. — Não a assuste. Faz bem para você. — Ele dá uma piscadinha. — Põe pelos no seu peito.

— Exatamente o que sempre quis — respondo, e Gilly ri. Ele está sentado ao lado de Sherbet. Spiffy e Dons ainda não apareceram, e Alex e Ellie estão sentados na ponta da mesa, perto um do outro, conversando e ignorando o restante de nós.

— Então — Gilly diz quando seu prato de chouriço acaba. — Flora.

Do outro lado da mesa, Miles fica subitamente muito interessado em sua torrada.

— Flora — Sherbet confirma.

— Deve animar as coisas, pelo menos — Gilly diz. — Ela faz isso.

Sherbet desdenha.

— Da última vez que Flora *animou* uma festa, uma armadura foi parar na fonte.

Gilly dá um suspiro, seu olhar distante.

— Era um dos meus ancestrais. Pensei que meus pais fossem chorar.

Miles ainda está muito concentrado em seu café da manhã, e eu puxo um pedaço de casca da minha torrada, olhando para ele.

— Então, o baile — digo e ele suspira, sem tirar os olhos de seus cogumelos. Sinceramente, cogumelos no café da manhã? Quem faz isso?

— O baile — ele confirma e eu olho para Gilly e Sherbet, que ainda estão conversando entre si. Eu me pergunto se eles sabem sobre Miles e eu, se sabem que não é real, ou se devemos fingir até para eles.

Por segurança, pergunto:

— Você vai usar um kilt?

Miles finalmente levanta o rosto e apoia o garfo.

— Eu vou, sim.

Faço que sim, mastigando meu pedaço de torrada.

— Posso te zoar por isso?

— Eu poderia te impedir? — ele pergunta, mas não soa irritado ou bravo. Só... relaxado. Normal. Então ele pigarreia e entrelaça os dedos sobre a mesa.

— Eu pude conversar um pouco com seus pais ontem à noite, quando eles chegaram — ele começa e meus ombros sobem um pouco, toda a vaga amizade que eu vinha sentindo desaparecendo.

Meus pais chegaram ontem à noite, bem a tempo do baile, mas eu já estava no meu quarto. Eles foram dar oi, claro, mas não sabia que tinham passado tempo com Miles.

— Eles são... muito agradáveis — Miles continua, e agora ele está olhando para o prato de novo, remexendo-se na cadeira. — E engraçados — ele acrescenta. — E...

— Não são o tipo de pessoa que chamaria os paparazzi em cima da filha? — completo, e ele finalmente levanta o rosto.

— Nem um pouco — Miles confirma, o que meio que me surpreende. Eu estava certa de que ele se defenderia de um jeito complicado, fazendo questão de apontar o quanto todos nós somos bregas. O que um cavaleiro ordenado como ele *deveria* pensar?

Em vez disso, ele só olha nos meus olhos e diz:

— Desculpa. Eu estava errado. Colossalmente errado, na verdade.

Eu pisco para ele, sentindo-me da mesma forma quando, na boate, fui apresentada ao Miles Gato. Esse é o Miles Culpado, que é igualmente desconcertante, e levo um segundo para sacudir a cabeça e resmungar:

— Tudo bem.

Suspirando, Miles pega seu garfo e continua a mexer os ovos pelo prato.

— Não está tudo bem, na verdade. Foi um dos valetes de Seb, que trabalhou durante anos no palácio. Eles se livraram do cara, óbvio. De qualquer forma, de verdade, eu sinto muito — Miles diz de novo. — Fui um babaca sem perdão nessa história toda, especialmente quando a ligação veio de dentro da casa, como aconteceu.

— Pra ser sincera, você é um babaca sem perdão em muitos casos — digo e Miles sorri, concordando com um aceno de cabeça, o que me faz rir.

Eeeeee então eu levanto o rosto e vejo Ellie nos observando, as sobrancelhas franzidas, seus sensores de irmã mais velha claramente em alerta. Eu saio da mesa, abaixando a cabeça e fazendo meu cabelo cair sobre o rosto. E quando ela me chama, em voz baixa, mas urgente, finjo um caso súbito de surdez.

Eu passo o resto do dia enfiada no meu quarto, tentando não pensar muito no que vem à noite. A rainha vai chegar hoje à tarde, e eu estava definitivamente tentando ficar fora do caminho dela depois do nosso último *date*. Fiz o que ela pediu, claro, mas parecia mais esperto manter a cabeça baixa.

A chuva para lá pela tarde, e quando Glynnis entra para me ajudar a me arrumar, estou olhando pela janela, apreciando a forma como a luz se move pelas colinas, como nunca é a mesma, mudando a cada minuto, e eu queria ser boa em pintura ou fotografia para poder capturá-la de alguma forma. Talvez seja algo que possa tentar? As fotos no meu celular não fazem justiça à paisagem, então decido só aproveitar.

— Contando carneirinhos? — Glynnis pergunta, sorrindo para mim enquanto pendura o porta-terno na porta do meu guarda-roupa

— Literal ou figurativamente? — pergunto, e quando ela faz uma cara confusa, gesticulo com a mão. — Piada de ovelhas. Entendi. O que é isso?

Glynnis sorri para mim, aqueles dentes brilhantes praticamente reluzindo no sol.

— Seu vestido de hoje! Acabou de chegar da cidade.

Eu presumo que a cidade seja Edimburgo, e quando Glynnis abre a bolsa, vejo aquele vestido xadrez maravilhoso no qual fiquei babando naquele catálogo que Glynnis nos mostrou no dia em que ganhei meu look novo e melhorado.

El se lembrou.

Parece bobo ficar emocionada por causa de um vestido, mas esse vestido é muito, *muito* lindo, e significa que El ainda me escuta um pouco. Ainda me *vê*.

— É perfeito — digo a Glynnis.

* * *

Algumas horas depois, estou repensando essa afirmação. Sim, o vestido é lindo. Sim, aquela batalha de verde-escuro, roxo e preto fica bonito com meu cabelo e faz minha pele brilhar. Sim, eu me sinto um pouco como uma princesa e o.k., talvez logo que eu tenha vestido eu tenha ficado girando sozinha.

Mas só um *pouquinho*.

Mas depois de uma hora dentro dele em um salão de baile lotado, o tule por baixo da saia de seda pinica minhas pernas, e fico puxando o corpete para cima, com medo que meus peitos famosos no Facebook pulem e roubem os holofotes. Além disso, El me deixou pegar uma tiara emprestada, e ela está *me matando*. Pesada demais, apertada nas têmporas, e estou muito consciente do fato de ter milhares de dólares e centenas de anos de história sobre minha cabeça. A tiara foi de alguma ancestral de Alex, ninguém muito importante — a mãe de Alex cuida com mão firme de tudo que realmente importa, as joias famosas e tudo mais, mas essa foi de alguma tia do rei, ou algo assim, e me pergunto se há um retrato dela no Castelo de Sherbourne.

E se ela queria jogar essa tiara em particular de cima da torre mais alta.

Estou no pátio de pedras que dá para o pátio principal lá embaixo, considerando seriamente atirar essa coisa de prata, diamantes e ametistas no lago quando ouço meu pai dizer:

— Ah, Deus, eles pegaram você também.

Eu me viro, sorrindo para ele.

— Na verdade, eu estava pensando em jogar essa tiara inestimável no lago — respondo, e ele levanta a taça de champanhe cheia de água com gás.

— Minha garota.

Ele caminha até o meu lado e, por um momento, nós ficamos ali, no fim de entardecer lilás, vendo a festa lá embaixo.

Ellie também está de xadrez hoje, embora o dela seja a padronagem oficial dos Baird. É bonito, e os diamantes em seu cabelo brilham. Mais uma vez, fica claro para mim que El nasceu para ser uma princesa.

— Eles vão devorá-la viva, essas pessoas — meu pai reflete, fazendo um gesto com a mão livre, abrangendo todas as pessoas no pátio abaixo de nós.

— Não sei, pai — digo, aproximando-me o suficiente para cutucar o cotovelo dele. — Eles não parecem canibais pra mim.

Ele me olha de cima, aquele sorriso familiar puxando os cantos de sua boca. Ele tem covinhas profundas, e a brisa afasta seu cabelo bagunçado do rosto.

Enlaçando o braço dele com o meu, eu aponto para as pessoas lá embaixo com a cabeça, seus vestidos chiques e acessórios de cabeça esquisitos.

— Eles aprenderão a amá-la. Todo mundo ama El. É... tipo, o superpoder dela. Ser intensamente agradável. Isso e ter o cabelo muito brilhante.

— Ela tinha esse cabelo desde bebê — ele diz com a testa franzida. — Era perturbador.

Eu rio, mas deve soar estranho, porque ele me olha de cima.

— E você, boneca? Como está lidando com toda essa loucura?

Meu pai sempre foi bom em perceber quando as coisas me incomodam, talvez porque eu tenha herdado a habilidade dele de rir das coisas e fazer piadas para disfarçar. Funciona com a mamãe e normalmente funciona com El também, mas com ele... não, ele sempre me pega.

— Estou bem — digo, porque é quase verdade. Às vezes eu me divirto, outras vezes eu *amo* estar aqui. Estranhamente, a primeira coisa que penso é na outra manhã, cavalgando no parque com Miles, e afasto o pensamento, mas não rápido o suficiente para evitar que meu pescoço fique vermelho. Meu pai provavelmente percebe – ele percebe *tudo* –, mas não diz nada.

— É como estar em outro planeta — digo, e ele ri.

— Sim — ele me diz. — Planeta dos Ricos e Famosos. O ar é mais rarefeito aqui, e acaba ficando impossível de respirar.

Então ele sorri para mim e diz:

— Mas vocês duas ficarão bem. Vocês têm algo que eu não tinha.

Eu levanto as sobrancelhas, esperando pela piada.

E como esperado, ele me cutuca, dá uma piscadinha e diz:

— Bons pais.

Eu rio, e meu pai olha para seu copo vazio.

— Vou pegar um refil, você precisa de alguma coisa?

Quando sacudo a cabeça, ele me dá outra piscada.

— Não jogue nenhuma joia no lixo sem mim, querida.

Ele volta para dentro e sorrio enquanto o vejo entrar. Senti falta de ter meus pais por perto, um sentimento que pode me fazer perder a carteirinha de adolescente, mas é verdade. Não importa o quão vergonhoso meu pai possa ser e o quanto minha mãe possa ser distraída: eles nos amam. É fácil estar perto deles, e eles sempre só quiseram que fôssemos saudáveis e felizes. Nesse sentido, temos muito mais sorte que a realeza.

Suspirando, eu me viro para sair da varanda. Ainda não está escuro – não vai estar até perto das 23 horas –, mas a luz é muito bonita, toda suave e dourada, com as bordas lavanda e as colinas em um tom de verde-escuro contra o céu. Também está gelado, o suficiente para que eu deseje ter um xale ou coisa assim.

— Aí está você — escuto, e quando me viro, vejo Miles saindo pelas portas e vindo na minha direção, e ele está só... muito...

— Uau — finalmente digo.

Ele está de fato usando um kilt, mas não sinto nenhuma vontade de fazer graça disso. É do mesmo xadrez do meu vestido, roxo, verde e preto, e ele está usando uma gravata-borboleta combinando, uma camisa branca e um blazer preto incrível. Mesmo aquelas meias que os homens usam com os kilt não parecem idiotas nele, e quando olho para baixo, eu noto...

— Isso é uma faca? — pergunto, apontando para o cabo de couro na borda da sua meia, e Miles olha para baixo.

— Hmmm? Ah, sim, é parte do visual. Se chama *sgian-dubh* e é...

Eu levanto a mão.

— Não. Sem história esta noite — digo e, para minha surpresa, ele ri, uma covinha surgindo em sua bochecha. Seu cabelo cacheado está arrumado essa noite, mas ainda há cachos em volta de suas orelhas e ele está... agradável.

Mais que agradável, mas não estou disposta a admitir isso agora.

— Sem história — ele concorda e então estende a mão. — Mas que tal dançarmos?

CAPÍTULO 27

O salão de baile está lotado quando entramos, minha mão na curva do braço de Miles e, por um momento, eu observo as saias em movimento.

— É só... tanto xadrez — murmuro, e Miles faz aquele som abafado que, para ele, quase parece com uma risada.

— Como vocês não ficam com enxaqueca com tantas estampas diferentes o tempo todo? — pergunto. Há uma senhora mais velha brilhando com esmeraldas, sua saia em uma explosão de laranja vibrante, verde e preto, e ela está ao lado de uma mulher coberta de diamantes e um vestido de xadrez amarelo e azul. E isso sem contar os kilts dos homens.

— Acho que estamos acostumados — Miles responde.

Então ele dá um passo para trás, olhando para o meu vestido. Eu me lembro da forma como Seb me olhou no quarto, seus olhos deslizando do topo da minha cabeça até meus pés, e como aquilo tinha me dado vontade de jogar um cobertor sobre mim.

O olhar de Miles não causa isso, o que não faz nenhum sentido. Mas talvez seja porque ele está me olhando com certa... admiração, em vez de apenas me examinar.

— O xadrez fica bem em você — ele finalmente diz, e eu aperto os olhos quando vejo uma corzinha em suas maçãs do rosto.

— Você está me elogiando? — pergunto, e acho que as manchas rosa crescem um pouco, o que é engraçado, porque isso quer dizer que o sangue de Miles não é *realmente* azul, mas vermelho, como o de nós, plebeus.

— Se chama boas maneiras — ele diz e sacode a cabeça, puxando-me para dentro do salão, mas não para a pista de dança ainda.

Tudo bem por mim, já que a dança que está rolando é alguma coisa tradicional que envolve fazer filas, trocar de parceiros, girar... Tudo parece um pouco perigoso para mim, mas vejo Ellie no meio, seu cabelo dourado brilhando e um sorriso em seu rosto enquanto troca de Alex para Seb, sua saia flutuando quando ela gira.

Ainda estou sorrindo para El quando levanto o olhar e cruzo com os olhos da rainha.

Ele está em pé do outro lado do salão, falando com um homem velho vestindo o mesmo xadrez vermelho vivo da rainha, mas ela está olhando para mim. Vendo-me de braço dado com Miles, ela faz um movimento leve com a cabeça e contrai os lábios, no que suponho que seja um sinal de aprovação.

Na pista de dança, Ellie passa para outra pessoa, um homem alto que nunca vi antes, e Seb segura as mãos de Tamsin. Ele está sorrindo para ela, e a garota sorri de volta, seu cabelo escuro voando quando ele a gira para a próxima parte da dança, mas ela continua olhando em volta, para os cantos da pista de dança.

— Você a conhece bem? — pergunto a Miles, me aproximando para sussurrar em seu ouvido. — Lady Tamsin?

Miles está batendo palmas no ritmo da música, como a maioria das pessoas assistindo à dança, e ele para, as mãos ainda juntas. Ele tem mãos bonitas, elegantes e com dedos longos, provavelmente perfeitas para apontar para as coisas de forma autoritária.

— Não muito — ele diz —, mas a rainha tem planos para ela e Seb há séculos.

— Por quê? — eu pergunto e ele dá de ombros de novo.

— O duque de Montrose é um dos homens mais ricos da Escócia, então talvez seja por isso. Eles também têm uma casa de caça excelente perto daqui, e a rainha gosta de caçar cervos.

Ao me virar, eu o encaro.

— Então, no ano de 2018, ela vai casar o filho para ter acesso à *caça*?

Um canto da boca de Miles se vira para cima.

— Realeza — ele diz, e penso em Sherbet me dizendo que um monarca poderia pegar o que quisesse da casa dele.

— Vocês são todos doidos — digo, e Miles, para minha surpresa, não fica todo tenso e ofendido. Em vez disso, ele concorda com a cabeça.

— Mais ou menos.

— Monters! Lady Daze!

Sherbet está vindo na nossa direção, sorrindo, seus olhos brilhantes e seu rosto corado, e Galen vem atrás dele.

Quando ouvi falar do namorado grego e herdeiro de Sherbet pela primeira vez, presumi que ele seria tão absurdamente lindo e glamoroso quanto Sherbet. Em vez disso, ele é uma cabeça mais baixo que Sherbet, meio gordinho e tão tímido que cora toda vez que precisa bater papo com alguém.

E Sherbet é totalmente louco por ele.

— Por que vocês não estão dançando? — Sherbet pergunta, e Miles aponta com a cabeça para ele e Galen.

— Poderia fazer a mesma pergunta para vocês dois — ele diz e Sherbet ri, passando um braço pelos ombros de Galen.

— Eu não queria humilhar as outras pessoas, meu chapa — ele diz, então vira o olhar para a pista, onde a dança está terminando. Seb guia Tamsin para fora, a cabeça baixa enquanto fala com ela, e Sherbet suspira.

— Então isso está acontecendo — ele diz, e Miles confirma.

— Parece que sim.

Voltando os olhos cor de mel para mim, Sherbet cutuca meu braço.

— Nós todos esperávamos que Seb fosse te escolher, você é tão engraçada.

Eu dou um olhar cauteloso.

— Não acho que Seb precise de alguém engraçado.

Isso faz Sherbet rir, e ele sacode a cabeça, seu cabelo escuro caindo nos olhos.

— Verdade, verdade. Mas foi bom para o Monters aqui, pelo menos!

Ele dá um tapa no braço de Miles e tento evitar a surpresa no meu rosto. Então Miles não contou a eles que não estamos namorando de verdade?

A música muda de repente, passando de música de elevador a algo animado e selvagem.

O rosto de Sherbet se ilumina e ele pega as minhas mãos e as de Miles.

— Montar no salgueiro! — ele grita, puxando nós dois para a pista, e eu grito em resposta:

— O quê!?

Mas assim que nos misturamos à multidão fica claro que Montar no Salgueiro é uma dança, não algum tipo de gíria britânica potencialmente pervertida.

Eu firmo meus calcanhares no chão, e me paro.

— Opa, eu não sei dançar isso — digo, observando homens e mulheres formando duas fileiras. Meus pais estão lá, assim como Ellie e Alex. Até a rainha está na fila.

Mas Sherbet não vai aceitar um não como resposta.

— Nem o Galen — ele diz —, então vocês dois podem aprender. Eu e Monters vamos ensinar!

Olhando em pânico para Miles, levanto as sobrancelhas e digo *socorro* em silêncio, mas ele apenas sorri e sacode a cabeça.

— Se você conseguir isso, sobrevive a qualquer coisa — ele diz.

E no segundo seguinte, estou ao lado de Sherbet, de frente para Miles, Galen ao lado dele e minha irmã um pouco à frente.

O que acontece em seguida é... caótico.

Montar o Salgueiro é uma dança animada que envolve dar as mãos, girar, avançar na fila... E é tão complicada que só algumas pessoas aqui realmente sabem o que estão fazendo, então há muita gente se chocando e tropeçando, e eu fico tonta em trinta segundos.

Também estou rindo.

É difícil não rir, com o caos generalizado, os Rebeldes Reais roubando os parceiros uns dos outros, a música alta de violinos e, pela primeira vez desde que cheguei aqui, não estou pensando se tem alguém me observando ou me julgando. Estou só... me divertindo.

A mão de Miles pega a minha e ainda estou rindo, seus dedos apertando os meus, sua pele quente e nossos olhares se cruzando enquanto giramos.

Ele está rindo também, seu rosto molhado de suor, seu cabelo escapando do gel que usou para controlá-lo, e uma coisa começa no meu peito que não tem nada a ver com a dança.

É tão surpreendente que solto a mão dele, o que é uma má ideia, porque quase bato nas pessoas perto da gente. Por sorte, a dança é tão louca que ninguém nota, mas Miles franze as sobrancelhas um pouco, três rugas surgindo na testa.

— Você está bem? — ele pergunta e eu faço que sim, apertando meu peito com a mão.

— Sim, só... você sabe. Montei num salgueiro, acho.

Ele faz um movimento para me tirar da pista de dança, mas eu sacudo a cabeça, levantando a mão para mantê-lo lá.

— Eu estou bem! — grito por cima da música. — Vou pegar um ar!

Eu meio que fujo do salão de baile, tipo a Cinderela, mas pelo menos consigo não perder nenhum sapato.

Em vez de sair para a varanda, onde Miles *pode* me alcançar e onde nos *poderíamos* ficar sozinhos sob o luar, o que é demais nesse momento, eu viro em um corredor escuro, apoiando-me na parede com a mão e respirando fundo.

O.k.

O.k.

Meu coração não acabou de disparar por causa de Miles. Foi só uma palpitação causada pela dança doida, nada mais.

Ou este lugar está finalmente me enlouquecendo. Há uma cadeira encostada na parede, uma coisinha delicada com uma paisagem bordada. Uma pastora com seu rebanho, montanhas de um roxo suave, essas coisas. Eu afundo nela, apertando meus joelhos com as mãos, a seda e o tafetá da minha saia farfalhando, a tiara na minha cabeça subitamente pesada demais outra vez.

Fugir de um salão de baile usando uma porcaria de uma tiara. Eu poderia ser um clichê maior que isso?

— Essa cadeira pertenceu à rainha Margaret I — uma voz diz, e minha cabeça se levanta de repente.

A rainha Clara está parada no corredor, as mãos cruzadas diante do corpo, a postura monárquica e aterrorizante como sempre. Ela está usando uma tiara muito maior que a minha, mas eu tenho certeza de que nunca machuca a cabeça *dela*. Aposto que ela nem sequer sente.

— É bonita — finalmente digo, porque *o que mais* você responde nessa hora?

— Ninguém pode sentar nela — ela continua, e eu engulo um suspiro.

Ótimo. De todas as cadeiras, acidentalmente enfiei minha bunda na mais especial e importante.

Ao me levantar, faço uma pequena mesura como Glynnis me ensinou.

— Desculpa, mas não havia uma... placa. Ou uma corda.

— É porque todos que visitam esta casa já deveriam saber sobre a cadeira — a rainha diz, e uau, fui posta no meu lugar.

Tem pelo menos umas cem respostas espertinhas lutando para voar da minha boca, mas eu engulo todas. Confrontar a rainha não vai ajudar a mim ou Ellie, e embora fosse ser *muito* satisfatório, não valeria a pena.

Talvez.

— Eu sinto muito — digo de novo, e ela me observa por tanto tempo que quase me encolho sob seu olhar duro e azul.

Finalmente, ela pergunta:

— Você viu meu filho?
— Seb?
Suas narinas abrem e fecham.
— O príncipe Sebastian, sim.
Balanço a cabeça, ajeitando minha saia.
— Não. Quer dizer, eu o vi mais cedo, dançando com lady Tamsin, mas depois disso, não.

A rainha continua olhando para mim, torcendo as mãos, suas narinas se movendo um pouco, mas aparentemente ela decide acreditar em mim e faz um aceno seco com a cabeça.

— Muito bem. Eu não vi Tamsin também, então talvez eles estejam se conhecendo melhor.

Com isso, ela se vira e volta para o salão de baile, e eu exalo longamente, mexendo em minha franja. Se a rainha foi naquela direção, eu vou na *oposta*.

Eu me viro e sigo pelo corredor, virando uma esquina, e grunho quando vejo quem está ali.

— Daisy — Seb diz, andando na minha direção.

Excelente. Tudo que eu preciso agora.

— Você não deveria estar cortejando sua bela dama? — digo, e ele endireita os ombros, tirando seu cabelo ruivo da testa, um movimento que, a essa altura, ele já deve ter patenteado.

— Não consigo encontrá-la — ele diz, olhando em volta como se Tamsin pudesse saltar de um papel de parede de repente ou algo assim. Então ele vira aqueles olhos muito azuis para mim.

— Na verdade, isso foi bom. Eu queria falar com você — ele diz, aproximando-se um pouco. — A sós.

Grunhindo, levanto a mão.

— Não. Sua mãe está aqui e a última coisa que preciso é que ela nos encontre sozinhos em um corredor escuro.

Seb enfia as mãos nos bolsos e, se eu não fosse mais esperta que isso, acharia que ele está genuinamente ansioso com algo.

— Mais tarde, então — ele diz. — Quando mamãe não estiver por aí, você acha que poderíamos...

— Não — repito. — Não acho. — Eu não apenas não quero a rainha atrás da minha cabeça de novo, mas não consigo imaginar o que Seb e eu podemos ter para conversar. E se é sobre Isabel, eu realmente não quero ouvir.

Dando um tapinha em seu ombro, começo a passar por ele.

— Agora, se você me dá licença, eu tenho... coisas de garota para resolver.

Eu espero que isso o faça fugir aterrorizado, mas ele só suspira e aponta para a curva do corredor.

— Há um toalete à esquerda.

— Obrigada — respondo, seguindo na direção que ele apontou e me sentindo muito aliviada quando ouço os passos de Seb indo para o outro lado.

Já que não preciso ir de verdade ao banheiro, só caminho um pouco e finalmente vejo uma porta levemente aberta, uma luz dourada e suave saindo de lá. Vai ser um bom esconderijo, eu penso, aproximando-me e abrindo a porta.

Mas sou pega de surpresa quando encontro lady Tamsin. Ela está em pé no meio do quarto, enrolada em outra pessoa, o som de respiração pesada e lábios se encontrando suavemente no quarto silencioso. Por um segundo, meu cérebro confuso se pergunta como Seb chegou nessa parte da casa sem que eu o visse.

Então eu *olho de verdade*.

Definitivamente *não* é Seb que ela está beijando.

É Flora.

CAPÍTULO 28

Algo curioso que aprendi sobre mim mesma nessa viagem: eu realmente, realmente odeio atirar.

Alex manteve sua promessa — não estamos atirando em nenhuma criatura viva, graças a Deus, mas *estamos* atirando em pombos de argila, e parece que não é só a morte que me incomoda.

É o barulho.

Quando grito pela terceira vez com o disparo de minha arma, Gilly, meu parceiro de tiros, me olha feio.

— De novo? — ele pergunta, e eu faço um bico, afundando meu boné na cabeça. Ah, sim, eu tenho um boné. Eu tenho um *traje* inteiro feito de tweed, com botas resistentes e luvas de couro e, sinceramente, se alguém tirar uma foto minha assim eu vou morrer.

— Desculpa, eu não estou acostumada com tiros bem ao lado da minha cabeça — digo, e Gilly olha para mim, confuso.

— Mas você é americana — ele diz, e antes que eu possa responder, ele grita. — Fogo!

Um pombo de argila voa pelo ar.

Gilly puxa o gatilho e o pombo explode.

Eu dou um grunhido.

Suspirando, Gilly baixa a arma e me encara com seus olhos escuros.

— Lady Daze — ele diz —, por que você não vai ver se tem alguma bebida nos carros?

Eu não posso culpá-lo por querer se livrar de mim, mas mostro a língua para ele mesmo assim antes de seguir agradecida na direção dos carros. Há vários deles: velhas Land Rovers e alguns jipes que já viram dias melhores. Deve ser o que Miles me disse, gente chique não precisa se exibir o tempo todo.

Dando a volta para chegar na parte de trás do jipe que eu sei que tem as bebidas e lanches, chuto uma bola de poeira e grama com a ponta da minha bota. É um dia lindo, com nuvens passando pelo céu, e o ar tem um cheiro doce e defumado. Também está quente o suficiente para eu não precisar da minha jaqueta, e eu a tiro enquanto dou a volta no carro.

E dou de cara com Flora e Miles.

Eles não estão especialmente próximos nem nada assim, e parecem estar apenas batendo papo enquanto Flora serve limonada de uma garrafa térmica, Miles desembrulhando um sanduíche. Ela está rindo de algo que ele disse, mas quando me vê, seu sorriso some e seus movimentos se tornam subitamente um pouco rígidos e desengonçados.

Ela e Tamsin não disseram nada para mim no dia do baile. Elas me viram, Tamsin virando para olhar por cima do ombro, seus olhos arregalados e seus lábios inchados, e eu murmurei algumas desculpas e voltei para o corredor tão rápido que quase tropecei no meu vestido. Flora só estreitou os olhos para mim.

Eu não a vi ontem, e agora tento agir como se nada tivesse acontecido enquanto pego uma das garrafas térmicas do porta-malas do jipe.

— Se divertindo? — Flora me pergunta. Ela também está vestida de tweed e também tirou a jaqueta. Seu cabelo loiro-escuro está preso em um rabo de cavalo baixo, e óculos de sol modelo aviador cobrem seus olhos. Miles está parecido, embora também esteja usando um chapéu mais ou menos parecido com o meu. Eles parecem... combinar, ali juntos. Flora claramente não está interessada nele no momento, mas essa é só outra lembrança de que eles todos habitam o mesmo mundo, girando numa órbita que eu mal consigo compreender.

Então Flora me surpreende ao dizer:

— Me ajuda a carregar essas coisas para os outros, Daisy?

Como sua mãe, Flora tem autoridade suficiente para levar as pessoas a só fazerem o que ela disser sem pensar muito. Eu pego uma garrafa térmica a mais e uma pilha de pequenos pratos de porcelana, enquanto Flora agarra alguns sanduíches embrulhados e umas taças, enfiando os cabos entre os dedos.

Estamos na metade do caminho entre os carros e os tiros, quando ela diz:

— Você não contou pra ninguém.

Não é uma pergunta, mas respondo como se fosse.

— Não, claro que não.

Flora para e se vira para me olhar, mas eu não consigo ver seus olhos, só meu rosto refletido nesses aviadores espelhados gigantes.

— Por que não? — ela pergunta. — Eu fui uma vaca com você e você poderia ter corrido e contado para todo mundo. Mamãe, Seb. A imprensa. — Ela levanta um ombro. — É o que eu teria feito.

— Você é uma princesa — digo a ela. — Seria o esperado.

Isso a faz sorrir, ou pelo menos sorrir parcialmente. Um canto de sua boca se levanta, revelando seus dentes perfeitos por um segundo.

— Não é sério, Tam e eu — ela diz. — Só um pouco de diversão, mas dada a obsessão atual de mamãe em conseguir uma noiva para o Seb, é realmente melhor que ninguém descubra.

Eu faço que sim, apertando os olhos quando as nuvens se movem e um raio de sol cai bem onde estamos.

— Então é isso — digo. — É Tamsin especificamente e não você gostar de meninas que irritaria sua mãe?

Suspirando, Flora se vira para descer a colina na direção dos tiros.

— Ah, ela não está exatamente feliz com isso.

Enrugo a testa e ando um pouco mais depressa para alcançá-la.

— Mas estamos no século XXI — eu digo e ela para, rindo e apontando com a cabeça para todos os garotos vestidos de tweed com as armas apontadas.

— Querida — ela ronrona —, algo aqui parece com o século XXI para você?

— Justo — respondo. — É mais ou menos como uma minissérie da BBC.

Flora ri então e, pela primeira vez, eu vejo que pode haver uma pessoa legal por baixo de toda a coisa de princesa altiva. Alguém nessa família é do jeito que parece?

Eu a sigo até a pequena mesa montada atrás de todo mundo, arrumando os pratos e garrafas térmicas, e estou a ponto de me virar quando ela pega meu braço e diz:

— Daisy.

COMO SOBREVIVER À REALEZA   **241**

Quando eu a encaro, ela levanta os óculos de sol. Embora estejamos todos do lado de fora, sem fotógrafos à vista, a maquiagem dela é perfeita, seus olhos cor de mel contornados de cinza e seus cílios grossos e pretos.

— Obrigada — ela diz, revirando os olhos para si mesma. — Eu não lembro a última vez que disse isso de forma sincera — acrescenta. — Mas é de verdade. Eu agradeço por você ter mantido isso entre nós.

Eu sorrio e dou o tapinha mais estranho da história em seu braço.

— Sem problemas. Só estou feliz que você não me odeia por causa do Miles.

Seus cílios bonitos piscam.

— Miles? — ela diz, e então dá uma daquelas risadas perfeitas e deliciosas de novo. — Ah, não, eu não gostava de você por causa de toda a situação. — Ela passa a mão por cima de mim e me pergunto se ela se refere ao fato de eu ser americana, Ellie ou eu no geral. — Mas agora vejo que você não tem nada a ver com a imagem que os jornais pintaram. Se estivesse atrás do Seb, ou de fama, ou algo assim, com certeza você faria mais esforço.

— Obrigada? — respondo. — Eu acho?

Dando de ombros, Flora limpa as mãos e olha para a mesa antes de pegar uma garrafa de champanhe e servir uma taça. São só dez da manhã, então eu passo quando ela me oferece outra.

Há outro estrondo das armas, mais pombos de argila voando pelos ares e, embora dessa vez eu não grite, dou um pulo de tal jeito que Flora me olha assustada.

— Eu vou só... não... ficar aqui — digo, envergonhada, apontando com o dedão para a fila de jipes no topo da colina, e Flora concorda.

— Tchauzinho! — ela diz com um pequeno aceno dos dedos.

Eu aceno de volta, mas não consigo dizer "tchauzinho". Nem gosto de *pensar* na palavra, para ser honesta.

Quando volto aos jipes, Miles é o único ali, encostado em um carro e comendo um sanduíche. Eu me inclino na direção do porta-malas aberto do jipe e pego outra garrafa térmica, girando-a nas mãos.

— Por que você não está atirando? — pergunto, e ele dá de ombros, embrulhando seu sanduíche de volta.

— Não é uma das minhas atividades favoritas. — Ele larga o sanduíche e enfia as mãos nos bolsos e, por um segundo, acho que vamos só ficar sentados ali em silêncio até morrer de desconforto.

— Flora não está te dando trabalho, está? — Miles pergunta, interrompendo meus pensamentos. Eu me viro para olhar Flora lá embaixo da colina, brincando com Gilly, e levanto um ombro.

— Acho que talvez estejamos ficando amigas. Ou pelo menos não inimigas.

Miles faz um pequeno som gutural e tira o boné por um segundo para a passar a mão pelo cabelo.

— Ela não é má, a Flo — diz. — Ou pelo menos não tão má quanto ela quer que as pessoas pensem.

Eu olho de volta para ele, querendo perguntar sobre ela, sobre *eles*, mas antes que consiga, Miles aponta com a cabeça para um dos jipes.

— Quer dar um passeio? — pergunta, e eu pisco para ele.

— Com você?

Seus lábios se contraem.

— A menos que você prefira a companhia de uma das ovelhas.

Isso me faz sorrir mesmo sem querer.

Então ele acrescenta:

— Com sorte haverá uma boa história nos jornais sobre nós dois fugindo desse passeio. Glynnis vai ficar radiante.

Ah, certo. Estamos passando tempo juntos pelas *aparências*, não porque realmente queremos.

Eu penso na outra noite, no baile, aquele pequeno momento estranho que aconteceu entre nós, então varro o pensamento para debaixo do meu tapete mental.

— Bom plano — digo a ele, afastando-me do porta-malas em um pulo. — Vamos ser ilícitos.

Eu não sei se alguém nos vê saindo, e enquanto nos afastamos, me ocorre que eu provavelmente devia ter dito a Ellie que estávamos saindo. Mas quando penso nisso, o jipe já está sacudindo pelas colinas, o vento forte o suficiente para não conseguirmos falar.

As Terras Altas se abrem diante de nós: campos largos e colinas com topos nevados, e eu respiro fundo, sorrindo para a simples *beleza* de tudo isso. É espaçoso de um jeito que me faz querer... Sei lá, correr por aí com meus braços abertos ou algo assim.

O jipe diminui a velocidade quando nos aproximamos de uma cerca, e olho para Miles, curiosa.

Ele sorri para mim e aponta para o portão com a cabeça.

O jipe freia e não consigo impedir que um som de surpresa e alegria saia de mim. É vergonhosamente perto de um gritinho.

Mas ali, na cerca, está uma vaca vermelha e peluda, com chifres enormes se enrolando sobre a cabeça, seu pelo comprido sobre os olhos. É uma gracinha.

Eu desço do jipe e me aproximo da cerca com cuidado, mas a vaca só come grama, claramente nem aí para mim.

— Ellie disse que você ainda não tinha visto uma — Miles diz, e eu me viro para sorrir para ele por cima do ombro.

— Não tinha — digo, estendendo a mão – com *muito* cuidado, esses chifres são imensos –, e dou um tapinha na cabeça da vaca, seu pelo comprido e ruivo áspero sob os meus dedos.

— Visitou todos os pontos turísticos da Escócia agora? — Miles pergunta e eu volto para o jipe, limpando as mãos nas calças.

— Acho que sim — digo. — Vacas bonitas, tiros, roupas xadrez, danças folclóricas, um monte de kilts...

Ele ainda está sentado no assento do motorista (eu nunca vou me acostumar com essa coisa de dirigir do lado errado do carro), sorrindo para mim, e me ocorre que isso – me levar para ver uma vaca, o que, o.k., não é exatamente a coisa mais romântica do mundo, mas ainda assim – não tem nada a ver com os jornais ou tabloides. Foi só... uma coisa legal.

Para mim.

O que é tão bizarro que não quero pensar muito ou minha cabeça vai explodir.

— Obrigada — digo, subindo de volta no jipe. — Eu sei que você deve sentir dor ao fazer algo legal para mim, então aprecio o sacrifício.

Ele dá uma pequena tosse, cobrindo a boca com a mão e arregalando os olhos.

— Oh, céus, eu acho que o estrago já foi feito.

Revirando os olhos, cutuco o braço dele e resmungo:

— Cala a boca. — Mas estou sorrindo.

Só um pouco.

Miles dá a partida no jipe e nos afastamos da cerca, as nuvens ficando mais pesadas e o vento um pouco mais gelado enquanto dirigimos de volta pelo terreno irregular. Achei que estivéssemos voltando para casa, mas Miles vira em um caminho de terra, o jipe descendo até um pequeno vale com colinas ao redor de nós. Pequenas correntes de água descem pelas pedras, e é tão lindo que, de novo, eu queria ter uma câmera.

Então eu me pergunto se Miles dirigiu nessa direção só para me mostrar algo bonito, e essa ideia é tão estranha que coloco o cabelo atrás das orelhas e grito por cima do vento e do barulho do motor:

— Qual o lance entre você e Flora?

Miles não diz nada, mas eu vejo suas mãos se tensionando no volante por um segundo.

— Eu e Flo? — ele grita de volta, enfim, e tiro uma mecha de cabelo da boca, dando um salto quando o jipe passa por cima de um buraco particularmente grande.

— Foi o que eu disse! — grito e ele franze a testa, e linhas profundas surgem nos dois lados da boca.

Mas antes que ele possa responder, ouvimos um *pop*, e o jipe desliza para a direita, o que me faz dar um grito assustado, minha mão voando para agarrar a pequena alça na minha porta.

Miles consegue frear o jipe, colocando-o no ponto morto com um suspiro trêmulo.

— Pneu furado — ele murmura, mas acho que ele está um pouco aliviado por não ter mais que responder minha pergunta.

Honestamente, *eu* estou um pouco aliviada. Eu não deveria ter perguntado isso. Que me importa o que aconteceu entre Flora e Miles? Ele não é meu namorado de verdade, e eu vou embora em algumas semanas.

Não, esse pneu furado foi claramente uma bênção dos céus, enviada para evitar que eu cometesse um erro.

— Obrigada — digo em voz baixa, apontando um dedo para as nuvens acima de nós.

O que foi aparentemente uma péssima ideia porque, dois segundos depois, o céu desaba.

CAPÍTULO 29

A chuva é torrencial quando Miles me puxa para fora do carro, e eu levanto a jaqueta de tweed sobre a cabeça. Não que ajude muito. Não dá para ver nada através da chuva, e o chão está escorregadio, mas deixo Miles me guiar por uma leve elevação e então, através da água, eu vejo... uma casa? Uma cabana?

Ele me puxa para a frente e, sinceramente, desde que tenha um teto eu não me importo com *o que* seja.

Por sorte, a porta está destrancada – é tão antiga que não tenho certeza se *poderia* ser trancada – e então entramos, piscando no escuro.

Sozinhos.

Olha, eu quero ser desencanada, o.k.? Eu quero colocar as mãos na cintura e fazer aquela cara de tédio, como Ellie sempre faz. Eu quero parecer despreocupada e deixar superclaro que, embora tenhamos caído no maior clichê romântico que já existiu – ah, não! Estamos presos em um lugar isolado enquanto o mundo desaba lá fora! –, nós somos apenas... colegas, basicamente. Nem mesmo amigos.

— O que é esse lugar? — pergunto, olhando em volta e tentando me distrair do fato de estarmos sozinhos.

Não que haja muito para olhar. É uma pequena cabana de pedras com teto de sapé, e dentro só há uma lareira e uma estante embutida com alguns livros, umas colchas dobradas e uma garrafa que parece realmente velha, com algum líquido âmbar dentro.

— É um abrigo — Miles diz, tirando o boné e bagunçando o cabelo molhado, sem me olhar nos olhos. — Há vários espalhados pelas Terras Altas. Costumavam ser para os fazendeiros que estivessem vigiando ovelhas, mas agora são usados pelas pessoas que fazem trilhas.

Chamar de rústico seria um eufemismo, mas acho que, se você estivesse se arrastando por colinas durante a chuva, qualquer lugar com um teto já seria o paraíso. E quando Miles passa por mim para acender a lareira, preciso admitir que não é tão ruim assim.

Só há algumas toras na lareira, mas há tijolos de turfa ao lado dela, e é com isso que Miles a enche, encontrando uma caixa de fósforos dentro de uma caneca na parte de cima.

O fogo solta um monte de fumaça, mas aquece o lugar rapidamente, e quando Miles se afasta, limpando as mãos na parte de trás da calça jeans, ele parece muito satisfeito consigo mesmo.

— Três anos na Associação Escoteira — ele diz, e eu presumo que é como chamam os escoteiros no Reino Unido.

— Nada mal — admito, agachando-me perto do fogo e soltando minha trança na esperança de fazer meu cabelo molhado secar um pouco mais rápido.

Quando olho para cima, Miles está me estudando com uma expressão estranha e, assim que me nota olhando para ele, pigarreia e se afasta de novo, indo na direção da porta.

Ainda está um dilúvio lá fora, o vento fazendo a chuva cair quase de lado.

— Vamos ficar por aqui até melhorar — ele diz. — Então eu ando de volta até a casa e pego um carro novo, ou faço alguém trazer um até aqui.

— Hum, é, quando melhorar, vou andar com você — eu digo a ele, amassando meu cabelo. Na maior parte do tempo, fico feliz de tê-lo deixado crescer, mas, neste momento, essa capa de cabelo parece uma má ideia. Nessa velocidade, vou ficar com a cabeça molhada pelo resto da vida.

— É uma caminhada — Miles diz, ainda olhando pela porta, as mãos enfiadas nos bolsos de trás. Ele está com um joelho dobrado e parece um fazendeiro escocês observando sua terra. Não deveria ser bonitinho, mas é, e eu engulo um suspiro quando volto meu rosto para o fogo.

Proibido, lembro a mim mesma. *E esnobe, e basicamente um servo chique, 1000% dedicado ao palácio. Você não quer se envolver com nada disso, e Miles é um residente permanente da Realezalândia. Nem pense nisso.*

Talvez, se eu continuar repetindo, fique mais fácil ignorar meu pulso acelerado.

Ouço a porta se fechar atrás de mim e, embora a chuva e o vento ainda estejam soprando lá fora, o abrigo parece bem mais quieto agora. Meu rosto está quente, e não tenho certeza se é por causa do fogo perto de mim.

Miles vai até a pilha de colchas perto da lareira, pega uma e a amacia. Fico aliviada porque ela não levanta uma nuvem de pó e insetos mortos, mas esse alívio é bem curto, porque ele logo se agacha perto de mim e coloca o cobertor sobre meus ombros.

— Você vai congelar — ele diz, inclinando a cabeça. Seu cabelo está caindo sobre a testa, a chuva e a luz suave fazendo suas mechas parecerem mais escuras que o normal, e uma gota grande desliza delas, caindo nas minhas clavículas.

A gota não está tão fria, mas minha pele está quente demais e eu tenho um arrepio, afastando-me um pouco, a mão apertando o cobertor em volta de mim.

Miles levanta a cabeça, seus olhos muito verdes e muito perto dos meus.

Formas para sapatos. Chá. Ele é o oposto do seu tipo.

Pigarreando, Miles se endireita, limpando as mãos na calça jeans de novo.

— Não vai durar muito — ele diz, apontando para a porta. — A chuva, quero dizer. É... elas normalmente terminam em alguns minutos.

Ele baixa o braço ao lado do corpo, flexionando os dedos, e ele... está nervoso?

Isso é quase mais estranho do que o achar bonitinho, então me viro para o fogo de novo, ironicamente esperando refrescar minha mente ali.

A chuva continua martelando, o fogo crepita e solta fumaça e, por um momento, me pergunto se vamos ficar sentados em silêncio até que alguém nos encontre, mortos, esmagados pelo peso do nosso próprio desconforto.

Então Miles diz:

— Flora namorou minha irmã.

Surpresa, eu me viro para olhá-lo:

— O quê?

Ele está parado perto da porta de novo, segurando seu boné, e batendo-o contra a coxa algumas vezes.

— Você perguntou sobre Flora e eu. É esse "o lance" entre a gente. Ela estava namorando Amelia, o palácio não estava pronto pra isso, então eles disseram que era eu. Que Flora e eu estávamos...

Ele olha pela janela, o boné ainda batendo em sua perna comprida.

— Enfim, foi isso que aconteceu.

Virando-se para mim, ele abaixa a cabeça, provavelmente porque olhar as pessoas de cima o deixa mais confortável.

— Eu obviamente estou confiando algo importante a você ao contar isso.

Levanto a mão.

— Entendido — digo. — E eu aprecio.

Não vou dizer que já sabia que Flora gostava de garotas, já que não posso contar a ele sobre Flora e Tamsin, então eu me remexo no chão, puxando a colcha em volta de mim.

— Então você é um namorado falso de outros carnavais — digo, e ele me olha com as sobrancelhas franzidas. — Você já fez isso antes — esclareço. — Fingir que namora alguém para o palácio.

Na luz suave, é difícil de dizer, mas acho que ele está corando enquanto fica subitamente muito interessado em seus próprios sapatos.

— Eu te falei — ele diz. — Os Montgomery são cortesãos. É o que fazemos. Meu tataravô chegou a lutar um duelo pelo tataravô do Seb. Levou uma espada no olho.

Faço uma careta.

— Nojento.

Mas isso faz Miles rir, e eu me lembro que ele fica bem sorrindo. Tira um pouco da dureza de seu rosto aristocrático, deixa-o mais suave e mais legal. Mais garoto, menos babaca.

— A questão é, há coisas piores que poderiam me pedir para fazer do que passar o tempo com meninas bonitas.

Eu não estou ficando vermelha.

Não estou.

Eu me viro para cutucar o fogo com o atiçador que Miles deixou ao lado da lareira.

— Você está dizendo que sou melhor que levar uma espada no olho? — pergunto, e ele ri.

O som é caloroso e suave, e juro que posso senti-lo dançando nos nós da minha espinha. Ah, meu Deus, essa chuva precisa parar *logo*.

— Talvez não melhor, mas certamente não pior — ele diz, e então olho para ele, o que é um erro.

Não posso negar dessa vez. Miles não é só bonitinho. Ele é *gato*.

E está olhando para mim de uma forma que não entendo, ou não quero entender, porque não, não, não, essa é uma complicação que *não* preciso agora. Por que começar algo com uma data de expiração tão curta?

Quebrando o feitiço, eu me levanto, deixando a colcha cair no chão. Passo as mãos pelos braços e pergunto:

— Então é por isso que você topa? A tradição familiar exige que se o palácio te peça para pular, você pergunta a altura?

Eu espero que Miles fique emburrado, mas ele só se apoia na parede e suspira.

— Eles estão pagando minha mensalidade — ele diz. — A família de Seb. Eles estão pagando para que eu frequente St. Andrew's no ano que vem.

Não sei o que dizer. Eu sabia que Miles era realmente leal aos Baird, óbvio, mas pensava que era mais por causa de amizade do que toda a coisa de cortesãos.

— E não é só isso — Miles continua —, mas o apartamento em Edimburgo? Está na conta deles também. E minha mãe ficou doente no ano passado. Ela está bem agora, mas foi sério por um tempo. Ela precisou de hospitais particulares, especialistas e tudo mais, e acho que eles pagaram a conta.

— Miles — digo suavemente, e ele olha nos meus olhos. Tudo isso saiu no tom mais leve possível, como se ele estivesse apenas soltando informações casualmente, mas seu olhar é sério.

— Eu só quero que você entenda — ele diz. — Eu devo a eles... tudo. Tudo.

Afastando-se da parede, ele joga o boné na cadeira perto da porta.

— É por isso que fui tão imbecil com você naquela primeira noite.

— Pra ser sincera, você foi um imbecil praticamente o tempo todo desde que eu te conheci — digo, e Miles dá um sorrisinho. Seu cabelo está começando a secar no calor do fogo, encaracolando e voltando para aquele dourado profundo, as sombras brincando nas suas maçãs do rosto bem definidas.

— Eu fui — ele admite. — E sinto muito. Mesmo.

Engolindo em seco, faço um gesto com a mão, deixando para lá. Agora não é hora de fazer amizade, não quando acabei de perceber que ele é supergato, está chovendo e há uma lareira e só nós dois, a quilômetros de qualquer coisa.

Mas ainda não consigo me impedir de dizer:

— Não é como se você não fizesse muito por Seb também. Você o mantém fora de problemas. Bem, na medida em que alguém pode fazer isso, acho — acrescento, e Miles concorda.

— É um trabalho grande demais pra um homem só.

Eu olho para Miles de novo.

— Só estou dizendo que, sim, eles fizeram muito por você. Mas não é uma via de mão única.

Ele está me observando de novo. Ele realmente precisa parar com isso, porque meus dedos estão se flexionando dentro das minhas botas, meu coração disparando, meu rosto queimando.

— Obrigado — ele diz suavemente e então, talvez se sentindo tão estranho quanto eu, ele se senta em frente ao fogo, pegando minha colcha descartada e fazendo uma pequena caminha ali na frente da lareira. Ele se senta, levantando os joelhos e passando os braços em volta deles e, depois de um segundo, eu me sento ao seu lado.

Não muito perto, claro.

Nós ficamos sentados em silêncio, observando o fogo por um tempo, antes que eu coloque as mãos na colcha e me incline um pouco para trás.

— Você acha que a Glynnis mandou alguém atirar no nosso pneu?

Miles ri, sacudindo a cabeça.

— Eu não ficaria surpreso. Ela é bastante mercenária, a velha Glynn.

— Ah, meu Deus, *por favor* diga que você já a chamou de velha Glynn na cara dela.

— Nunca, já que eu gosto de ter minha língua dentro da minha boca e não pregada na parede dela.

Cruzando as pernas, eu me viro para olhá-lo de frente.

— Eu te dou um milhão de dólares se você fizer isso — digo, e ele me olha, inclinando a cabeça para o lado.

— Um milhão de dólares?

— Um milhão de dólares *ou* o que eu tiver na minha carteira lá em casa, o que eu acho que é, tipo, cinco libras no seu dinheiro de Banco Imobiliário.

— Quer saber? — ele diz, apoiando as mãos na colcha para se inclinar um pouco. — Eu vou chamar a Glynnis de "velha Glynn" se você prometer beber um Pimm's. Não, beber não, *virar*.

Faço uma careta e ponho a língua para fora.

— Blergh.

Isso o faz rir de novo, e sorrio de volta quando olho para baixo e noto que nossas mãos estão quase se tocando na colcha.

Miles segue meu olhar e a risada dele morre.

São só mãos, apoiadas ali na colcha. A dele é graciosa e com dedos longos, e a minha com esmalte descascado e um anel de polvo no dedo mindinho.

A chuva está diminuindo agora, mas ainda posso ouvi-la tamborilar suavemente contra o teto e, à minha direita, o fogo estala e solta fumaça. Por cima disso, há o som da minha própria respiração, um pouco mais rápida do que antes, e ouço Miles suspirar enquanto nós dois só continuamos a olhar para nossas mãos, um pequeno espaço entre elas.

Nós já estivemos mais próximos do que isso. A noite no baile, quando dançamos, havia muito menos espaço entre nossos corpos do que agora. Droga, naquele dia no parque eu estava basicamente em seu colo.

Mas essas foram exibições, e isso...

Parece *de verdade*.

A mão dele se aproxima só um pouco, seu dedo mindinho roçando no meu, um toque minúsculo que faz faíscas correrem por todo meu corpo.

Respirando fundo, faço um movimento para aproximar minha mão.

A porta se abre com um estrondo, e Miles e eu pulamos para longe um do outro tão dramaticamente que parece que acabaram de nos pegar pelados juntos, em vez de encostando mindinhos. Ele até chega a fazer um som, um gemido assustado pelo qual o zoaria se eu mesma não tivesse gritado *"Nada! Nada!"* quando nos afastamos.

Ellie e Alex estão ali, ainda em suas roupas de tweed, a chuva pingando do guarda-chuva que Alex segura em cima dos dois.

Alex franze a testa, mas Ellie olha de Miles para mim com os braços cruzados.

— Nós vimos o jipe quando estávamos voltando e imaginamos que vocês estariam aqui — Alex diz, e Miles concorda rapidamente com a cabeça, batendo com as mãos nas coxas.

— Sim, sim, que bom que estávamos perto.

Sorrindo, Alex olha em volta.

— Esse lugar é mais aconchegante do que eu me lembrava. — ele diz. — E belo trabalho com o fogo.

Pigarreando pela milésima vez hoje, Miles se vira para a lareira, pegando o atiçador e diminuindo as chamas, movendo cinzas sobre a turfa ainda acesa. Quando o fogo morre, leva junto o feitiço que este lugar colocou sobre mim, e eu me aproximo de Ellie, tirando os últimos minutos da minha cabeça.

— Vocês nos salvaram! — digo a ela, com a voz alegre, e seus olhos se estreitam só um pouquinho.

— Salvamos ou interrompemos? — ela pergunta em voz baixa, e eu reviro os olhos, pegando minha jaqueta molhada e passando por ela na direção da Land Rover de Alex, que, ainda bem, tem um teto.

Miles senta no banco de trás ao meu lado, e enquanto a Land Rover segue de volta para a Casa Baird, nenhum de nós diz nada.

E nós dois mantemos as mãos bem firmes no colo.

CAPÍTULO 30

Eu nunca vou me acostumar com todo esse chá.

Nós voltamos para Edimburgo uns dias atrás e, ultimamente, onde quer que a gente vá, alguém traz chá. Sentados no palácio? Um pouco de chá. Reunião com a Glynnis sobre coisas do casamento? Mais chá, por favor. E agora, até durante a prova de vestidos, tem chá.

Pego a xícara de porcelana da assistente sorridente com cuidado, a fim de não deixá-la tremer no pires caso El ouça e brigue comigo de novo. Ela tem estado assim nos últimos dias, criticando rapidamente qualquer coisa que eu faça que não seja impecável. Parte de mim sempre quer discutir, mas outra parte se pergunta se não é assim que ela se sente todos os dias. Observada, julgada, insuficiente. Talvez ela se sinta melhor fazendo isso com outra pessoa, não sei.

De qualquer forma, a xícara de chá não treme nem um pouco, e eu consigo não fazer uma careta quando dou um gole, mesmo que o chá esteja forte demais, quente demais e amargo demais para o meu gosto.

Minha mãe e eu estamos em uma cabine de prova especial no fundo do ateliê. Nada de lojas para a noiva do futuro rei, claro. Nós vamos direto na fonte e, pelo que entendi, essas provas acontecem como se fossem uma missão secreta ou algo do tipo. Havia carros-isca quando saímos do palácio hoje de manhã, um saindo da frente, outro da porta dos fundos, perto da cozinha. Nós não estávamos em nenhum deles, mas saímos uns quinze minutos depois por outra saída secreta, e estávamos em um táxi normal, nada chique. Mas todas nós usamos chapéus e óculos de sol, El e eu usando simples bonés, minha mãe em uma coisa de palha rosa-choque com flores que provavelmente chamou mais atenção do que se ela não estivesse usando um chapéu, mas essa é a mamãe.

Ainda não vimos o vestido da El, mas isso é porque ela quer fazer uma surpresa. Ainda assim, posso ver alguns desenhos de vestidos de noiva nas paredes, todos eles parecendo sofisticados o suficiente para serem da El, e eu aperto os olhos por cima da xícara de chá, observando um deles.

— Você precisa usar mangas? — grito. — Tipo, ombros são escandalosos demais pra igreja?

De algum lugar nas entranhas do ateliê, El responde:

— É uma surpresa!

— É um *vestido* — resmungo, feliz por ela não me ouvir.

Mas minha mãe ouve, e ela estica a perna, a ponta do sapato roçando minha panturrilha.

— Seja boazinha — ela diz, e eu coloco minha xícara na pequena mesinha de mármore com detalhes dourados à nossa frente.

— Eu estou sendo boazinha — respondo. — Viu? Olha. — Eu dou meu melhor sorriso, o que me faz parecer dopada de tranquilizante, e ela ri, sacudindo a cabeça.

— Você e seu pai são iguaizinhos.

— Vou entender isso como um elogio.

— Deveria. — Então ela se inclina para a frente e me dá um tapinha no joelho, sua xícara e pires equilibrados na outra mão.

— Você foi uma boa soldada durante tudo isso, querida — ela me diz. — Eu sei que não foi fácil. Os jornais, as fotos, o baile. Aquele garoto.

Claro.

Aquele garoto.

Miles e eu não temos nos falado desde que voltamos para a cidade. Nós demos um passeio rápido na Royal Mile para Glynnis, mas mantivemos as mãos nos bolsos e mal dissemos nada além de comentários aleatórios sobre o clima, as lojas, qualquer coisa que fosse completamente neutra e chata.

As manchetes sobre essas fotos diziam "ACABOU PARA MILES?", então Glynnis não estava exatamente exultante com nenhum de nós naquele momento. Mas depois do dia no abrigo, fingir as coisas com Miles ficou estranho demais e, além isso, eu iria para casa em breve, mesmo. As fotos no parque e no baile cumpriram sua função: ninguém mais estava falando sobre mim e Seb, e ontem mesmo saíram umas fotos embaçadas de Seb e Tamsin se beijando nas Terras Altas (a manchete era "SEB CONQUISTA GLAM TAM!", o que achei meio fraco, sinceramente).

Por sorte, sou salva da conversa sobre "aquele garoto" com minha mãe, porque Ellie desliza de volta para a sala.

Sorrindo, El faz um gesto para que eu me levante.

— Sua vez! — ela diz alegremente, e eu pisco.

— Para o meu vestido? — pergunto, e há um relance da antiga Ellie em seus olhos quando ela desdenha de mim e diz:

— O que você acha?

Pergunta estúpida, eu sei, mas queria estar um pouco mais bem preparada para esse momento. Pensei que hoje era só sobre Ellie, não *eu*.

— Ah, que empolgante! — minha mãe diz, batendo palminhas, e eu lhe dou um sorriso vago enquanto me levanto, tentando não retorcer as mãos ou brincar com a bainha da minha saia. Eu estou o.k. hoje – sabia que não deveria usar calça jeans e camiseta para o ateliê de um estilista e escolhi uma das "combinações" que Glynnis montou para mim, uma saia cinza de cintura alta, uma blusa preta sem mangas e um cardigã preto e branco. Cores vibrantes chamariam muita atenção. E, acredite, quando percebi que estava escolhendo uma roupa para uma operação de disfarce, me perguntei por um momento quando algo assim tinha virado natural para mim. Eu só estou aqui há um mês, afinal.

— Angus — Ellie diz, puxando-me para o fundo da sala, por trás de uma pesada cortina de veludo. — Ela está pronta pra você!

— Não sei se isso é verdade — digo, mas o homem para quem ela me empurra está sorrindo para mim. Ele tem um cabelo vermelho vivo, mais vivo do que o meu antes de vir para cá, e é mais baixo que eu. Vestindo uma camisa preta com babados, um kilt em cores neon e as botas de couro preto mais *incríveis* que já vi, ele é exatamente o que eu esperaria de um estilista escocês famoso. No entanto, ele *não* é o que eu achei que *Ellie* fosse escolher. Ainda assim, o sorriso dele é contagiante, e quando ele pega minhas mãos e afasta meus dois braços do corpo, me olhando de cima a baixo, eu nem me sinto envergonhada.

— Ah, isso vai ser um *sonho* — ele diz, seu sotaque pesado, o r de *ser* rolando nos meus ouvidos como uma onda.

O espaço aqui no fundo do ateliê é aberto e claro. O chão de madeira é antigo e riscado, e as paredes são de tijolo aparente. Há uma longa mesa contra a parede do fundo, coberta de pedaços de tecido, e vejo alguns cadernos de desenho. Também há alguns manequins montando guarda, um deles coberto com o xadrez dos Baird, e me pergunto se isso é parte do vestido de Ellie.

E eu realmente quero saber como vai ser meu vestido.

Infelizmente, ainda não ganho nada dessa vez, nem uma dica de que cores estamos falando. Angus só tira minhas medidas. E não só uma vez. Ele estende a fita métrica pelo menos umas cinco vezes, checando várias vezes, anotando tudo em um caderninho. De vez em quando, ele resmunga sozinho, mas com seu sotaque e a música alta saindo das caixas de som escondidas, não consigo entender nada.

Quando ele termina, sinto como se fosse um dos manequins, mas então ele vira aquele sorriso brilhante para mim de novo.

— Animada? — ele pergunta, e eu não sei se ele se refere ao vestido ou ao casamento em si, então só dou o bom e velho joinha duplo que nós, americanos, fazemos.

— Pirada — digo, e ele ri, inclinando-se para a frente para dar um beijo estalado na minha bochecha.

— Um sonho — ele afirma de novo. — Igualzinha a sua irmã.

Eu não acho que alguém já disse que sou igualzinha a Ellie, e não tenho certeza se acho que é um elogio, então só deixo para lá, dizendo:

— Não, o cabelo dela é melhor.

Angus gargalha alto, como se fosse a coisa mais engraçada que ele já ouviu, e sua assistente, a moça que me trouxe chá, também ri.

Sem saber como reagir a tudo isso, dou outro sorriso desconfortável e vou encontrar minha mãe e Ellie na sala de espera.

Mamãe está conversando com uma das assistentes, e Ellie está terminando seu chá, sentada no sofá na frente da cadeira de onde eu me arranquei. Ela está bonita sentada ali, toda de branco, seu cabelo loiro em um rabo de cavalo baixo jogado por cima de um ombro. Até a forma como ela segura a xícara é perfeita.

Nós três saímos do ateliê em meio a uma tempestade de beijinhos e seguimos para o carro que está esperando no beco atrás do estúdio.

O carro está lá, exatamente onde o deixamos, mas paramos de repente quando vemos quem está parado ao lado. Apoiado nele, para ser mais exata.

Seb.

— Sebastian! — Ellie diz, passando a bolsa de um ombro para o outro. — O quê... o que você está fazendo aqui?

Seb dá aquele sorriso que faz as calcinhas voarem e se desencosta do carro.

— Estava procurando por Daisy — ele diz, e dou um grunhido interno. Não tenho ideia do que Seb queria comigo na noite do baile, mas consegui me manter longe dele desde então, e parece que agora eu fui pega.

Ele dá uma piscadinha.

— Tenho planos secretos de padrinho e madrinha pra discutir com ela.

Ellie olha de mim para Seb, e eu brinco com as pontas do meu cabelo.

— Não podemos conversar no palácio? — pergunto, mas ele sacode a cabeça, apontando para o fim do beco.

— Estamos perto do meu pub favorito, e só vou levar um segundo. Não se preocupa, eles me conhecem lá. É uma área completamente livre de fotógrafos.

Aquele sorriso de novo, e eu entendo por que ele consegue se safar de qualquer coisa. Invasão, bebedeira, sequestro...

— Só vai levar um minuto — ele insiste e eu suspiro, deixando meus braços caírem ao lado do corpo.

— Claro — digo, virando-me para minha mãe e Ellie. — Vejo vocês no palácio.

Ellie morde o lábio inferior, mas depois de um segundo concorda e olha para Sebastian.

Ela não diz nada, mas Seb joga as mãos para o alto com uma expressão inocente e enormes olhos azuis.

— Ela está perfeitamente segura sob os meus cuidados — ele promete, e eu torço o nariz.

Definitivamente não quero estar sob os *cuidados* do Seb.

Mas o sigo pelo beco até pesadas portas de madeira em um prédio de pedras cinzas.

— O Brasão do Príncipe — ele diz, abrindo a porta para mim. — Apropriado, não?

Reviro os olhos enquanto passo por ele e entro no interior escuro que cheira a cigarro, cerveja e um carpete que provavelmente tem mais de trezentos anos.

Nós vamos até o bar, e o homem perto das torneiras de chope claramente reconhece Seb, e não apenas porque ele é o príncipe. Eles apertam as mãos.

— Faz tempo, cara — ele diz, e Seb dá de ombros.

— Tempo demais. O de sempre para mim e limonada pra minha amiga, por favor.

Eu realmente não quero limonada – não é a mesma coisa aqui e em casa. A limonada aqui não é uma delícia açucarada e azeda, está mais para uma Sprite aguada e, por algum motivo, é a bebida que todo mundo anda me dando ultimamente. Mas não digo nada, apenas pego meu copo quando o barman o entrega para mim.

Seb, claro, toma um *pint* de uma cerveja opaca, e eu contraio meu nariz por causa do cheiro de malte e fermento.

Ele entorna quase metade de uma vez só, e quando apoia o copo de volta no bar, derrama um pouco do que sobrou. Seb observa esse movimento com olhos pesados.

— Isso é divertido — digo a ele. — É nossa versão de reunião familiar? Eu te assistindo ficar bêbado?

Seb olha para mim, as sobrancelhas ruivas contraídas sobre os olhos muito, muito azuis. Ele é estupidamente bonito, mas quase não percebo mais. Eu me acostumei tanto com seu rosto que é só... um rosto. Um belo rosto, claro, mas depois que você conhece Seb, é difícil não notar o caos por trás de toda a beleza. Isso mata um pouco do charme, para ser sincera.

— Eu queria ficar... sozinho com você — ele diz, me pegando de surpresa. Eu o observo girar a cerveja de novo, e me remexo no banco, olhando em volta. Só há mais duas pessoas no pub, dois homens idosos que parecem estar em um concurso de sobrancelha mais horrorosa. Eles estão em uma cabine no canto, as letras douradas na janela fazendo sombras estranhas em seus rostos. É nítido que eles ou não sabem quem é Seb, ou não se importam, então me pergunto se ele vem aqui porque sabe que estará deserto.

Eu esfaqueio minha "limonada" com um canudo, um sentimento sinistro na minha espinha.

— Por quê? — pergunto a Seb, e ele bate a mão no balcão. O som me assusta, mas percebo que ele só está pedindo outro pint e reviro os olhos. — Se for pra ver você ficar bêbado em plena luz do dia, eu já vi isso antes...

— Estou apaixonado pela sua irmã.

CAPÍTULO 31

Não sei se jogar bebida na cara de um príncipe pode te mandar para as masmorras, mas eu arrisco.

— Que merd... — Seb solta, os restos da minha limonada pingando pelo seu queixo. O barman continua secando copos sem se abalar, mas ouço um dos velhos na cabine do canto dar uma risada.

Ele grita algo para Seb em um sotaque pesado demais para entender, mas tenho quase certeza de ouvir a palavra "potra", o que me deixa feliz por não sacar o resto.

— Não — digo, aproximando-me para manter a voz baixa enquanto ele puxa guardanapos para se secar.

— Como assim, "não"? — Seb olha para mim, a limonada realçando seus cílios. Meu Deus, mesmo coberto de bebida ele ainda parece uma capa da GQ.

— Eu quero dizer que não, você não vai jogar seu desastre particular pra cima da Ellie. Você não está apaixonado, provavelmente só quer dar uns pegas nela. Vai passar.

— É amor, não uma IST — ele diz, e antes que eu possa sentir um arrepio de nojo pelo meu corpo inteiro, Seb suspira e vira a cabeça para encarar o teto. — Desculpa, não queria dar uma de engraçadinho com você, é só que... você é a primeira pessoa pra quem conto isso.

Ainda estou tentando processar a informação quando Seb dá de ombros daquele jeito elegante que ele faz, enfiando a mão no bolso da camisa para puxar um maço de cigarros.

— Bem, a primeira pessoa além da Eleanor, claro.

Minha mão dispara, meus dedos se fechando ao redor de seu pulso.

— Você contou para a Ellie? Isso não é uma coisa não correspondida, platônica?

Seb se solta bem fácil das minhas mãos e acende seu cigarro.

— Ah, definitivamente não é correspondido — ele murmura por cima do cigarro, e sinto uma onda de alívio que quase me faz rir. O.k., minha irmã não está traindo seu noivo real com o irmão adolescente dele. Já é alguma coisa.

— O que ela disse?

Dando uma longa tragada no cigarro, Seb estreita os olhos para mim.

— O que você acha?

Eu arranco o cigarro de sua boca, apagando-o em um cinzeiro de vidro cor de âmbar que provavelmente está aqui desde os anos 1950.

— Espero que ela tenha dito que você é um idiota.

Ele apoia a cabeça na mão, seu cotovelo no balcão do bar.

— Entre muitas outras palavras. Houve também uma ameaça de castração.

Eu sorrio. Faz tempo que não vejo Ellie brava, mas me lembro que quando ela se empolga, ela pode ser... criativa. E Seb merece, de verdade.

Observando-me, ele se aproxima.

— Então ela não te contou? — ele pergunta, e eu aponto para sua camisa encharcada de limonada.

— Hum, óbvio?

Suspirando, Seb pressiona um dedo no balcão, desenhando círculos com a umidade do seu copo.

— Pensei que ela poderia te contar, só isso. É por isso que eu queria falar com você. Pra ver se... bem, pra ver se ela fala de mim.

Eu penso no quão estressada Ellie parece ultimamente, o quanto ela me queria longe de Seb e seus amigos, e me pergunto há quanto tempo ela vem lidando com tudo isso. E por que ela não me contou?

Porque Ellie parou de contar segredos para você quando Alex entrou na história.

Isso faz meu estômago revirar, então ignoro o pensamento e pergunto a Seb:

— E o Alex? Ele é seu *irmão*.

— É mesmo? — ele pergunta com desprezo. — Eu não tinha ideia. Olha, sei que é estúpido e...

— E irresponsável — começo a contar nos dedos —, e egoísta. E imbecilzisse.

— Imbecilzisse é uma palavra? — ele pergunta, levantando as sobrancelhas, e eu o olho com raiva.

— Quando se trata de você, sim. — Então, de forma um pouco mais suave, pergunto: — Por que você está me contando isso?

Começou a chover lá fora, uma pancada suave de fim da tarde. Vai parar em alguns minutos, mas os homens no canto já estão resmungando por causa dela.

— Eu precisava contar pra alguém — ele diz, tirando os olhos dos meus para brincar com o descanso de copo do bar, puxando suas bordas. — Na semana passada, observando eles em casa... foi pior do que eu pensei que seria. E com Tamsin lá, *sabendo* que isso é que mamãe quer pra mim... Ela é adequada, não me leve a mal, mas ela não é a Ellie. — Seus ombros sobem e descem. — Fiquei com medo de fazer algo ainda mais estúpido, tipo anunciar na mesa do jantar ou...

— Ah, meu Deus, não faça isso — digo, agarrando seu pulso. Eu não sabia que era possível de fato sentir o sangue deixando seu rosto, mas tenho certeza de que estou ficando pálida agora mesmo, imaginando Seb se levantando no palácio, anunciando seu amor por Ellie e estragando *tudo*.

— Eu não vou — ele garante. — Mas... você nunca sentiu algo dentro do peito que parece tão grande, tão... — Ele faz um gesto em volta do próprio peito. — Importante que você precisa contar pra alguém?

Sinto um pouco de pena, mas minha lealdade está com Ellie, e só posso imaginar como *essa* bomba está pesando para ela. Seb tentou roubar uma casa como presente de casamento, afinal. Não tenho dúvida de que ele é impulsivo o suficiente para se levantar em um casamento real e dizer que se opõe ao casamento e tudo mais.

— Você não a ama — digo a Seb. — Você só acha que a ama porque ela é boa, calma e... centrada.

— Sim! — ele diz, apontando para mim, seus olhos brilhando. — Isso que é tão amável nela, quando estou com ela as coisas só parecem... mais quietas, de alguma forma. Pacíficas. Eu gostaria de ter mais disso na minha vida.

— O.k., mas ela é uma pessoa, não uma aula de yoga, Seb. Não é trabalho dela te amar de volta porque ela te deixa zen.

Seb processa isso, piscando para mim.

— Não é — ele diz, mas acho que é uma pergunta, não uma afirmação.

Faço um sinal para o barman dizendo que gostaria de outra limonada, então me viro para Seb.

— Não é — digo com firmeza. — E você tem que me prometer que não vai fazer nada sobre isso. Você vai pegar esses sentimentos totalmente nojentos e inapropriados e vai esmagá-los dentro de você e vai aprender com isso, o.k.? E talvez Tamsin não seja a pessoa certa, mas ela está aqui agora, então pelo menos *tente*. Quer dizer, ela parece bem a fim de você, ou pelo menos disposta a ignorar o seu desastre generalizado.

Ele não responde e, em vez disso, move seu copo em pequenos círculos pelo balcão. Então ele levanta o rosto para mim e do nada diz:

— Eu fui um babaca com sua amiga, não fui?

A coisa toda com Isa parece ter acontecido há mil anos, então é difícil lembrar que foi só há algumas semanas. Ainda assim, ele foi de fato um babaca, então faço que sim.

— Total.

Suspirando, Seb continua a desenhar círculos com seu copo.

— Estou me esforçando para ser menos babaca, juro.

Ele soa tão derrotado que eu quase sinto pena dele, então estendo a mão, hesitante, dando tapinhas em seu joelho.

— Você vai chegar lá — prometo. — E uma forma de fazer isso é nunca, nunca mesmo, contar a ninguém o que você sente pela Ellie, o.k.?

O cabelo de Seb está caindo sobre a testa daquele jeito atraente que todos os Rebeldes Reais mantêm, e ele me observa com aqueles olhos muito azuis, iguaizinhos aos de Alex.

— Não vou — ele diz.

— Podemos ser amigos agora? — ele pergunta, e eu reviro os olhos, dando um gole na minha limonada.

— Logo mais nós seremos família — eu o lembro, e ele se anima um pouco com isso.

— Família — ele repete. — Eu gostaria disso. — Então ele dá de ombros e vira o resto da bebida. — Nunca pensei que teria pessoas normais na minha família.

— O.k., olha, dizer coisas assim realmente te joga de volta para o campo de babaca que você está tentando evitar.

Sorrindo, Seb estende o braço e dá um tapa no meu joelho.

— Viu? É por isso que eu preciso de você. Pra me lembrar quando estou sendo babaca.

Ele paga pelas nossas bebidas, o que me surpreende, porque eu não achava que ele andasse com dinheiro e, enquanto nos dirigimos para a porta, pergunto:

— É estranho pagar pelas coisas com a sua mãe?

O rosto da rainha Clara está estampado em todas as notas de dez libras, e o pai dela, Rei James, nas de vinte. Uma dia, Alex pode acabar estampado em dinheiro. Ou seus filhos. É outro lembrete de que embora Ellie seja minha irmã, tudo que vier depois desse casamento vai mudar minha família para sempre.

Mas Seb apenas ri.

— Eu nem percebo, pra ser sincero.

Nós voltamos para o beco, e eu respiro fundo. Tudo cheira a chuva, pedras velhas e escapamento dos ônibus, além de um leve toque de limonada ainda exalando da camisa do Seb.

Seb está apaixonado por Ellie, mas Ellie está apaixonada por Alex.

Seb *deveria* se apaixonar por Tamsin, que na verdade está pegando Flora.

Flora fingiu namorar Miles, que agora está fingindo *me* namorar.

E *é* fingimento.

Totalmente fingimento, não importa o que tenha acontecido no abrigo.

— Isso é tão doido — murmuro para mim mesma, e Seb me surpreende com a mão no meu ombro.

— Não, você ainda não viu nada.

CAPÍTULO 32

Eu pensei que a corrida de cavalos fosse a coisa mais chique e pretensiosa que eu faria na Escócia. Talvez os tiros, com todo aquele tweed e as Land Rovers. Ou os bailes. Bailes, superchique, claro.

Mas polo? Polo deixa todas essas coisas no chinelo.

A partida é fora de Edimburgo, em um desses mágicos dias de sol que acontecem aqui na Escócia, do tipo que provavelmente vai acabar em chuva no meio da tarde. Mas, por enquanto, tudo é lindo. Tendas listradas, mesas entupidas de taças de champanhe e todo tipo de comidinhas, pessoas andando ao redor com as roupas mais lindas e coloridas...

E eu odeio tudo.

Estou usando um dos vestidos que Glynnis escolheu para mim, um amarelo em vez do verde em que ela normalmente me veste, a saia com a barra ondulada e as mangas soltas. Nada de chapéus hoje, mas estou usando um *fascinator* que, graças a Deus, não contém nenhuma pena, só uma pequena redinha.

Meus saltos afundam na grama e tudo que quero é encontrar um lugar para sentar. Eu olho para a arquibancada e vejo uma mulher bonita usando um grande chapéu preto, indo na direção de uma das tendas. Ela se parece com todas as mulheres que vi aqui: extremamente bem-arrumada, mas um pouco parecida com um galgo.

Enquanto a observo, ela acena para uma amiga e então, lentamente, quase como se fosse inevitável, tropeça e afunda na grama molhada, a mão ainda levantada em um cumprimento.

O homem ao lado dela nem para, só continua seu caminho, e eu sacudo a cabeça.

Nas arquibancadas, consigo ver a rainha de pé ao lado de Ellie, Alex, Seb e Tamsin. Ela está toda de azul hoje, seu cabelo ruivo brilhante sob o sol, e enquanto conversa com Alex, vejo Tamsin atrás dela, olhando em volta. Flora está aqui, conversando com Fliss e Poppy, e vejo seu olhar cruzar com o de Tamsin, notando o pequeno sorriso que elas trocam.

Então Tamsin se vira e passa a mão pelo braço de Seb. Seb sorri brevemente para ela, mas então volta seus olhos para Ellie, que olha para a rainha tão fixamente que eu sei que está fazendo isso para ignorar Seb.

Que bagunça desgraçada.

— Você está meio bolshi hoje.

Eu me viro e vejo Miles com as mãos enfiadas nos bolsos. Ele está usando uma camisa branca com as mangas dobradas, uma gravata escura solta no pescoço e, de repente, toda a raiva vai embora de mim.

— Bolshi? — Eu achei que já tivesse aprendido todas as gírias britânicas existentes nesse último mês, mas claramente ainda tenho algumas coisas a aprender.

— Como um bolchevique — Miles explica. — Alguém prestes a começar uma revolução. Posso ver no seu rosto

— ele me diz, sorrindo. — Igual quando vocês eram colonizados e vieram até aqui querendo cortar a cabeça de todo mundo.

— Eu gostaria de uma decapitação ou duas — confesso, e ele ri, seus dentes muito brancos em seu rosto bronzeado. Penso naquela noite no abrigo e meu rosto fica quente.

Talvez ele esteja pensando a mesma coisa, porque para de rir, seus olhos escurecendo um pouco.

Então ele dá um passo para trás, endireitando os ombros. Miles arrumou o cabelo com algum tipo de gel, mas ele ainda brilha como uma moeda antiga, e as listras verdes da gravata realçam seus olhos.

— Você conhece alguém que vai jogar hoje? — pergunto, desesperada por um assunto seguro, e os cantos da boca de Miles se levantam. Aparentemente ele também aprecia a distração.

— Gilly vai montar — ele diz, apontando para o campo. — Spiffy e Dons também iam, mas Spiffy caiu de alguma escada ontem à noite e torceu o tornozelo, então Dons decidiu desistir também. Eles estão lá, não sei se encantando ou horrorizando as filhas do duque de Hatton.

Ele aponta com a cabeça para uma das tendas listradas e, como esperado, lá estão eles: Spiffy sentado e com o tornozelo em cima de uns travesseiros e Don ao seu lado, com duas garotas muito loiras ao lado deles, suas mãos sobre suas bocas ou para esconder suas risadas ou para segurar o vômito.

É sempre difícil dizer.

— Onde está o Sherbet? — pergunto, deixando Miles me levar de volta até a área de bebidas, minha mão levemente pousada em seu braço. Até esse pequeno toque é suficiente para fazer meus nervos vibrarem, e ouço alguns cliques baixos enquanto os fotógrafos tiram suas fotos.

— Sherbet foi pra Grécia com Galen pelo resto do verão — ele diz. — Sortudo.

— Por causa da Grécia ou só porque ele não está aqui encarando pôneis? — pergunto, e Miles me olha de cima.

— Porque ele está com alguém que ama — ele diz, e meu coração dá uma cambalhota esquisita no peito. Eu sei que Miles não está dizendo que me ama – isso seria estúpido –, mas ficou claro no baile que ele gostaria de ter o que Galen e Sherbet têm. Talvez porque precise sempre estar livre caso o palácio decida que ele tem que fingir namorar alguém.

— E por causa da Grécia — reconhece. — Eu amo a Grécia. Além do mais, se eu estivesse na Grécia, não teria que ter carregado Spiffy ontem à noite, então...

Eu rio, inclinando a cabeça para trás para olhar pra ele.

E então alguém grita:

— Dê um beijo nele, querida!

Eu me viro e vejo um fotógrafo com a câmera apontada, e tudo dentro de mim congela.

Nós fingimos um *date*, sorrimos um para o outro no baile, andamos pela rua como um casal, mas um *beijo*?

Mas, para minha surpresa, Miles já está inclinando levemente a cabeça na minha direção, seu rosto se aproximando, seus lábios...

Eu coloco minha mão no seu peito, empurrando-o, e por um segundo vejo seus olhos se arregalarem.

— Eu... Eu não posso... — começo a dizer, e com um "desculpa" resmungado, me viro para ir embora.

E dou de cara com um garçom carregando uma bandeja cheia de taças de champanhe.

Ouço algumas exclamações (e mais do que algumas risadas) quando provavelmente centenas de dólares em champanhe caem no chão. Pelo menos uns cinquenta dólares vão para o meu belo vestido amarelo, e eu passo a mão na crescente mancha na frente da minha saia enquanto uma torrente de desculpas sai da minha boca.

Abaixando-me, tento ajudar o garçom a recolher as taças, mas então ouço mais cliques e lembro que estou de vestido, é um dia de vento, e provavelmente dei uma visão panorâmica da minha calcinha rosa de bolinhas para todo mundo.

Ótimo.

Então me endireito às pressas, passando pelo garçom e todas aquelas taças, e vejo Miles de relance com o canto do olho antes de praticamente sair correndo.

Para onde estou indo?

Não tenho ideia. Só para longe daqui, longe de todos esses olhos e lentes e *definitivamente* para longe de Miles.

Há um estábulo no fim do campo, e embora tudo que tenha envolvido cavalos até agora tenha sido um pesadelo completo, eu corro até lá, o mais rápido possível.

Quando entro no estábulo, percebo que não é um estábulo de verdade, mas uma garagem chique. Há carros estacionados aqui, lindos, elegantes e caros, e eu ando entre dois deles, deixando meus dedos correrem pela superfície gelada de um Rolls-Royce enquanto respiro fundo.

Com certeza foi um surto para a posteridade, e espero ouvir Glynnis ou Ellie vindo atrás de mim, tentando me convencer a voltar e sorrir para as câmeras.

Mas não é Glynnis ou Ellie projetando uma sombra através da porta de repente.

É Miles.

Ele só está... parado ali. Suas mãos estão soltas ao lado do corpo, seu queixo um pouco para baixo, e ele está respirando pesadamente, como se tivesse corrido atrás de mim.

— Desculpa — eu digo e fico surpresa ao notar o quão trêmula minha voz soa. Estou surpresa com o quanto *estou* trêmula. Miles escancarou a porta quando entrou, e agora, com a luz do sol, consigo ver os grãos de poeira voando no ar entre nós. — Eu não consegui.

Cruzando os braços, envolvo os cotovelos com as mãos enquanto Miles se aproxima de mim.

— Eu entendo que isso é parte da coisa do namoro falso, mas um beijo é... um beijo é especial. Talvez não seja pra você, mas pra mim é, e eu não queria...

E então o que quer que eu fosse dizer é interrompido pela boca do Miles na minha.

Ele me beija, suas mãos no meu rosto e, por um segundo, eu fico tão surpresa que não o beijo de volta. Só fico ali, meus braços ainda cruzados e os olhos abertos.

Mas então ele inclina a cabeça, aprofundando o beijo, suas mãos quentes nas minhas bochechas, seus dedos levemente calejados, e meus olhos começam a se fechar, meus braços caindo ao lado do corpo e depois agarrando a camisa dele na cintura.

Para um garoto que, em certo momento, pensei ser feito de tweed, Miles sabe *beijar*.

Nós ficamos ali no estábulo, envolvidos um no outro, e eu subo na ponta dos pés, querendo ficar ainda mais perto dele. Querendo pressionar cada parte do meu corpo contra o dele enquanto finalmente, *finalmente*, cedo a tudo que estava tentando não sentir desde aquela noite no abrigo.

Quando enfim nos separamos, eu afundo nos meus calcanhares e o encaro, meus olhos arregalados.

— Uau — digo suavemente, e ele sorri. É o sorriso que vi aquela noite na boate do Seb, o primeiro que me deu a dica de que Miles poderia ser mais atraente do que eu pensava.

— Um beijo é especial pra mim também — ele diz, sua voz tão baixa e áspera que juro que consigo *senti-la* se movendo pela minha pele, e sinto um arrepio.

— Você é especial pra mim — ele acrescenta, e meus dedos agarram sua camisa.

Ele é o melhor amigo de Seb, tão parte deste mundo quanto corridas de cavalos, tiaras e xadrez.

Mas uma vez que você passa da rigidez, ele também é divertido e fofo, e beija como se fosse *feito pra isso*.

— Então, o que fazemos agora? — pergunto, as palavras surpreendentemente altas no estábulo vazio.

— Vocês sorriem! — uma voz alegre diz, e nós viramos e vemos Glynnis na entrada, um fotógrafo logo atrás dela.

CAPÍTULO 33

— **Isso é ainda melhor** que um beijo perto do campo — Glynnis diz, aproximando-se de nós com os braços abertos, como se estivesse enquadrando uma foto. — O Fitzy pode fotografar de trás de um dos carros, então vai parecer meio escondido, meio privado.

Eu não aponto a ironia de posar para fotos "privadas", mas meu cérebro ainda está revirado demais por causa do beijo para dizer alguma coisa.

Miles, por outro lado, não parece ter esse problema. Enquanto Glynnis continua falando de ângulos, quantidade de fotos e "posição das mãos", ele dá um passo à frente, a mão ainda na minha cintura.

— Não.

Glynnis para, seus dedos se abrindo e fechando no ar, como se Miles dizer não tivesse feito seu sistema travar.

Então ela dá uma risadinha.

— Ah, Miles — ela diz, dispensando-o com um gesto de mão. — Eu sei que é um pouco constrangedor ser pego assim, mas prometo que vai ser rápido, e depois...

— Não — Miles diz de novo. — Eu não quero fotos disso. *Isso* — ele faz um gesto entre nós — não é para os jornais.

Sinto no peito um misto de orgulho e estupor enquanto ele fica parado ali, com o queixo levantado e o maxilar tenso. Todas as coisas que faziam Miles parecer tão irritante e esnobe são na verdade *muito* atraentes quando estão sendo usadas para proteger minha honra.

Os olhos de Glynnis estão arregalados, e ela faz um som de descrença.

— Claro que é para os jornais — ela diz. — Esse é todo o motivo pelo qual vocês dois estão passando tempo juntos.

Com seu olhar endurecendo, ela coloca a mão no quadril.

— E dado que o *Sun* tem fotos de Sebastian e Daisy saindo juntos pela porta de trás de um pub no início dessa semana, nós realmente não temos escolha aqui.

Argh. Eu deveria saber que não estávamos tão camuflados quanto Seb achava.

Eu abro a boca para explicar a Miles que não havia nada ilícito nessa visita ao pub – bem, mais ou menos, mas não era entre Seb e eu –, mas ele ainda está olhando para Glynnis.

— Eu não ligo — ele diz e pega minha mão, apertando-a. — Eu cobri a sujeira de vários membros dessa família — Miles continua — e não me importei. Mas dessa vez, não. Não com Daisy.

E então ele passa por Glynnis, me puxando para trás dele.

Quando saímos de volta no sol, de mãos dadas, estou boquiaberta.

— Você acabou de mandar a família real se ferrar?

O músculo no maxilar dele treme, mas, dessa vez, acho que é porque ele está disfarçando um sorriso.

— Acho que sim? — ele pergunta e sim, definitivamente um sorriso.

Um sorriso que é imediatamente capturado por uma câmera quando vários cliques disparam, e eu levanto nossas mãos entre nós, sacudindo-as de leve.

— Mas foi um pouco inútil — digo. — Definitivamente um gesto nobre, fiquei muito impressionada e achei sexy, mas... — Eu sacudo a cabeça e rio.

Inclinando o queixo para baixo, Miles me olha, seus dedos apertando os meus.

— Ainda é diferente — ele diz. — Não podemos impedir que as pessoas tirem fotos, mas *podemos* não posar para elas. Não fingir nada, não usar isso – ele aponta para nossas mãos – para o benefício dos outros.

Eu concordo, mas ainda continuo pensando naquelas fotos da formatura que quase foram parar no TMZ, na forma como fiquei hiperconsciente de pessoas tirando fotos minhas. Como pensei que Ellie poderia manter sua vida separada da minha na Flórida, e como as pessoas acabariam se esquecendo de mim.

Elas não vão se esquecer se eu namorar um dos Rebeldes Reais, mesmo que ele *seja* o menos rebelde deles.

Miles fecha o rosto.

— O que foi? — ele pergunta, mas antes que eu possa responder, Seb está lá, seu blazer aberto, o cabelo bagunçado pelo vento, e ainda assim estranhamente perfeito, seus olhos brilhantes, seu hálito...

Dando um passo para trás, eu cubro a boca com a mão.

— Meu Deus, você caiu em um barril de uísque? — pergunto a ele, então olho em volta. Sei que Seb pode ser um desastre, e Miles sabe que Seb pode ser um desastre, mas o público geral foi poupado de muito desse desastre.

— Você sabia que Tamsin e Flora estavam dormindo juntas? — ele me pergunta sem hesitar, passando a mão pelo cabelo.

— O quê? Não! — Miles diz, surpreso, e infelizmente meu "não, eu não sabia" sai atrasado demais e soa bem falso.

Miles me olha de cima, se afastando.

— Espera, você *sabe* algo sobre isso?

— Não a parte de estarem dormindo juntas — eu admito, colocando meu cabelo atrás das orelhas. — Mas só o geral, sabe, elas sendo elas.

Eu me viro e olho para Seb, muito consciente de que fotógrafos estão por perto e que ele está muito, muito bêbado. Em público.

— Mas qual o problema? — sussurro. — Você nem gosta da Tamsin.

— Mas eu poderia — ele responde. — Eu posso decidir gostar dela, quem sabe?

Revirando os olhos, resmungo:

— E esse é o solteiro mais cobiçado da Escócia. Calma, coração.

Eu vejo Dons se aproximando, também muito bêbado, e puxo o braço de Seb.

— Ei — digo, em voz baixa. — Por que não vamos para algum lugar quieto e conversamos sobre isso? Algum lugar não tão público e... exposto.

Mas Seb se solta de mim.

— Não — ele diz, e Miles dá um passo à frente, colocando suas mãos nos ombros de Seb.

— Cara — ele começa, mas Seb se afasta dele.

— Não vem com seu "cara" pra mim — ele diz, e eu franzo o nariz.

— Que escolha de palavras — murmuro, mas Seb, que conseguiu manter sua vida desastrosa privada por todo esse tempo, agora está pegando fogo.

— Só não faz nenhum *sentido* — ele diz, choroso. Apontando para mim, ele quase grita. — Você não me quis e escolheu *Monters*, de todas as pessoas.

Eu abro a boca, mas Seb só faz um gesto dispensando tudo que eu possa dizer.

— Ah, não venha com essa de "é só fingimento". Vocês dois se olham como quem quer ir pra cama desde o primeiro dia.

Meu rosto esquenta e eu faço um barulho ofendido.

— Não é verdade! — respondo, e Miles está balbuciando também.

— Daisy e eu só... *recentemente* percebemos q-que nós...

— Pelo amor de Deus, Monters — Seb diz, colocando as mãos na cintura. — Eu não sou cego. Mas aí a amiga de Daisy me chama de babaca, agora Tamsin prefere Flora e *não* sou eu o mais gato? *Não* sou eu que estou em um milhão de paredes de quartos de meninas desse país todo? Eu só... — Ele sacode a cabeça, e eu olho para Dons, que está rindo com seu copo de cidra.

— Quem deixou ele ficar bêbado assim? — pergunto.

Dons dá de ombros.

— Sherbet não está aqui, Spiffy está preso com seu tornozelo machucado, Gilly está no campo, Monters estava envolvido demais com você pra notar o que Seb estava aprontando, entãoooo... — Ele aponta para o próprio peito e sorri animado. — Eu! Eu deixei!

Rindo, ele dá um tapinha nas costas de Seb.

— Mas é bom! Um homem precisa afogar as mágoas.

Eu não digo que Seb está mais que afogando as mágoas, ele está afogando o filtro da própria boca, mas não preciso fazer isso porque Seb continua.

— E Ellie — ele diz com tristeza, e dou um passo à frente, agarrando seu blazer sem me importar com *quem* possa tirar fotos.

— Seb, não.

— Ellie ama o Alex. O estúpido e chato do Alex. Eu! — Ele levanta a mão, quase acertando meu rosto. — Eu sou o irmão interessante. Eu c-comprei uma *casa* pra ela.

— Você tentou roubar uma casa de um fazendeiro e você tem dezessete anos — eu o lembro.

— Mas eu a amo — ele responde, e atrás de nós, eu ouço:

— O quê?

Ótimo. Ótimoótimoótimo. Exatamente o que estava faltando neste momento.

Alex e Ellie estão ali, claramente preocupados e confusos. Eles estão de mãos dadas e, por um segundo, penso no quadro que estamos formando ali. Eu agarrando o blazer de Seb, Miles ao meu lado, Dons bêbado e rindo estupidamente.

O peito de Seb sobe e desce sob as minhas mãos quando ele respira fundo, e eu espero – eu *rezo* – que ele não...

— Estou apaixonado pela Eleanor — ele anuncia, e todos nós congelamos por um segundo.

Então Alex – o doce, nobre e quieto Alex – se afasta e dá um soco bem na cara de Seb.

E é aí que as coisas ficam loucas.

UM BARRACO REAL!

Imagens chocantes vieram da Escócia hoje e mostram o príncipe Alexander e príncipe Sebastian levando a rivalidade fraternal a novos — e físicos! — níveis. Embora os amigos do jovem príncipe Sebastian já tenham tido seus encontros com a imprensa e estejam acostumados a distribuir socos, o príncipe em si sempre se manteve acima da balbúrdia e seu irmão mais velho costuma ser um modelo de contrição. No entanto, parece que algo desencadeou uma briga durante a Partida de Polo Beneficente McGregor. Os rumores são de que os dois brigaram por conta da relação entre o príncipe Sebastian e Daisy Winters, a irmã mais nova da noiva de Alexander, Eleanor. Daisy foi vista saindo com o amigo de Sebastian, Miles Montgomery, visto nessas fotos logo ao lado da srta. Winters, mas fontes dizem que a tensão entre os amigos vinha crescendo há um tempo.

("Vigília Real", *People*)

HAHAHAHAHAHAHAHAHA!!!!!!!
VOCÊS
UM DIA PENSARAM
QUE VERÍAMOS PRÍNCIPE ALEXANDER, O CHATO
DAR UM SOCO
EM SEU IRMÃO??????
Eu não, fãs da Coroa. Eu não esperava por isso, e Deus abençoe todos nós, cada um de nós. Deus abençoe VOCÊ, Daisy Winters, porque pelo que ouvi, essa coisa toda foi por causa dela. Aparentemente, ela se meteu em um verdadeiro triângulo amoroso com Seb e Miles Montgomery, e finalmente a coisa se transformou em um VERDADEIRO BARRACO! Olhem esse gancho de direita que Alexander mandou! Seb foi A NOCAUTE! A coitada da Ellie está completamente traumatizada, parece, e não consigo ver o rosto da Daisy, mas aposto que ela está ADORANDO, porque caras nobres e gatos se socando por sua causa é UM SONHOOOOOOOOO. De qualquer forma, esse é o melhor dia da minha vida. Por favor, encaminhem minha correspondência para o paraíso, onde estarei, obrigada.

("Melhor dia", *Crown Town*)

CAPÍTULO 34

Eu pensei que a reunião depois da noite na boate do Seb havia sido difícil, mas não é nada – *nada* – comparada à conferência pós-desastre do polo.

Desta vez não estamos em uma sala de estar, mas em uma mesa de verdade, uma longa tábua de mogno polido do qual tudo foi retirado. Dezenas de ancestrais de Alex nos encaram da parede, e me lembro que, se quiser, posso cortá-los de suas molduras com aquelas facas especiais.

Como se vocês nunca tivessem se metido em um escândalo vergonhoso, eu penso enquanto observo uma pintura de um cara com uma peruca branca pomposa. *Pelo menos ninguém acabou decapitado aqui.*

Eu olho para o rosto da rainha Clara, sentada na cabeceira da mesa.

Por enquanto.

— Não acho que preciso dizer a vocês o tamanho desse desastre — ela começa, e Seb, ainda segurando uma bolsa de gelo contra o queixo, resmunga uma série de palavrões bem pesados.

Alex ainda está flexionando os dedos, os nós deles ainda um pouco inchados, mas sua outra mão está segurando El com força enquanto ela senta ao seu lado, e fico feliz de ver isso. Não importa o que tenha dado errado hoje, eles ainda estão bem.

O que é um certo milagre, na verdade.

Miles está na minha frente e, de vez em quando, me dá um sorrisinho, mas na maior parte do tempo ele estuda a mesa, seus dedos tamborilando, suas sobrancelhas franzidas. Ele é quem mais tem a perder aqui, então eu não o culpo.

Desculpa, digo em silêncio quando ele olha para mim de novo. Glynnis continua falando sobre "ótica" e "controlar a história", e já sei aonde vai esse tipo de conversa. Nesse ritmo, eu provavelmente terei que casar com Miles no topo do Monumentos de Scott para fazer as pessoas esquecerem *dessa* história.

Miles só sacode a cabeça em resposta, um canto de sua boca levantando.

Desculpa, ele responde em silêncio, e eu queria que pudéssemos nos sentar lado a lado, como Ellie e Alex.

— Daisy, você está ouvindo?

Eu levanto a cabeça, olhando para Glynnis, e estou prestes a confessar que não, não estava, e receber qualquer que seja o ritual de punição pública que ela desejar para mim, quando Ellie se levanta de repente, sua mão ainda na de Alex.

— Eu gostaria de falar a sós com minha irmã, por favor.

A rainha Clara, sentada na cabeceira da mesa, acena com a mão.

— Claro — ela diz —, assim que terminarmos aqui...

— Nós já terminamos — El diz, soando exatamente como uma rainha, o queixo levantado, os ombros para trás.

A rainha chega a se encostar um pouco mais na poltrona, claramente chocada por essa demonstração de coragem.

Eu também, na verdade, mas Ellie só olha para mim e faz um sinal para eu me levantar. Quando levanto e ando até ela, ela diz:

— Vista algo confortável e me encontre na entrada de serviço em dez minutos. Nós vamos dar uma caminhada.

E assim, alguns minutos mais tarde, me vejo seguindo minha irmã vulcão acima.

O.k., não é um vulcão *ativo*, atualmente o Arthur's Seat é só uma grande colina atrás do Palácio Holyrood, um lugar onde as pessoas vão para fazer piqueniques em dias bonitos. Fiquei surpresa quando só saímos pela porta, sem carros, sem guarda-costas, El usando calças de corrida e uma camiseta, o cabelo preso e o rosto escondido por baixo de gigantescos óculos de sol.

Eu a sigo pelo caminho de pedras, tentando não demonstrar o quanto estou ofegante, principalmente porque tem criancinhas praticamente saltitando colina acima.

O sol está fazendo o de sempre, deslizando para dentro e fora das nuvens, fazendo a luz mudar e fluir pela grama verde e pedras cinzas. Fazendo uma curva, olho a cidade lá embaixo ficando cada vez menor. Consigo ver o Palácio de Holyrood e o Monumento de Scott se erguendo em direção ao céu, mas de repente tudo parece muito longe. É difícil acreditar que um lugar assim possa existir no meio da cidade. A brisa é forte e tem cheiro de coisas crescendo e do oceano distante, sem nenhum toque de poluição ou o cheiro frio das construções de pedra.

Ao me ver parar, El também freia.

— Eu venho bastante aqui quando estamos em Edimburgo — ela me diz, e aceno com a cabeça para seus grandes óculos de sol.

— Você sempre dispensa os guarda-costas?

El sorri para mim, e sou pega de surpresa. O maior desastre da minha viagem até agora e ela está *sorrindo* para mim?

— Sempre que posso — ela confessa, e eu me pego sorrindo de volta.

Nós não conversamos muito conforme subimos, e há uma fina camada de suor sobre minha pele que se resfria rapidamente no vento. Meu cabelo está voando em todas as direções e, quando vamos sentar em um pedaço plano da grama, El tira um elástico de cabelo do bolso e me entrega.

Eu agradeço, prendo meu cabelo e nos sentamos. Perto dali há um cara em uma cadeira tocando violoncelo e eu o observo, pensando em como ele consegue subir essa coisa.

Ellie não se vira, mas claramente sabe para onde estou olhando.

— Ele vem aqui com frequência — ela diz. — É bonito.

A música *é* bonita. Também é gostoso estar sentada aqui com minha irmã, só nós duas. Nós ficamos quietas, o vento soprando em nossos cabelos, correndo pela grama, preenchendo todo o espaço silencioso entre nós.

— Me desculpa — Ellie finalmente diz, e eu me viro para ela, surpresa.

— O quê?

Ela não está olhando para mim, seu olhar está focado abaixo de nós. Eu me pergunto no que ela está pensando, se está olhando para a cidade e pensando em quão bonita é a vista, ou imaginando o dia em que será rainha deste país.

— Eu te pedi demais, Dais — ela diz com um suspiro.

— Vá aqui, vá ali, não faça isso, não faça aquilo. Não passe tempo com os amigos de Seb, mas *agora* passe tempo com esse amigo de Seb porque isso vai deixar a rainha feliz, e é só com isso que me importo atualmente.

Ela se vira para mim, seu rabo de cavalo dourado caindo sobre o ombro.

— Eu tenho sido a pior irmã mais velha de todas. Sei bem disso.

— Outro dia, num programa sobre crimes, eu vi uma garota que tentou assassinar a irmã mais nova com um liquidificador — digo a ela, dando de ombros. — Você tem competição, é o que quero dizer.

El ri, e então, me deixando chocada, ela se inclina e apoia a cabeça no meu ombro.

— É tudo tão doido. Eu amo tanto o Alex. Mesmo.

— Eu sei que ama — digo a ela, apoiando minha bochecha em seu cabelo morno de sol.

— Mas tudo que vem com ele me apavora — ela diz. — E eu me sinto duas pessoas diferentes o tempo todo. Talvez até três. Eu quero ser sua irmã, a filha da mamãe e do papai e só... *eu*. Mas também quero ser a esposa do Alex. E ser a esposa do Alex significa ser uma princesa.

— Uma duquesa, tecnicamente, vá com calma.

Ela ri de novo, então levanta a cabeça para me olhar. Eu não consigo ver seus olhos por trás dos óculos, mas sinto seu olhar em mim.

— Estou me esforçando tanto para ser tudo para todo mundo que sinto que, na verdade, estou estragando tudo. Eu não tenho sido uma boa irmã pra você, basicamente disse a mamãe e papai que eles me envergonham e Alex... — Ela dá um suspiro. — Eu não contei a ele sobre o Seb porque pensei que ia chateá-lo.

— Com razão — eu a lembro. — Alex deu um soco na cara do Seb.

Um sorriso repentino corta o rosto dela.

— Ele deu, né? É tão pouco a cara do Alex — ela reflete, voltando seu olhar para a cidade. — Foi sexy.

— O.k., nojento. — Eu rio, cutucando-a com o cotovelo.

Ela me cutuca de volta e um breve silêncio recai de novo. Eu me pergunto se já terminamos, quando ela diz:

— Tenho que fazer isso. Ser isso. E, para mim, os ganhos compensam as perdas. Mas não foi a sua escolha, Dais, e eu nunca deveria ter feito você viver isso. Eu tenho as Glynnis para isso, e as Flisses e Poppys do mundo, mas eu só... quero que você seja você. Eu *gosto* de você. E senti sua falta, Daisy.

Não é o mais eloquente dos discursos, mas a minha garganta ainda aperta, e quase enfio um "cala a boca" na cara dela só para abafar esses sentimentos fraternais inconvenientes.

Em vez disso, passo um braço ao seu redor.

— Eu te amo, El — digo, e ela dá uma risada um pouco chorosa.

— Agora quem está sendo nojenta?

Mas ela passa um braço pela minha cintura e ficamos lá sentadas, no topo do mundo, observando a cidade por um bom tempo.

Quando voltamos ao palácio, Alex está nos esperando, seu rosto relaxando em um sorriso quando ele vê Ellie e, honestamente, nem sinto tanto nojo quando eles se beijam. Eu só estou aliviada.

Quando eles se afastam, Alex se vira para mim, estende a mão e bagunça meu cabelo.

— Pelo menos deixamos sua última semana aqui bem animada — ele diz, e eu sorrio de volta, afastando-me de sua mão.

— Eu definitivamente me sinto da realeza agora que vi socos e paparazzi — respondo e então olho em volta.

— Seb ainda está aqui? — pergunto, e o sorriso de Alex desaparece.

— Não, acho que ele foi curar as feridas e o orgulho na boate dele com o resto dos amigos.

Faz sentido, e eu fico feliz de passar pelo menos um tempo sem o risco de dar de cara com ele.

E então, atrás de Alex, vejo Miles descendo as escadas com as mãos nos bolsos.

Olhando por cima do ombro, Alex pigarreia e pega a mão de Ellie.

— Vamos deixar vocês dois conversarem, que tal?

Ellie aperta meu braço pela última vez, então ela e Alex desaparecem, seguindo pelo corredor estreito do hall principal, deixando Miles e eu ali.

— Você vai ser decapitado? — eu pergunto e ele ri, sacudindo a cabeça.

— Não, até agora meu pescoço parece estar seguro — ele diz, afrouxando a gravata. Ele ainda está sorrindo, mas eu posso ver o quanto seus ombros estão tensos, e me lembro que apesar de toda a brincadeira, Miles pode ter problemas sérios com a família real. Seu apartamento, sua escola, até coisas de saúde... tudo isso está na conta dos Baird. E se uma coisa estúpida como a de hoje pôs tudo em risco?

Não vale a pena. *Eu* não valho a pena.

Ellie e eu acertamos as coisas, então só me resta uma coisa a fazer.

— Olha, Miles — digo, me afastando dele. — Eu realmente agradeço o que você fez hoje. Me defender, não deixar Glynnis usar... o que quer que isso seja. — Eu faço um gesto entre nós dois. — Ah, e o beijo também, essa parte definitivamente foi nota dez, muito bem, você — acrescento, fazendo um joinha.

As pontas de suas orelhas ficam rosa, e uma covinha aparece em uma bochecha quando ele tenta não sorrir, o que é realmente muito injusto agora.

E é por isso que preciso arrancar esse curativo de uma vez.

— Mas não é como se houvesse chance de isso ir pra algum lugar.

Dói mais dizer isso do que pensei, e quando ele levanta o olhar para mim, sobrancelhas franzidas sobre os olhos verdes, sinto como se algo estivesse sendo espremido em meu peito.

— Eu vou voltar para os Estados Unidos e para o ensino médio normal — me apresso. — E você vai pra, sei lá, alguma universidade em que pessoas usam gravatas listradas e cospem nos pobres.

— Esse lugar na verdade me rejeitou — Miles diz, e dou uma risada levemente forçada, sacudindo a cabeça.

— Argh, não faça isso — digo. — Não seja engraçado quando eu estou tentando...

O que estou tentando fazer? Terminar com ele? Nós nunca fomos um casal de verdade, e um beijo não muda isso.

Eu me aproximo e levanto o rosto, dando um beijo muito rápido e leve na bochecha dele. Acima de seu ombro, posso ver o busto de um dos ancestrais de Alex e, ao longe, ouço o tic-tac constante do relógio antigo no hall.

— Nunca foi de verdade — digo a Miles, me afastando. — Era só... parte do verão neste mundo bizarro. E tudo já está bagunçado demais pra você, então vamos só acabar com isso, o.k.?

Miles me observa e é como se eu pudesse ver a armadura invisível que ele usa metade do tempo se remontando. Todo o calor some dos seus olhos, seu maxilar se tensiona, seus ombros se ajeitam.

— Se é o que você quer — ele finalmente diz.

Não é, não mesmo, mas o que posso dizer? Um beijo e um verão estranho de namoro falso não são o suficiente para ferrar com toda a vida dele. E não é como se houvesse futuro para nós, de qualquer forma. Até onde sei, nós dois nos deixamos levar por um romance falso e só nos enganamos pensando que era de verdade.

Mas quando ele se vira e sobe as escadas, sem olhar para trás, a súbita dor no meu coração parece ser bem real.

CAPÍTULO 35

Está muito quente na Flórida.

Há uma parte de mim que ama isso, que quer fritar no sol e se encharcar no ar vagamente salgado e nas cores vibrantes. E durante os primeiros dias, é isso que faço. Eu curo meu *jet lag* deitada em uma toalha no nosso quintal, observando pequenos lagartos correndo pelas palmeiras. Eu me lambuzo de protetor solar e deixo que o cheiro de coco me lembre que estou em casa agora, e que tudo que aconteceu na Escócia ficou no passado.

Claro, não pode ficar no passado de verdade – o casamento ainda está bem de pé e será na Escócia, em dezembro. Então terei que voltar e encarar tudo que deixei para trás. Ellie e eu estamos bem, então pelo menos isso está resolvido, mas eu ainda terei que lidar com a família de Alex. Com Seb.

Com Miles.

É isso que ainda dói. Eu não falei com ele antes de partir, e embora eu tenha seu e-mail – graças a Sherbet –, não quero arriscar. Foi tudo tão caótico que parece ser melhor deixar em paz. Talvez agora que fui embora, Miles consiga recuperar seu relacionamento com "o palácio" e, quando eu voltar no inverno, não será mais um grande problema.

Provavelmente estou sendo otimista.

Isa me disse que saiu em todos os blogs, e eu não saí de casa desde que voltei, com medo de ver meu rosto em todas as revistas.

Eu acho impressionante como o palácio distorceu a história do que aconteceu na partida de polo, e pelo que Isa me contou, as matérias tinham o dedo de Glynnis por toda parte. Não houve menção da declaração de amor de Seb para Ellie, e agora Alex o socou porque ele manchou minha honra ou coisa assim. Um completo mal-entendido me transformou em algum tipo de mulher escarlate que acabou com os Rebeldes Reais, e embora Miles e Seb não tenham brigado por minha causa – bem, não *de verdade* –, eu acho que o resultado final é o mesmo.

Durante os primeiros dias de volta, eu só fico no quintal ou no quarto, falando com Isa (e sim, pedindo para ela checar os blogs para mim) e com medo demais de sair. Os paparazzi nunca nos incomodaram aqui em Perdido, mas isso foi antes de eu me tornar uma manchete, e cada vez que deito no quintal, fico tensa esperando o barulho de cliques. Nem sequer uso biquíni quando saio, por via das dúvidas.

É no quarto dia do meu isolamento voluntário que meu pai entra no meu quarto usando uma das suas camisas berrantes e shorts compridos. Seu cabelo grisalho está todo bagunçado, e ele colocou óculos escuros no topo da cabeça, seus óculos normais equilibrados na ponta do nariz.

Em outras palavras, papai em um dia típico.

— Vamos lá — ele diz, e eu levanto o olhar do meu laptop, emburrada.

— O quê?

— Chega disso — ele responde, fazendo um gesto para o meu quarto. — Batismo de fogo, lá vamos nós.

Ele quer que eu saia.

Eu me encolho na cama, puxando meus joelhos para o peito.

— Não. Nada de batismos, nada de fogo, nada de lado de fora.

Mas quando meu pai está determinado, é impossível contradizê-lo.

— Você não pode viver pra sempre nesse quarto, Daisy Mae — ele me lembra. Em algum momento você vai precisar ir pra escola, ou talvez conseguir outro emprego e ser como todo mundo aqui. Não posso criar uma sanguessuga, sabe?

— A sra. Miller disse que eu posso voltar para o meu emprego no Sur-N-Sav — digo em voz baixa. — Mas eu não...

— Você não quer se ver nas revistas, eu suspeito — meu pai completa, e então levanta uma sobrancelha para mim. — Ou *talvez* você não queira voltar pra sua antiga vida de servidão nada glamorosa agora que provou coisas melhores.

Isso me enoja como, eu acho, ele pensou que me enjoaria.

— Não é isso — digo, e ele dá de ombros.

— Prove, então. Vamos até o Sur-N-Sav agora dizer pessoalmente à sra. Miller que você vai voltar pro avental essa semana, que tal?

E assim, quinze minutos depois, eu me vejo de volta a terra do linóleo e pão barato, e faço uma careta quando passo pelas revistas perto do caixa. Isa não está lá hoje, mas Bradley, um dos garotos da minha escola, está, e quando ele me vê, acena para mim. Nada mais, nenhum olhar esquisito, só um aceno.

Estou começando a achar que as coisas talvez estejam normais, quando vejo a primeira capa.

"LOUCO PELA DAISY!"

Sério, por que eles gostam tanto dessa manchete?

Sou eu na partida de polo, antes de tudo dar errado, parada ao lado de Miles, e há uma minúscula foto de Alex socando Seb.

Meu estômago afunda e meus joelhos fraquejam e tudo dentro de mim de repente parece líquido e instável, e eu quase me viro e fujo da loja.

Mas meu pai me impede.

— Espera só um segundo — ele diz e vai até as revistas.

— Pai — digo, tentando manter minha voz baixa, mas há uma nota clara de desespero nela.

Ele ou não escuta, ou escolhe ignorar.

— Agora — ele diz, folheando a revista —, alguma coisa aqui é verdade?

Não é o que eu esperava, então só olho para ele, confusa, e balanço a cabeça.

— Nada disso aconteceu, então? O príncipe Sebastian não estava desesperadamente apaixonado por você e a perdeu para o melhor amigo?

Agora meu rosto está ficando vermelho, e eu fico feliz pela loja estar quase vazia.

— Não — digo em um sussurro. — Você sabe disso.

— Eu sei — ele concorda. — Bem, a maior parte. Não sei o quanto quero saber de tudo isso, pra ser sincero. Sua mãe sabe a verdade. Ellie sabe. Isabel sabe, tenho certeza.

Eu puxo a barra da minha camiseta.

— Ainda não sei aonde você quer chegar, pai.

Ele coloca a revista na prateleira de novo e coloca as duas mãos nos meus ombros, me olhando nos olhos.

— Há mais alguém, qualquer um, que seja importante pra você e pense que essas histórias são verdadeiras?

O Sur-N-Sav está praticamente silencioso, exceto por *Lost in Love* tocando nas caixas de som, o ocasional bip do leitor de código de barras e o rangido dos carrinhos. E a resposta para a pergunta dele de repente parece muito fácil.

— Não — eu digo. — Não tem.

Ele sobe e desce os ombros ossudos.

— Então pronto. — Apontando as revistas com a cabeça, ele acrescenta: — É um mundo doido, esse em que sua irmã entrou, e você não pode ficar fora dele porque ela é sua família. Mesmo quando você estiver aqui, mesmo quando as coisas parecerem normais, elas nunca estarão. Mas *você* — ele aperta meu braço de leve — pode ficar normal o quanto quiser, minha Daisy Mae. Desde que você se lembre que tudo que importa é a verdade que você conhece e que aqueles que te amam a conhecem.

De repente, eu realmente tenho medo de começar a chorar no meio do Sur-N-Sav, porque aí eu nunca mais vou recuperar *nenhuma* dignidade.

— Obrigada, pai — consigo dizer, e ele me puxa para um breve abraço.

Naquela tarde, eu saio com meu avental verde de volta e, quando saímos da loja, não paro nenhuma vez para olhar as revistas.

Duas semanas depois, estou no caixa de sempre, usando o avental, e embora ainda tenham duas revistas com meu rosto e nome na capa, já não sou a fofoca do momento. Para minha sorte, Seb foi visto se pegando com uma modelo numa festa. Normalmente, isso seria uma quita-feira comum para Seb, mas essa supermodelo em particular estava namorando Declan Shield e, quando ele partiu para cima de Seb em um desfile de moda, houve um grande barraco. "príncipe e rock star se engalfinham por causa de angel da victoria's secret" é melhor que tudo que consegui, de longe.

E, algumas vezes, vejo as novas capas com o rosto de Seb e me pergunto se ele fez isso por mim. Talvez não. Talvez ele só goste de ter a chance de finalmente ser ele mesmo, o desastre que ele é, mas nós *ficamos* amigos.

Mais ou menos.

Provavelmente essa é só uma ideia doida e isso é só o comportamento normal do Seb, mas ainda assim – o timing é bom.

A fila está cheia hoje, então eu nem tenho tempo de olhar revistas, especialmente quando uma senhora chega com uma pilha enorme de cupons de desconto. Eu acabei de ajudá-la a colocar suas quinhentas caixas de lenços de papel no carrinho quando ouço:

— Tem algum desconto nessa coisa chamada Cap'n Crunch?

A voz faz os pelos na minha nuca se arrepiarem, e eu me viro e dou de cara com Miles parado ali.

Miles.

No Sur-N-Sav.

Seu cabelo está mais curto agora, e não chega sequer à gola de sua camisa, e ele está ali parado, seus braços cheios de…

Olho melhor para as coisas que ele puxou das prateleiras e um sorriso se espalha pelo meu rosto, tão largo que chega a doer.

— Não no momento — digo —, mas acho que temos um cupom para manteiga de amendoim.

Ele joga as compras na esteira e dá de ombros timidamente. Não é só manteiga de amendoim, mas Cap'n Crunch, biscoitos Goldfish, duas garrafas de molho ranch ...

— Gororoba americana — ele me diz com seriedade. — Para que eu possa me misturar.

Eu estou tão ocupada olhando para ele, me perguntando por que ele está aqui – sabendo por que ele está aqui, mas querendo ouvir a resposta mesmo assim – que quase ignoro essa última parte.

Então eu olho para ele com as sobrancelhas levantadas.

— Se misturar? — repito e Miles faz que sim, colocando o cabelo atrás das orelhas.

— Quanto mais eu pensava no ano que vem, menos, vamos ver... como uma encantadora americana definiu? Ah, sim, "alguma universidade esnobe em que todos usam gravatas listradas e cospem em pobres" parecia adequada. — Então ele sorri um pouco, só um lado da sua boca se curvando. — Pensei em arriscar e explorar as colônias um pouco.

Eu sacudo a cabeça, muito consciente de Isabel pendurada no seu próprio caixa e *muito* feliz que não tenha mais ninguém na minha fila além dele. Miles. Aqui, em Perdido, Flórida, usando um blazer mesmo com os mil graus lá fora, seu cabelo bagunçado por causa da umidade, sorrindo para mim. Um sorriso de verdade, de um garoto de verdade que, pelo visto, realmente gosta de mim.

— A família do Seb... — começo, mas Miles sacode a cabeça.

— Está tudo bem — ele diz. — Ou vai ficar. — A covinha aparece em sua bochecha. — Acabou que eu não gosto muito de ter minha vida na mão de outras pessoas. Aparentemente o tal gene cortesão me pulou.

— Ou talvez você esteja sob uma má influência esse verão — sugiro, e seus olhos se movem pelo meu rosto de um jeito que faz meu coração dar pulinhos.

— Pode ser — ele concorda suavemente. — Em todo caso, depois que você foi embora, eu continuei pensando em você. No verão. Em quão pouco eu estava fingindo qualquer coisa quando se tratava de você. Então — ele levanta os ombros. — América. Por um tempo, pelo menos.

— Você vai precisar de um guia — digo. — Alguém para te mostrar o caminho. Ter certeza de que não acabe se ferrando.

Com um suspiro, Miles se apoia na esteira.

— Isso é presunçoso — ele me diz enquanto cobre uma das minhas mãos com a dele. — Só um verdadeiro esnobe faria uma oferta assim.

Eu me aproximo.

— Esnobes fazem meu tipo.

Ele se aproxima também, o suficiente para que eu sinta o calor do seu hálito na minha boca quando ele responde:

— O meu também.

E então estamos nos beijando no meu caixa no Sur-N--Sav, sem se esconder, sem fugir. *Se agarrando*, como ele diria, bem ali na frente de todo mundo.

O.k., nesse caso todo mundo significa Isabel e a senhora na fila dela, mas ainda assim. Então eu me aproximo ainda mais, o que é estranho com a esteira de compras entre nós, mas ei...

— SEM GAROTOS!

O grito é abafado, mas ainda *muito* alto, e vem acompanhado de batidas frenéticas.

Eu me afasto e olho para a janela da sala da sra. Miller. Ela está parada lá, um punho apoiado no quadril, o outro socando a janela.

— SEM GAROTOS! — ela grita de novo pelo vidro, e Miles olha para ela, confuso.

— É uma regra aqui? — ele pergunta enquanto eu aceno para a sra. Miller.

— Nos Estados Unidos, não, mas no Sur-N-Sav, sim.

Ele me olha de novo, seus olhos verdes brilhando.

— Então podemos sair do Sur-N-Sav, por favor?

Olho para a sra. Miller mais uma vez, que está saindo da janela agora, seu avental roxo esvoaçando, e provavelmente vindo até aqui me trancafiar em um cinto de castidade ou queimar Miles vivo.

Ainda assim, sorrio e puxo Miles de volta para mim, meus dedos torcidos com a gola da camisa dele.

— Em um minuto — prometo, então nos beijamos de novo.

Não é um palácio, ou um abrigo, ou um Rolls-Royce, mas eu não queria estar em nenhum outro lugar.

AGRADECIMENTOS

Obrigada a todos da Penguin por me deixarem escrever minha versão de um livro de princesa! Obrigada especialmente a Ari Lewin, cuja orientação me ajudou a transformar este livro no que eu queria que ele fosse.

Obrigada a minha agente maravilhosa, Holly Root. Este é o décimo livro em que trabalhamos juntas e eu espero que tenhamos 10.000 mais (o.k., talvez uns 30 a mais, escrever é difícil).

Para todo mundo no Twitter, especialmente Stacey Kade, que foi toda "SIM, FAÇA ISSO!" quando eu mencionei querer um livro sobre uma menina que fica famosa quando sua irmã se casa com um príncipe. A comemoração imediata e respostas como "eu leria isso" tornaram este um livro de verdade, em vez de Aquela Ideia Legal Que Eu Tive Por Cinco Minutos.

Obrigada a Jennifer Lynn Barnes, Ally Carter e Carrie Ryan, que cuidaram da trama como os profissionais que são e, mais importante, cunharam o termo "Príncipe Harry na Jacuzzi". Eu ainda não acredito que elas não me deixaram dar esse nome para o livro.

A todos os meus leitores, seja este o décimo livro meu que você lê, ou o primeiro, eu amo e aprecio vocês mais do que consigo expressar. Espero que vocês tenham se divertido!

E como sempre, obrigada a minha família, sem a qual nada disso seria tão divertido.

NÃO PERCA O PRÓXIMO LIVRO
DO UNIVERSO *ROYALS*:
HER ROYAL HIGHNESS

CONFIRA NOSSOS LANÇAMENTOS,
DICAS DE LEITURAS E
NOVIDADES NAS NOSSAS REDES:

🐦 @editoraAlt

📷 @editoraalt

📘 www.facebook.com/globoalt

Este livro, composto na fonte Fairfield,
foi impresso em papel natural 70g/m² na Elyon.
São Paulo, Brasil, dezembro de 2022.